미러볼이 있는 집

미러볼이 있는 집

이정연 소설집

강

차 례

2405 택시

오늘은 새벽조라 잠든 현서를 태워 거리로 나섰다. 안개가 자욱한 날이다. 히터의 온도를 올리고 예약 표시등에 전원을 켰다. 혹시 현서의 소리가 녹음될까 봐 블랙박스는 껐다. 자주 울리는 택시 어플도 신경이 쓰여 종료 버튼을 눌렀다. 속도를 내지 않고 천천히 동네를 배회했다. 빈 차를 굴리는 걸 회사에서 알면 사직서를 쓰라고 할 테지만 일곱시 반은 되어야 어린이집에서 아이를 받아주니 새벽에 일이 있는 날은 어쩔 수 없었다. 현서는 어느새 잠에서 깨어 카시트에 매단 장난감을 건드리고 놀았다. 동요 시디를 켜고, 현서의 손에 비스킷을 쥐여줬다. 아이는 과자를 움켜쥐고 몸을 들썩이다 이내 얼굴을 찡그렸다. 음식점 주차장에 차를 대고 현서의 엉덩이에 손을 넣었다. 기저귀가 푹 젖어 있었다. 지린내가 밀려오며 살갗에 가벼운 열기가 느껴졌다. 현서를 꺼내 기저귀를 갈고 카시트에 도로 앉혔다.

2405 차량, 방화동 도시개발 12단지 콜. 무전기에서 미성의 목소리가 들렸다. 나는 송정역에서 유턴해 차를 돌리기에는 늦었다고 말을 더듬었다. 미성은 난감하다는 투로 알았다며 말끝을 흐렸다. 아침부터 거짓말로 시작하기 싫어 어플은 껐는데 회사 콜은 피할 방법이 없었다. 자주 하는 변명인데도 말은 목구멍에 걸려 제대로 나오지 않았다. 운전대를 잡고 기어를 바꿨다. 현서는 배가 고픈지 침이 흥건하게 젖도록 손가락을 빨아댔다. 먹는 게 느린 아이라 이유식을 먹이려면 이십 분은 넘게 걸렸다. 십오 분만 있으면 어린이집에 맡길 수 있는데 주차하기에도 시간이 애매했다. 현서에게 비스킷을 하나 더 쥐여주고 도로로 나섰다. 미성에게서 핸드폰으로 전화가 걸려왔다.

"손님이 울어요. 우는 시늉을 하는 게 아니라 진짜로요. 출근 시간이라 남는 차가 없다고 했는데 막무가내로 택시를 보내주라니. 미안하지만 차 돌릴 수 없어요, 언니?"

평소 언니, 라는 호칭은 잘 쓰지 않는 사람이다. 이십대 중반인 미성은 아무리 나이 많은 사람이라 해도 직급이 없으면 꼬박꼬박 누구 씨라고 이름을 불렀다. 미성이 언니라고 부르는 걸 보면 꽤 거절하기 어려운 상대인 모양이었다. 나는 이십 분 정도 기다릴 수 있으면 가겠다고, 이십 분 뒤면 방화동에 도착할 거라는 말을 하면서 어린이집으로 차를 몰았다.

초겨울 해가 늦어지고 있었다. 안개까지 끼어 거리는 일곱 시 반이 넘었는데 뿌옇기만 했다. 나는 자동차 전조등으로 겨우 도로를 짐작했다. 버스 정류장에서 십 미터쯤 떨어진 자판기에 남자가 서 있는 게 보였다. 이십 분을 기다리라고 하면 포기할 줄 알았는데 남자는 계속 그 자리에서 기다렸던 모양이다. 그나마 울었다던 손님이 남자라 다행스러운 기분이 들었다. 엉망으로 취해 몸을 더듬는 남자 승객은 밀치면 되지만, 울음을 터뜨리며 이해를 구하는 여자 승객은 달래기가 쉽지 않아서였다.

승객은 갓 스물을 넘긴 것 같은 젊은 남자였다. 살집이 있는 체격에 꽉 끼는 가죽 재킷과 금발에 가깝게 탈색한 머리, 몇 개인지 알아보기 힘들게 뚫은 귀고리는 아직 어른이라기보다는 어른이 되고 싶은 길거리 아이들의 분위기가 났다. 콜 부르신 분, 맞죠? 하고 묻자 남자는 고개를 쭉 빼고 환하게 웃었다. 남자에게 재차 도착지를 확인했다. 강남고속터미널이라고 하셨어요? 남자는 그렇다고 대답했다. 사정은 모르지만 만칠팔천 원은 족히 나올 거리라 개시치고는 나쁘지 않았다.

해사한 미소를 짓던 처음과 달리 남자는 자리를 잡자 이내 얼굴을 일그러뜨렸다. 나는 고속터미널 어느 방면에 차를 세울지 물으려다 그만두었다. 남자는 창문 너머에 시선을 고정하고, 재킷 안주머니에서 핸드폰을 꺼냈다. 음량을 최대로 높였는지 수화 대기음과 상대편 목소리가 앞좌석까지 크게 들렸다. 두번째 질문도 할 수 없었다.

나는 손님을 태우면 행선지를 먼저 묻는다. 그리고 가는 방법을 이어 묻곤 한다. 두번째 질문을 할 때 대부분의 손님은 그런 걸 뭐 하러 묻느냐는 반응을 보인다. 그도 그럴 것이 대개 길을 잘 몰라 택시를 타는 거고 길을 안내할 내비게이션도 있기 때문이다. 그런데도 두번째 질문을 하는 이유는 선호하는 길을 따지는 사람이 더러 있어서였다. 일을 시작하고 처음 몇 주 동안은 아는 지름길로 가거나 곧장 내비게이션을 켰다가 낭패를 당한 적이 여러 번 있었다. 이 사람이 누굴 외국인으로 아나? 우리 어디 중단된 개성공단까지 드라이브나 가봅시다. 경찰을 부르자는 걸 어르고 달래서 택시비를 깎아주고 사과한 적도 있었다. 그렇게 불필요한 언쟁을 피하려다 보니 빤한 길을 묻게 되었고, 승객이 길을 모른다고 하면 아는 길도 내비게이션을 찍어 따라갔다.

그런데 두번째 질문을 하기 전에 남자가 흐느끼기 시작했다. 목적지에 어떻게 갈지 물을 상황이 아니었다. 손님, 고속터미널까지 내비 찍고 가겠습니다, 하고 목소리를 냈지만 스스로 감정에 북받친 남자가 알아들었을지 의문이었다. 수화기 건너편에서는 짜증 섞인 여자의 목소리가 계속해서 들려왔다. 여자의 흥분이 한풀 꺾여 잠잠해지자 남자도 목소리를 냈다. 행선지를 밝힐 때와 사뭇 다른, 심하게 흔들리는 목소리였다.

"어제는 잘해보자고 했잖아. 그 새끼랑 잔 것 가지고 안 괴롭힐게. 이해하겠다고, 씨발…… 알았어. 욕 안 할게. 나 지금 경부 탔어…… 제발, 응?"

택시는 경부고속도로가 아닌 올림픽대로 위에 있었다. 남자는 흐느끼다가 매달리다가 변명하는 과정을 반복했다. 내지르는 음성이 떨릴 만큼 화조차 시원하게 내지 못하는 사람이었다. 소리만 지르는 여자도 거슬렸지만 미안하다고 애원하는 남자도 답답하긴 마찬가지였다. 운전만 하려는데도 신경이 자꾸 뒷좌석으로 향했다. 한참의 승강이 끝에 남자는 가만두지 않을 거라고 돌연 목소리를 바꾸며 전화를 끊었다.

국회 앞을 막 지나고 있었다. 택시가 제 속도를 내지 못했다. 아무리 출근 시간이라지만 시속 십 킬로미터를 내지 못할 만큼 막히는 도로가 아니었다. 아침부터 집회라도 있나, 하고 국회의사당 쪽으로 고개를 돌렸다. 좌석 목 받침에 남자의 손이 갑자기 들어왔다. 장난해요, 지금? 순간 당황해 핸들을 놓칠 뻔했다.

"왜 돌아가는데요? 서부간선 탔으면 될걸, 막히는 여의도로 왜 왔냐고요!"

남자는 좌석을 치며 험상궂은 표정을 지었다. 방금까지 여자가 만나주지 않는다고 매달리던 사람이 맞나 의아할 지경이었다. 운전대를 움켜쥐며 놀란 마음을 가까스로 진정시켰다. 회사 택시를 몬 지 오 개월이 지났다. 그간 운전 실력도 늘었지만, 눈치와 인내도 늘었다. 승객과 마찰이 생겼을 때 억울함을 피하려고 입을 뗐다가 떨어지지 않는 고개를 억지로 숙여야 한 적도 있었다. 나는 마른침을 삼키고 조심스럽게 입을 열었다. 내비게이션을 찍고 간다고 말씀드렸는데, 통화하느라 못 들으셨나 봐요. 남자는 그런 말은 들은 적이 없다고 단호하게 말을 잘랐다. 아까, 하고 말을 붙였지만 길게 말해봤자 달라질 게 없어 보였다. 둘밖에 없는 공간이었다. 게다가 남자는 굳은 표정으로 좌석을 주먹으로 내리치고 있고. 나는 고속터미널까지 택시 요금이 보통 얼마 나오느냐고 말을 돌렸다. 남자는 미터기를 살피고는 만이천 원 정도? 하고 얼버무렸다. 비스듬히 쳐다보는 눈동자가 미세하게 흔들렸다. 미터기는 벌써 만오천 원을 찍고 있었다. 그럼 그 돈만 받겠습니다, 손님. 나는 남자의 시선을 피해 미터기를 껐다.

내가 돈 때문에 이러는 게 아니에요. 요즘이 어떤 시댄데 아직도 고객한테 바가지를 씌우려고 해요? 이런 거 인스타에 올리면 택시 회사도 끝난다고요. 십 년 전이나 지금이나 뭐 하나 달라진 게 없다니까. 남자는 손목에 두른 매듭 팔찌를 만지작거리며 십 년 전을 들먹였다. 눈은 어느새 물기가 말랐고, 뭔가를 이해시켜야 한다는 눈빛으로 고개까지 끄덕이고 있었다. 룸미러에 비친 의기양양한 표정에 쓴웃음이 났다. 십 년 전 그는 기껏해야 초등학생이나 중학생이었을 거다.

남자는 택시에 오를 때 지었던 밝은 표정으로 터미널에서 내렸다. 그는 꼬깃꼬깃 접은 만이천 원, 세 장의 지폐를 내밀며 수고하라고 인사를 건넸다. 재킷에 손을 꽂고 휘적휘적 걷는 모습이 눈에 가득 들어왔다. 어린 남자의 뒷모습을 보니 억울함보다는 안쓰러운 기분이 들었다. 이제 남자는 어디로 향할지, 어떻게 될지 모를 길로 가기보다 돌아가는 게 나을 수도 있을 텐데…… 나는 터미널로 사라지는 남자를 잠시 내다보았다.

미터기와 차이 나는 삼천 원을 보태 사납금 봉투에 채워 넣고 택시 승강장으로 차를 돌렸다. 덜 채워진 봉투가 마음이 쓰였다. 하루 십육만 원이 넘는 사납금은 늘 손이 닿지 않는 미래 같았다. 오늘 닿았다 해도 내일이면 또 미래가 되어버리는 십육만 원짜리 미래. 사납금이 없어지고 월급제로 전환했지만, 결국 한 달 치 사납금을 몰아서 내는 방식이라 목돈으로 나간다는 부담만 더할 뿐이었다. 경험 많은 기사들은 법이야 어떻든 합승을 하거나 돈이 안 되는 곳을 거부하는 식으로 할당량을 채웠다. 그러나 나는 개인택시를 몰 형편도 아니고, 경력도 충분하지 않아 사람들이 몰리는 거리를 그저 쫓아다녔다. 사실 신고를 당해 일을 못하게 될까 봐 어떤 시도도 하지 않았다. 그래도 오늘은 개시부터 만 원이 넘는 손님을 태웠고, 내린 곳이 터미널 근처라서 시작이 아주 나쁘진 않다.

삼천 원쯤이야 손님을 찾기 위해 대기한 비용으로 계산하면 되었다.

남자가 내린 차 안에 찬 기운이 맴돌았다. 한낮은 얇은 재킷 차림이 간간이 보였지만 공기는 어느새 겨울로 기울고 있었다. 패딩과 모직 상의, 목도리와 스카프, 종종 보이는 반소매 셔츠와 청재킷까지. 계절이 뒤엉킨 옷처럼 사람들은 지하철역 계단에서 두서없이 엇갈리고 있었다. 여덟시 이십분, 출근 시간의 막바지였다.

앞에서 차들이 하나둘 빠져나갔다. 택시 승강장에 들어설 때만 해도 대기하는 차량이 열 대가 넘었는데 삼 분도 채 지나지 않아 내 차례가 되었다. 뒤로도 열 대쯤 줄이 길게 늘어섰다. 여자가 아이를 안고 내 쪽으로 다가왔다. 여자는 갈색 트렌치코트에 스카프를 칭칭 둘러매고 하이힐을 신고 있었다. 아이를 안고 외출하기에 불편한 복장이 분명했다. 커다란 짐 가방에 아기 띠까지 꽉 채워서 보고 있는 내가 숨이 갑갑할 지경이었다. 목동 9단지로 가주세요. 나는 여자의 말에 미터기를 켜며 평소 다니는 길을 물었다. 여자는 도로명은 모르지만 길은 안다며 가면서 알려주겠다고 대답했다. 대화가 오가는 중에도 아이는 계속 칭얼댔다. 나는 아이를 바라보며 작게 웃었다. 배고픈 거 아니에요? 여자 기사니까 편하게 먹이셔도 돼요. 나도 모르게 여자의 가슴에 시선이 멈췄다. 그러나 여자는 떨떠름한 표정으로 밖을 내다봤다.

하긴 남의 아이 배고픈 것을 걱정할 처지인가. 현서의 얼굴이 떠올랐다. 지난주까지만 해도 아이는 누구에게나 잘 안겼다. 신체 발달이 빠른 아이들은 백일이 지나면서 낯을 가린다는데 현서는 팔 개월이 지나도록 사람을 가리지 않았다. 낯가림이 너무 없어 문제라도 있는 게 아닌가 가끔은 걱정스러웠다. 그러던 아이가 사흘 전부터 나와 떨어지지 않으려고 안간힘을 썼다.

이런 애가 아닌데. 어린이집 선생은 굉장히 의아하다는 듯 현서를 내게서 떼어냈다. 아이는 울음을 터뜨리며 조그만 손이 빨개질 때까지 내 점퍼를 움켜쥐었다. 한 시간 넘게 차에 싣고 다녀도 방긋거리던 아이였는데, 아이는 점차 엄마와 떨어진다는 의미를 알아가고 있었다. 선생님, 오전과 오후 이유식을 용기에 따로 담았어요. 재료를 다른 것으로 바꿔서 잘 먹을지 모르겠네요. 선생은 고개를 끄덕이며 알았다는 표시를 했다. 그러고는 오늘은 연례 행사로 어린이집 교사 워크숍이 있으니 여섯시 반까지는 꼭 와달라고 부탁했다. 선생은 무슨 말인가 더 하려다 말고 아랫입술을 깨물었다. 나는 아이가 열이 살짝 있다고 말하려다 그만두었다. 택시 안의 공기가 탁해서 아이 얼굴에 열이 올랐을 것이다. 아이를 잘 봐달라는 부탁 대신 오늘은 교대가 여섯시라 늦지 않을 거라고 말하며 웃었다. 자지러지는 아이의 울음과 달래는 선생의 목소리를 뒤로하고 택시로 급히 걸음을 돌렸다.

여자는 꽉 묶여 있는 아이를 똑바로 세워 젖병을 물렸다. 아이를 품에 안아 분유를 주면 한결 편할 텐데 여자는 좀처럼 아기 띠를 풀지 않았다. 현서는 편한 자세로 먹이지 않으면 늘 탈이 났다. 한마디 해주고 싶었지만 괜한 참견인 것 같아 내버려두었다. 나는 차가 흔들려 분유가 새지 않을까, 아이가 체하면 어떡하지, 하는 조바심으로 액셀과 브레이크를 조절하면서 밟았다. 그러나 급정거와 급출발을 반복하는 출근 차량의 행렬 속에서 혼자 유유히 운전하는 건 쉽지 않았다.

목동 방향에 들어섰다. 여자는 아이의 젖병만 내려다보고 있었다. 손님, 혹시 앞 사거리에서 우회전해야 하는 거 아닌가요? 여자는 내 말을 듣고 있지 않았다. 목소리를 높여 다시 말하자 그제야 고개를 들었다. 그러게요, 오른쪽으로 틀었어야 했는데. 남의 일처럼 심드렁한 말투였다. 이미 사거리는 지났고, 그 자리에 서려면 길을 한참 돌아야 했다. 도로에는 아직도 차들이 빼곡했다. 한참 만에 택시를 돌려 우회전을 한 뒤 목동에 접어들었다. 안내를 듣기 위해 룸미러를 흘끔거렸다. 여자는 아이에게 분유를 다 먹이고 화장을 고치고 있었다. 기초화장에 마스카라까지, 뭔가 말을 해야 할 것 같은데 낌새가 보이지 않았다.

골목에 들어서자 한 달 전쯤 취객을 태우고 이곳을 헤맸던 기억이 떠올랐다. 밤이었고, 내비게이션을 켜고 운전한 터라 기억이 명확하지 않지만 길이 좁고 복잡해 그때도 애를 먹었던 기억이 났다. 말하는 게 귀찮다면 차라리 처음부터 내비게이션 안내를 받자고 할 것이지. 여자는 아이가 칭얼거리는데도 핸드폰으로 문자만 보내고 있었다. 나는 여자에게 아이가 답답한 모양이라며 길을 미리 알려주면 빨리 갈 수 있을 거라고 넉살 좋게 말을 걸었다. 그러나 여자는 내 말에 신경 쓰지 않았다. 선택해야 할 길은 연이어 나왔지만 승객이 입을 다물고 있어 계속 직진했다. 사실 직진이라고 하기에도 애매한 길이었다. 직진으로 생각되는, 그러니까 왼쪽이나 오른쪽으로 덜 치우친 비교적 직선이라고 판단되는, 목동에서 벗어나지 않은 길을 따라갔다.

하지만 막다른 골목에서 만난 쌍갈랫길은 내 판단 너머에 있었다. 손님, 길을 알려주셔야 할 것 같은데요. 목소리를 높여 룸미러를 쳐다봤다. 여자는 표정 없이 주변을 둘러봤다. 그러곤 비명에 가까운 소리를 내질렀다. 여기, 여기가 어디예요? 나는 비상등을 켜고 차를 멈췄다. 어떻게 가면 좋을지 여자에게 다시 물었다. 여자는 목동이 맞는지 재차 확인하고는 왜 마음대로 길을 갔느냐며 따지고 들었다. 무심하게 느껴질 만큼 나른했던 말투가 비음까지 섞여 갈라져 나왔다. 나야말로 왜 미리 알려주지 않았느냐고 따져 묻고 싶었다. 엄마의 목소리에 놀라 아이가 울음을 터뜨렸다. 붉어진 아이의 얼굴을 보니 오전부터 큰소리를 내봤자 이로울 게 없다는 생각이 들었다. 숨을 크게 내쉬고 여자를 쳐다봤다. 손님, 그럼 내비게이션을 찍고 갈까요? 고속터미널에서 목동까지 이 시간에 달리면 만팔천 원은 나오는데, 어쨌든 서로 오해한 부분이 있으니까 만육천 원만 주세요. 대신 꼭 현금으로 주셔야 해요.

이만 원이라고 찍힌 미터기를 끄고, 목동 9단지를 내비게이션에 찍었다. 차는 경로를 한참 이탈해 있었다. 골목에 들어서서 근처라고 생각한 게 오산이었다. 바쁘지 않을 때면 이십오 분이면 충분할 거리를 한 시간도 넘게 헤맨 거였다. 미터기는 공허하게 돌아갔고, 나는 계산에서 빼야 할 노동을 한 셈이었다.

목동 시가지는 출근과 등교의 번잡함에서 차츰 벗어나고 있었다. 도로에는 슈퍼와 정육점에 물건을 대는 탑차와 동네 골목을 다니며 채소를 파는 트럭들이 속속 모습을 드러냈다. 내 앞으로 트럭 한 대가 멈췄다. 배달 기사는 자신의 상체보다 더 큰 박스를 들고 슈퍼 문을 옆구리로 밀었다. 그리고 얼마 안 있어 미안한 표정으로 내게 손을 들고는 차 안으로 바쁘게 뛰어 들어갔다. 나는 가볍게 목례하고 차를 돌려 큰 도로로 빠져나왔다.

9단지에 도착했다. 여자는 짐 가방을 어깨에 두르고, 내게 신용카드를 내밀었다. 나는 물끄러미 여자의 손을 쳐다보다가 얼굴로 눈길을 돌렸다. 여자는 왜 안 받느냐며 내 얼굴 가까이에 카드를 흔들었다. 나는 다시 여자의 얼굴에서 미터기로 시선을 돌렸다. 여자는 내가 아무것도 흐르지 않는 미터기를 쳐다보는 이유를 가늠하지 못하는 듯했다. 지금껏 한 번도 짓지 않던 바쁜 표정까지 지으려고 들었다. 숨을 골랐다. 하고 싶은 말이 많을수록 흥분하면 안 되었다. 손님, 택시비가 많이 나올 것 같아서 미터기를 끈다고 아까 말씀드렸는데요. 미터기를 껐기 때문에 카드는 안 됩니다. 나는 짐짓 태연한 태도로 현금을 요구했다. 그러자 여자가 허공에 대고 하아, 하면서 어이없다는 반응을 보였다. 친정에 애 맡기고 출근하는 사람을 뱅글뱅글 돌리더니 이제야 현금을 내놓으라고요?

순간 운전대를 쥔 손에 힘이 강하게 들어갔다. 내 표정이 어땠는지 알 수 없지만 여자를 돌아보는 목이 뻐근해졌다. 여자는 나를 쳐다보지 않고, 보조석 앞에 붙은 운전자 자격 사항을 훑었다. 그러고는 들으라는 것처럼 회사명과 차량 번호를 떠들었다. 달싹거리는 입 모양에서 회사에 쫓아와 따지고 들었던 사람들의 얼굴이 스쳤다. 나는 근무 시간 내에 사납금을 채워야 했다. 현서도 제시간에 데리러 가야 했다. 한 번만, 오늘 딱 한 번만 더 참아보자며 주먹에 들어간 힘을 천천히 풀었다.

미성의 핸드폰으로 전화를 걸었다. 미성은 바빠서 전화 못 받아요, 하면서도 무슨 일 있어요? 하고 바로 되물었다. 나는 상황을 설명했다. 여자의 시선 때문에 여자 탓으로 돌릴 수는 없었다. 미성은 금세 말을 알아들었다.

"근데요, 이번 달에 벌써 두번째인 건 아시죠? 지난달에도 그랬고. 사장이 요즘 사람 정리한다고 벼르고 다녀요. 이러면 나도 힘들어진다고요."

미성은 거기까지 말하고 숨을 몰아쉬었다. 주변에서 들리는 콜 소리로 전화기가 시끄러웠다. 나는 다시는 이런 부탁 안 할게요, 하면서 미성의 답을 기다렸다. 그럼 혹시 사장한테 걸려도 절대 저까지 끌어들이지 마세요. 미성은 전화를 끊고 카드를 처리할 수 있게 원격으로 기계를 조정해주었다. 그 사이에도 여자는 회사에 늦었다면서 계산을 재촉했다. 그렇게 바쁜데 여태껏 어떻게 견뎠는지 알 수 없었다. 여자에게 무슨 말을 던질까 잠시 고민했다. 기다리게 해서 미안하다는 말도, 즐거운 하루를 보내라고 손님에게 늘 하는 인사도 내키지 않았다. 나는 여자를 찬찬히 훑으며 카드와 영수증을 내밀었다. 여자는 낚아채듯 카드를 받아 들었다. 그러고는 아침부터 진짜 재수 없게, 하고 뱉으며 아파트로 종종 사라졌다. 갑작스러운 허기가 밀려들었다.

근처 기사식당에 들어갔다. 오늘 처음 먹는 음식이고, 허기가 진 상태인데도 소고깃국 건더기가 목에 걸려 이물감이 느껴졌다. 고기를 더 잘게 부술 걸 그랬나. 현서의 목에 건더기가 걸릴까 걱정되었다. 새로 만든 소고기 표고 죽이 현서의 입맛에 맞을지 모르겠다. 입이 짧은 아이라 음식이 바뀌면 탐

색을 오래 했다. 한 달 젖을 물리고 분유로 돌릴 때도, 생후 오 개월에 접어들어 흰 미음으로 이유식을 시작할 때도 그랬다. 여자에게 진이 다 빠졌지만 한편으로 아이를 대신 돌봐줄 사람이 있는 여자가 부러웠다. 현서가 음식을 거부하더라도 선생이 잘 달래 몇 순갈 넘겨줘야 할 텐데. 입술을 꽉 깨물던 어린이집 선생의 얼굴이 도무지 잊히지 않았다.

식사를 마친 기사들이 두엇씩 어울려 담배를 태우고 있었다. 오 개월 전만 해도 나는 그들 틈에 끼려고 노력했다. 담배 연기가 달갑지 않았으나 고개를 주억거리며 그들의 장단에 맞추려고 했다. 그것이 그들의 사회에서 내가 적응해야 할 어떤 것이라고 여겼으니까. 그러다가 내가 그곳에 서 있어도 달라질 게 없다는 사실을 깨달았다. 그들이 정치와 도박, 여자, 야구 이야기로 낄낄댈 때 나는 섞이지 못하고 주변에서 멀뚱거렸다. 더러 이해는 가요? 하고 묻는 사람도 있었다. 그러나 그 사람들도 내 표정을 보고 금세 고개를 돌렸다.

싱글맘이라는 동정은 받고 싶지 않았다. 하지만 운전도 잘 못하는 주제에 무책임하게 차를 끌고 나왔다고 비아냥대면 차라리 동정이 낫다는 생각이 들었다. 동정은 적어도 상대에 대한 걱정은 담고 있으니까. 그러지 말고 딴 데를 찾아봐. 택시가 밖에서 보기엔 운전만 하는 것 같아도 별의별 승객들이 다 있어서 만만한 게 아니거든. 차라리 여자들이 많이 하는 식당 일을 하거나 가사 도우미를 나가든지 아니면 남자를 다시 만나든가. 애도 생각해야지? 화를 내봤자 돌아오는 건 야간조 편성과 조를 바꿔주지 않겠다는 동료들의 거절이었다. 입사 전에 걱정했던 희롱 따위는 그저 부차적인 문제로 느껴졌다.

나는 어느 순간부터 동료들을 피했다. 교대 시간을 제외하고 사무실에는 되도록 들르지 않았다. 시간이 정해진 일이라 현서를 돌볼 수 있겠다는 생각에 택시를 선택했었다. 계약 기간도 있고, 기본급이 있어 식당보다 안정적일 것 같아 시작한 일이다. 그런데 막상 들어와보니 어려운 점이 한두 가지가 아니었다. 어느새 나는 성격이 예민한 사람이 되어 있을 뿐이었다. 다행히 최근 들어 택시 어플을 보고 여자 기사를 찾는 사람이 늘었다. 삼 년 뒤에는 개인택시를 하겠다고, 아니 조금 여유가 생기면 대형 면허를 따 마을버스를 몰겠다고 마음먹지만 당장 현서의 울음을 달래기에도 시간이 모자랐다.

멀리서 동료 기사가 곁눈질하는 것 같았다. 나는 그의 눈길을 피해 커피를 마저 마시고 자리를 떴다.

지갑에서 사천삼백 원을 꺼내 사납금 봉투에 집어넣었다. 우회한 바람에 허비한 연료도 떠올랐지만 부질없는 생각이다. 아직 열시밖에 안 되었다. 아침을 든든하게 먹었으니 점심은 편의점 빵으로 때워도 되었다. 오늘은 꼭 빨리 마무리 짓고 현서의 이유식을 챙겨야지. 나는 도로를 두리번거렸다.

목동을 세 바퀴째 돌았다. 역 주변과 아파트 단지를 오가며 삼십 분당 한 명꼴로, 다섯 명의 단거리 손님을 태웠다. 택시 어플도, 콜도 조용했다. 운전대를 돌리는데 핸드폰이 울렸다. 어린이집이었다. 어머니, 현서가 열이 나요. 38.6도라서 해열제를 먹여야 할 것 같은데요. 나는 해열제를 먹여도 된다고 하고는, 그보다도 병원에 데려갈 수 있겠냐고 사정했다. 선생은 엠티 준비와 아이들 견학 행사로 선생들이 모두 외부에 나가 있어 손이 없다고 말했다. 그러면서 우선 상비약을 먹이고, 다른 선생이 돌아오는 대로 병원에 가겠다고 양해를 구했다. 나는 잠깐만 시간 내시면 안 될까요, 선생님? 하고 재차 물었다. 선생은 조그맣게 한숨을 쉬었다. 그럼 다른 아이들은 누가 보고요? 목소리에 표정이 깃들어 있었다. 그녀는 전화를 끊기 전에 다시 한번 강조했다. 그건 그렇고요. 오늘은 일 년에 한 번뿐인 행사라 절대 늦으시면 안 돼요.

나는 사람이 많은 신촌으로 차를 돌렸다.

차창을 모두 열었다. 평일 오후라 양화대교는 내다보이는 직선거리만큼 시원하게 뚫려 있었다. 십오 분 뒤 신촌에 도착하면 가까운 거리를 요구할 학생들 때문에 태우고, 내리고, 계산을 반복할 테다. 바빠지는 마음을 가다듬기 위해 오른손으로 핸들을 쥐고, 왼손은 밖으로 뻗어 바람을 맞았다. 차가운 기운이 금세 온몸에 퍼졌다.

대교가 끝나는 지점에서 두 사람이 걸어오는 게 보였다. 둘은 긴 검정 패딩 점퍼를 입고 있었는데 체격이 달라 다른 옷처럼 보이기도 했다. 나는 대교를 건널 때면 지나는 사람을 유심히 쳐다본다. 두 번쯤 그 길을 비척거리며 걸어본 경험이 있다면 누구라도 나처럼 쉽게 다리를 건너지 못할 것이다. 정체로 차가 움직이지 않을 때는 사람들의 표정을 들여다봤고, 속도가 나면 난간에서 얼마나 떨어져 가는지 눈대중했다. 그들은 동행이면서 아닌 듯이 한 사람은 난간 가까이에, 다른 사람은 도로 가까이에 붙어 걸었다. 나이도, 성별도 짐작할 수 없었다. 난간 쪽으로 걷는 사람은 이민 가방처럼 보이는 커다란 캐리어를 끌고 있었다. 한 사람이 도로 쪽으로 비틀거리며 다가오자 나는 운전대를 바로 잡고 속도를 줄였다. 얼마 안 있어 택시에 가까워졌을 때 두 사람이 같이 손을 들었다.

남녀였다. 여자는 키가 크고 마른 체구였고, 남자는 살집이 있고 키가 작았다. 둘이 나란히 앉았는데 앉은키로도 여자가 십여 센티미터는 커 보였다. 드문드문 난 흰머리와 잔주름이 선명한 얼굴로 보아 사십대 중후반으로 짐작되었다. 남자는 서류 봉투를 무릎에 올리고 안쪽에 앉았고, 여자는 캐리어를 트렁크에 실은 뒤 오른편에 자리를 잡았다. 같은 옷을 입고 함께 앉았지만 떨어져 있는 모습이 대교에서 걷던 그대로였다. 아무려나 한 시간 만에 맞는 손님이라 반가운 기분마저 들었다. 나는 행선지를 물었다. 여자가 저음의 담담한 목소리로 천안의 한 아파트를 말했다.

반대편에서 오던 사람들이라 양천구나 강서구로 향할 거라고 예상했는데 천안이라니 순간 위치가 파악되지 않았다. 정신을 차리고 왕복 시간을 계산했다. 현재 시각 두시 이십분, 큰 사고로 막히지 않는다면 다섯시 반까지는 충분히 돌아올 거리다. 어쩌면 교대 시간에서 삼십 분쯤 남아 여유를 부릴지도 모른다. 마지막 손님을 장거리로 태우다니 역시 오늘은 운이 나쁘지 않다. 나는 여자에게 교대 시간을 말하며 장거리에 난색을 표했다. 요금에 고속도로 통행료까지 받으려면 손님에 따라 앓는 소리도 필요하다. 여자가 남자를 쳐다봤다. 남자는 그냥 가달라고 기운 없이 대꾸했다. 여자가 미터기에서 삼만 원을 더 얹어주겠다고 말했다. 나는 손님에게 두번째 질문을 던지려고 룸미러를 살폈다. 둘은 양쪽 차창에 몸을 각각 기대고 눈을 감고 있었다. 내비를 켜고 가겠습니다, 하고 큰 소리를 내자 여자가 눈을 감은 채로 고개를 끄덕였다.

올림픽대로는 아침과 다르게 여유가 있었다. 초겨울 햇살이 닿은 자동차들이 눈부시게 빛을 반사하며 옆을 지나갔다. 속도를 내는데도 급해 보이지 않는 건 점점 차분해지는 마음 때문일 거다. 택시에는 내비게이션의 안내와 자동차가 내는 소음만 들렸다. 운전용 선글라스를 거치대에서 꺼내면서 안개가 걷혔다는 사실을 뒤늦게 깨달았다.

이수고가를 따라 사평지하차도로 내려가는데 앞차가 브레

이크를 급하게 밟았다. 나는 갑자기 켜진 라이트를 보고 급제동을 걸었다. 택시는 다행히 사중 추돌을 바로 앞에 두고 멈췄다. 아찔한 기분과 함께 안도감이 밀려왔다. 운전대에 얼굴을 묻고 숨을 고른 뒤 뒷좌석이 어떤지 돌아봤다. 남자는 고개를 수그리고 있고, 여자는 그런 남자를 지켜보고 있었다. 남자의 발밑에 찢긴 종이가 수북했다. 차를 갑자기 멈춰 겁이라도 먹었나. 괜찮으냐고 물으려는데 여자가 입을 뗐다. 오래전에 폭풍이 지나 아무것도 남지 않은 그런 건조한 투였다.

"이미 다 처리된 걸 그깟 것에 뭐 하러 힘을 써?"

남자는 고개를 흔들며 봉투에서 종이를 더 꺼냈다. 업무용 서류 같은 용지가 흘깃 보였다. 둘 사이에 문제가 있다는 건 택시를 태우기 전부터 어느 정도 감지하고 있었다. 찢긴 종이를 치우는 건 그다지 어렵지 않다. 하지만 표정 없이 말을 주고받는 그들이 여간 신경 쓰이는 게 아니었다. 나는 일단 차를 출발시켰다. 도로는 사고로 인해 순식간에 엉켜 있었다. 여자가 말을 이었다.

"가방에 넣을 건 다 담았지? 애한테 우리 상황 잘 설명해. 괜한 얘기 보태서 소란 만들지 말라고."

그때까지 조용히 있던 남자가 내 좌석을 강하게 걷어찼다. 나는 남자의 갑작스런 행동에 놀라 비명을 지르며 어깨를 움츠렸다. 핸들을 놓쳐 차가 심하게 흔들렸다. 바로 운전대를 잡았지만 그 바람에 놀란 차들이 거칠게 경적을 울리며 옆으로 차를 들이댔다. 가슴이 빠르게 뛰었다. 따지는 건 나중의 문제이고 운전에만 집중하자고 되뇌며 핸들을 꽉 붙들었다. 엉겨붙던 차들이 차츰 시야에서 멀어졌다. 호흡을 겨우 진정시키고 뭐 하는 거냐고, 이럴 거면 차라리 내리라고 룸미러를 보고 소리 질렀다. 반포 인터체인지 근처였다. 남자는 서류를 모두 찢고는 봉투까지 조각내고 있었다. 여자가 한숨을 쉬며 남편이 조절 장애가 있어 그렇다며 미안하다고 사과했다. 말투가 꼭 문제 있는 아이를 병원에 데려가는 보호자처럼 지쳐 있었다. 나는 그러지 않겠다는 다짐을 여러 번 받아내고는 운전을 계속했다. 그들은 낮은 소리로 조용히 다투다가 이내 눈을 감았다.

천안에 도착했다. 고속도로에서 사고 차량을 만나는 바람에 예상 시간에서 사십 분이나 지체했다. 시간은 벌써 네시 오십분을 넘겼다. 남자와 여자는 차창에 얼굴을 붙이고 바깥을 내다보고 있었다. 핸드폰에는 현서에게 해열제를 다시 먹인다는 메시지와 여섯시 반까지 꼭 데리러 오라는 문자가 연이어 들어왔다. 아직 시간은 괜찮다고, 돌아갈 때 속력을 내면 된다고 마음을 다독였지만, 눈은 자꾸 시계로 향했다. 천안역을 지날 즈음 남자가 입을 열었다.

"거기 말고, 오른쪽으로 돌아요."

남자는 얼굴을 앞으로 내밀며 내비게이션을 가리키고 말했다. 여자가 고개를 끄덕이면서 우회전을 해서 길을 돌면 마을이 나올 거라고 덧붙였다. 안쪽으로 들어가면 저수지가 있는데 저수지 앞에 있는 집을 찾아가면 된다고 했다. 아파트라고 하시지 않았어요? 하는 질문에 주소를 몰라서 그렇게 설명했다고 여자가 대답했다. 그러곤 거의 다 와 간다고 흩어진 종이를 쓸어모았다. 날이 점점 어두워지고 있었다. 밖으로 내다보이는 풍경으로는 저수지가 전혀 그려지지 않았다. 멀리 아파트 단지가 보였고, 도로 옆으로 띄엄띄엄 상가와 집들이 스쳐 갈 뿐이다. 괜한 욕심으로 멀리까지 온 건 아닌지 초조해져 시간을 다시 체크했다. 약을 두 번이나 먹였으니 현서는 좀 나아졌겠지. 여기까지 왔는데 승객을 길가에 두고 돌아갈 수도 없고. 목적지에 도착해 회사가 아닌 어린이집으로 차를 몰면 시간 안에 도착할 거 같았다. 남자가 호흡을 가쁘게 뱉으며 목소리를 높였다.

"내가 뭘 얼마나, 애한테 고개도 못 들 만큼 엄청나게 잘못했는데? 나 진짜 다 나왔단 말이야. 짐은 안 챙길래."

룸미러를 쳐다봤다. 여자가 남자의 멱살을 붙들고 있었다. 꽉 끼는 점퍼가 위로 말려 얼굴이 벌게지게 목을 조였다. 거의 왔다면 몇 분 뒤에는 도착할 텐데 조금만 참아줄 것이지, 이젠 짜증마저 일었다.

혼자 모퉁이에 서 있다고 느낄 때마다 나는 그나마 희망을 품었던 신혼 초를 떠올리며 현재를 위로했다. 하지만 그때는 곁에 사람이 있었다는 사실을 생각하면 절망에서 쉽게 벗어날 수 없었다. 어쨌든 저들은 둘이었다. 내가 두 사람보다 나은지 더 살아보지 않아 알 수 없지만, 저 정도의 지친 얼굴을 보일 사이라면 물리지 않는 태엽을 맞추려고 어지간히 애썼을 거라는 생각이 들었다. 저들은 무슨 일로 이곳까지 내려왔을까.

남자가 그만하라며 여자를 힘없이 밀쳤다. 여자는 붙잡았던 상의를 놓고 제자리로 돌아가 앉았다. 나는 빨리 벗어나고 싶어 모른 척 운전만 했다.

야트막한 산에 접어들었다. 차 한 대가 겨우 지날 정도로 좁은 산책로는 포장이 되어 있지 않아 바퀴가 구를 때마다 택시가 덜덜거렸다. 내비게이션은 길을 잃어 주변을 다시 검색하고 있었다. 불쑥 튀어나온 나뭇가지들이 택시 앞 차창을 줄기차게 때렸다. 여기서 또 우회전이요, 하는 남자의 목소리가 내 머리를 치는 것 같았다. 저수지는 아직도 시야에 들어오지 않았다. 더 이상 참는 건 바보짓이었다. 나는 교대 시간이 여섯시 반이라고, 내려서 걸어가면 안 되느냐고 급한 목소리를 냈다. 여자는 정말 다 왔다고 차분하게 대꾸했다.

어린이집에서 전화가 걸려왔다. 어머니, 병원에 갔다 왔는데도 현서 열이 안 떨어져요. 언제쯤 오실 거예요? 다섯시 이십칠분이었다. 나는 고개를 내젓고 몰래 숨을 삼켰다. 아, 금방 가요. 여섯시 반까지잖아요. 선생은 내 대답에 안심하며 현서가 걱정되니까 되도록 일찍 데려가면 좋겠다고 전화를 끊었다. 해 질 녘 햇살이 차에 길게 들어오고 있었다. 길을 따라 차를 몰면 저수지 앞의 집이 정말 나올까. 시간 계산이 점점 희미해졌다. 간간이 들어오던 빛도 사라졌는데, 저만치 멀리 보이는 차의 헤드라이트에 남자가 탄성을 질렀다. 듬성듬성한 소나무 사이로 주황빛 해가 설핏 비쳤다. 저수지와 갈대에 둘러싸인 낚시 초소가 보였다. 저수지는 산으로 넘어가는 해를 담고 반짝이고 있었다.

그때 남자가 달리는 차에서 내려 밖으로 뛰어나갔다. 그는 공이 구르듯 날쌔고 부드럽게 내리막을 뛰었다. 순간 놀라기도 했지만, 난데없이 벌어진 일이라 브레이크를 힘껏 밟았다. 상체가 좌석을 맞고 운전대에 거칠게 닿았다. 어리둥절해 여자를 돌아봤다. 여자는 택시 밖 남자를 향해 욕설을 뱉고 있었다. 무덤덤하게 말하던 여자는 어디에도 없고, 화를 참지 못해 어쩔 줄 몰라 하는 사람만 있었다. 여자는 곧바로 차에서 내려 대체 어디까지 도망칠 거야! 하고 외치며 남자를 따라나섰다. 나는 주차 모드로 기어를 바꾸고 사이드를 채웠다. 차에서 빠르게 내려 사라지는 여자를 쫓았다. 그러나 해가 거의 넘어간 저수지는 사방이 갈대가 우거져 남녀가 어디로 뛰었는지 모습도, 소리도 추적할 수 없었다. 곳곳에 흩어진 낚시 초소에는 사람 없이 낚싯대만 늘어져 있었다. 저수지 앞에서 소리를 내질렀으나 돌아오는 것은 수면 위로 공명하는 메아리와 어수선하게 나부끼는 갈대 소리뿐이었다.

미터기는 쉬지 않고 돌아가 이십삼만팔천 원을 찍고 있었다. 현실감 없이 깜빡이는 빨간 숫자가 현서의 끓는 이마에 손을 얹은 것처럼 저릿했다. 아침에 끄고 내버려둔 블랙박스가 눈에 들어왔다. 사라진 남녀의 흔적은 좌석 뒤편에 찍힌 발자국과 찢긴 서류, 트렁크 속 캐리어가 전부였다. 귓가에 차창을 때리는 바람과 자동차 엔진 소리가 요란했다. 여섯시를 알리는 시그널이 울렸다.

현서는 아마도 곧 선생들과 엠티를 떠날 것이다. 어쩌면 열이 많이 떨어져 선생들에게 재롱을 떨며 안겨 있을지도 모르지. 제발 그랬으면 좋겠다. 사납금은, 꼭 오늘이 아니라도 채울 수 있으니까, 아니 채워 넣을 거니까 괜찮을 거다. 나는 빛이 사라지는 풍경을 지켜보며 나지막이 뇌까렸다.

다리를 억지로 끌어 차 뒤편으로 갔다. 저수지 바람에 한기를 느껴 어깨를 움츠렸다. 트렁크를 열고 캐리어를 바닥에 내려놓았다. 커다란 캐리어에는 작은 운동화 한 켤레가 들어 있었다. 한쪽만 진흙으로 엉망이 된 아동화가 구석에 떨어져 있었다. 신발을 꺼내려고 캐리어 속에 상체를 넣어 손으로 휘저었다. 캐리어 안은 바람이 들지 않아 아늑한 느낌이었다. 나는 캐리어 안으로 몸을 집어넣었다. 들어가지 않을까 봐 최대한 몸을 웅크리고, 운동화를 옆으로 밀었다. 지퍼를 끝까지 잠갔다. 캐리어의 천이 부드럽게 등을 감쌌다. 구부린 채로 좌우를 살폈다. 바깥보다 더 까만 밤이 내려와 내가 어디에 있는지 감각을 흩뜨려놓았다. 슬슬 일어나 움직여야 하는데 다음 행선지가 도무지 떠오르지 않았다.

앞자리에 앉은 사람

다음 역에 내려 프라이드치킨을 사주겠다고 윤서를 달래던 중이었다. 열차가 심하게 흔들려 몸이 한쪽으로 밀리면서 한 사람이 눈에 들어왔다. 여자는 아이를 붙드느라 팔에 두르고 있던 가방을 앉아 있는 사람에게 떨어뜨렸다. 그녀는 재빨리 가방을 들고 앞에 앉은 사람에게 고개를 숙였다. 미안한 표정을 짓는 것일 텐데 내 눈에는 쑥스럽게 웃고 있는 것처럼 보였다. 저 얼굴은, 대학 때 자주 본 표정이었다. 나는 갑작스러운 유이의 등장에 가슴이 철렁했다. 윤서는 사정도 모르고 배고프다고 계속 보챘다.

막상 유이가 눈앞에 나타나자 어떻게 해야 할지 머릿속이 깜깜했다. 시선을 돌리고 생각을 정리했다. 간식, 음료수 있습니다, 하는 판매원의 소리에 윤서가 통로로 쪼르르 달려 나갔다. 나는 조심스레 고개를 들어 통로를 살폈다. 유이가 시야에 없었다. 다른 사람을 착각한 걸까. 엉거주춤 엉덩이를 들고 좌석 앞뒤를 다시 둘러봤다. 다행히 유이는 내 앞으로 세번째 좌석에 자리 잡고 있었다. 운이 좋은 건지 유이의 맞은편 두 자리가 비어 있었다. 무엇을 먼저 해야 할지 떠오르는 건 없었다. 다만 이번에는 놓치면 안 된다는 생각에 되는대로 짐을 챙겨 자리에서 일어섰다. 말도 없이 유이 쪽으로 걸어가자 윤서가 과자를 골라 들고 쫓아왔다. 나는 마음이 급해 다음에, 다음에, 하면서 아이를 억지로 끌어 유이의 앞자리에 앉혔다.

용산역에서 청량리역에 도착할 때까지 유이에게 말을 걸지 못했다. 제발 알아차리라고 부산을 떨었지만, 유이는 고개를 숙이고 아이만 바라보고 있었다. 학교 다닐 때도 종종 있던 광경이었다. 유이가 제 일을 하고 있으면 나는 물끄러미 유이를 바라보곤 했다. 가끔 이런 만남을 기대하고 살았는데 진짜 만나게 될 줄이야. 대학을 졸업하고 얼마 동안 유이를 찾기 위해 노력한 적도 있었다. 최근까지도 나는 페이스북과 인스타그램, 학교 온라인 커뮤니티에 들어가 유이의 정보를 집어넣고 검색을 하곤 했다.

유이를 계속 훌끔거렸다. 우연히 만난 걸 반가워해야 할지, 이따금 봤던 사이처럼 어디 가는 길이냐고 태연히 물어야 할지, 혹은 우리가 처음 만났던 대성리 엠티를 뜬금없이 꺼내야 할지 고민하고, 또 고민했다. 그러고 보니 유이의 복장이 나와 비슷했다. 유이는 검은색 바지 정장을 입고 있었다. 아이가 재킷에 얼굴을 묻어 칼라는 안으로 접혀 말렸고, 옆구리 봉제선은 앞으로 돌아가 불편해 보이나 차려입은 모습이 비슷한 느낌이었다. 문득 유이도 최 교수의 장례식에 가고 있을 거라는 생각이 스쳤다. 유이는 최 교수를 먼 친척 아저씨라고 말한 적이 있었다. 우리 대학을 선택한 이유도 최 교수가 유이를 지방 장학생으로 추천해서라고 했다. 같은 곳을 가고 있을지 모른다는 생각이 들자 기분이 금세 들떴다. 하지만 내가 깜빡 잊고 있던 사실이 하나 있었다.

"아빠, 다음 역이잖아. 안 내려?"

윤서는 내 무릎에 놓인 핸드폰을 채 갔다. 그제야 유이가 나를 쳐다봤다. 반쯤 내려온 눈꺼풀이 졸린 듯 피곤해 보였다. 그녀는 잠시 나와 눈을 맞추고는 아는 사람을 어쩌다 만난 것처럼 가볍게 목례를 했다. 오랜만, 이라는 흔한 인사말조차 건네지 않았다. 나는 엉겁결에 간만이다, 하며 크게 말하고 웃었다. 어떻게 알은체할지 한참 고민했는데 정말이지 성의 없는 인사였다. 윤서는 다음 역에 다 왔다고, 내려야 한다며 팔을 붙잡고 흔들었다. 누굴 닮아서 눈치가 이다지 없는지 아이는 치킨, 프라이드치킨 하며 몇 분 전에 하던 말을 들먹였다. 나는 처음 듣는다는 표정으로 애들이 원래 이렇잖아,

하면서 유이에게 웃어 보였다. 그러곤 윤서에게는 밀차가 지나가면 과자를 사주겠다고 조용히 구슬렸다. 유이는 우리를 가만히 지켜보다 가방을 뒤적였다. 그녀가 건넨 과자 봉지에는 100% 유기농 프리미엄 유아 과자라고 적혀 있었다. 나는 아이의 머리를 유이에게 숙이게 하고는 고맙다며 인사했다. 무심히 끄덕이는 고개와 앳된 인상은 여전했지만, 어딘지 모를 시간이 얼굴에 배어 있었다. 윤서가 갑자기 과자를 바닥에 뱉었다.

"이거 졸라 맛없잖아!"

얼굴이 뜨거워졌다. 유치원에서 부쩍 이상한 말을 배워 온다고 아내가 툴툴대던 게 떠올랐다. 나는 유이의 눈치를 살폈다. 뭐라고 변명이라도 하고 싶은데 이렇다 할 말이 떠오르지 않았다. 민망한 마음에 아이가 뱉은 과자를 치운다는 게 발로 그만 밟아버리고 말았다. 과자를 밟은 발을 슬슬 끌어오며 핸드폰 게임을 작동했다. 아내가 게임은 절대 안 된다고 당부했지만 윤서를 조용히 시키려면 방법이 없었다. 게임 배경음과 함께 윤서의 투정이 잠잠해졌다.

열차 많이 좋아졌지? 나는 유이를 바라보며 입을 열었다. 이제라도 반가움을 표현해야겠다고, 소식을 듣지 못했던 몇 년 동안 어떻게 지냈는지 찬찬히 물어야겠다고 마음먹었다. 유이는 고개를 주억거리며 그렇다고 대답했다. 그러곤 이내 젖먹이에게 시선을 돌려 엉덩이에 코를 가져다 댔다. 그녀는 어색하게 웃으며 아이가 소변을 본 것 같은데 기저귀를 갈아도 될지 물었다. 십 년 만에 처음 보는 미소였다. 나는 그러라고, 애는 잘 먹고 잘 싸는 게 효도하는 거라고 유이가 민망할까 봐 목청을 더욱 높였다. 칭얼대는 소리도 없었는데 아이의 상태를 알아채다니, 유이는 진짜 엄마가 된 것 같았다.

유이가 아이를 좌석에 눕혔다. 소변 냄새가 내 자리까지 밀려왔다. 오동통한 남자애였다. 나는 유이와 닮았는지 궁금해 기저귀에서 아이의 얼굴로 시선을 옮겼다. 그러곤 유이의 아이를 한참 동안 들여다봤다. 아이는 유이와 닮지 않았다. 어디서 많이 본 얼굴인데 떠오르지는 않고 당혹스러운 감정이 먼저 들었다. 그리고 닮은 사람이 많다는 사실을 깨달았을 때 유이를 올려다볼 수 없었다. 얼핏 본 유이는 표정 없이 아이의 기저귀를 갈고 있었다.

사실 유이의 소식은 석 달 전에 접했다. 아내가 다시 일을 시작해 유치원이 끝나면 윤서를 돌볼 도우미가 필요했다. 아내는 내게 사람을 찾아보라고 시켰고, 나는 이런저런 구인업체에 연락하고 도우미 사이트를 뒤졌다. 그리고 '우수 육아 도우미 국내 최대 보유!'라는 인터넷 배너 광고를 보고 도우미 사이트에 가입했다. 광고 문구가 어설퍼 미심쩍은 마음에 고객 게시판까지 뒤져 내용을 살폈다. 별다를 바 없는 많은 게시물 중에 유이의 글이 눈에 띈 건 실명으로 올려야 하는 시스템이었기 때문이다.

보모를 찾습니다. 8개월 된 남아입니다. 다른 아이들보다 발달이 아주 늦어요. 경력 많은 보모님의 연락 부탁드립니다.

전화번호 앞 일곱 자리는 달랐지만, 마지막 네 자리는 대학 때 유이가 쓰던 번호였다. 전화번호가 내 생일이야. 일 년에 두 번쯤 엄마한테 연락이 오는데 이 번호 보고 기억해서 생일에 연락하라고, 하던 유이의 목소리가 들리는 듯했다. U2라고 번호를 저장하고, 메신저를 연결했다. 프로필에는 '조용히 걷고 싶다'라는 문구가 사진 없이 적혀 있었다. 어쩌면 유이도 나처럼 반복되는 일상에 허덕이고 있는지 모르겠다. 보모를 찾는 걸 보면 맞벌이를 하거나 아이가 많아 감당하기 어려운 처지인지도 모르고. 윤서도 또래에 비해 성장이 느려 아기 때 애를 먹었는데, 유이의 아이도 비슷한 모양이었다. 좀 더 자라면 해결될 문제인데, 하면서 어떻게 유이에게 연락할지 고민했다. 갑작스레 메신저나 전화를 하면 부담스러워할지 모른다. 그럴 만한 용기도 나지 않았다. 우연히 친구를 찾은 것처럼 자연스럽게 접근하고 싶었다. 나는 고민 끝에 도우미 사이트에서 제공하는 쪽지 기능을 이용했다. 혹시 D대학 06학번 변유이 아니냐고, 나 준승이라고.

유이는 답이 없었다. 일주일을 기다리고, 보름이 지나고, 한 달이 흘렀지만 아무런 연락도 오지 않았다. 답답한 마음에 '좋은 아주머니를 알고 있습니다'라는 댓글을 달고, 전화번호를 남겼다. 유이에게는 연락이 오지 않았고, 좋은 아주머니를 소개해달라는 사람들의 전화만 간간이 이어졌다.

어젯밤 최 교수가 죽었다며 장례식에 같이 가자는 연락을 대학 동기에게 받았다. 나는 최 교수를 잠깐 떠올렸다. 검은 송충이가 올라간 듯 눈썹이 진하고 덩치에 어울리지 않게 목소리는 아주 가늘었던, 지금 내가 다니는 직장의 추천서를 써 준 주임교수였다. 동기 녀석은 덕분에 동기 모임 하게 생겼다며 넉살 좋게 웃었다. 야, 아무리 호상이라지만 장례식장에서 동기 모임이 가능하겠냐? 나는 주말에 쉬지 못하고 춘천까지 가야 한다는 사실이 내키지 않았다. 아침 댓바람부터 헛소리한다고, 그냥 부의금이나 전해줘, 하면서 전화를 끊으려고 했다. 그러자 동기가 버럭 소리를 질렀다. 끊지 마, 새꺄. 네가 들고 올 게 있단 말이야.

들고 올 거? 동기는 최 교수가 쓴 자서전을 말했다. 십이 년 전, 최 교수는 학교 강당을 빌려 교직원과 가족, 제자들을 모아 자서전 출간기념회를 열었다. 학점과 입사추천서 등 당시 최 교수가 쥐고 있던 권력은 우리 과 학생들이 자발적으로 자서전을 구매하고, 출간기념회에 참석하는 충분한 이유가 되었다. 우리는 한 사람씩 강단에 올라 교수에게 사인을 받았다. 여러 사람에게 둘러싸인 최 교수는 몹시 기분이 좋아 보였다. 그는 사인을 받으러 온 제자 중 한 명을 골라 장문의 글을 자서전에 적어주었다. 그리고 모인 사람들이 다 들리게 마이크를 잡고 이야기했다. 자네, 이 책을 잘 가지고 있다가 내 장례식에 들려주게. 여러분, 제가 약속할 게 있습니다. 저는 지금껏 삶을 충실히 살았고, 남은 생도 그렇게 살 것입니다. 꼭 제 장례식에 참석하시어 이 학생이 읽어줄 미래의 나에게 쓰는 편지를 들어주세요. 그리고 제가 진짜 잘 살았는지 판단해주십시오. 낯 뜨거운 연설에도 사람들은 자리에서 일어나 교수에게 박수를 보냈다. 그때 장문의 글을 받은 사람이 바로 나였다.

나는 동기의 이야기를 듣고 누가 그런 걸 기억하겠느냐며 쓸데없는 짓을 벌인다고 실소했다. 그러자 녀석은 최 교수 가족이 장례를 마치고 다음 달에 이민 가는데, 발인 때 낭독할 거라고 자서전을 돌려줬으면 좋겠다며 정중히 부탁했다는 것이다. 귀찮다는 생각에 한숨이 절로 나왔다. 동기는 전화를 끊기 전에 한마디 덧붙였다. 새꺄, 누군들 가고 싶겠냐? 나도 동기회장이라 억지로 가는 거야. 아무리 그래도 넌, 꼭 참석해야 하는 거 아니야? 너 지금 다니는 그 직장, 최 교수 아니었으면 네 스펙에 가당키나 했겠어. 세상 그렇게 사는 거 아니다. 나는 알았다고 말하고 전화를 끊었다. 스멀스멀 찜찜한 기분이 올라왔다. 나쁘다기보다는 중요한 게 있는데 빠뜨리고 기억하지 못하는, 근질근질한 기억이 뒤숭숭하게 얽힌 기분.

집 안을 아무리 둘러봐도 자서전은 보이지 않았다. 책을 치웠냐고 아내에게 소리를 질렀으나 대꾸조차 없었다. 다행히 자서전은 다용도실 구석에 윤서가 아기 때 봤던 유아 전집을 쌓아둔 짐꾸러미에서 어렵게 찾아냈다. 아내는 슈퍼에 간 거라고 짐작하고, 서둘러 샤워를 하고 머리를 매만졌다. 검정 양복 중 오래 앉아 있기에 가장 편한 옷을 골라 몸에 가져다 댔다. 그러나 옷을 고르고 가방을 챙기는 동안에도 아내는 나타나지 않았다. 윤서가 잠에서 깨 엄마를 부르며 나왔다. 아이가 들러붙으면 채비하기가 어렵다. 나는 아내에게 전화를 걸어 어딜 갔길래 아직도 안 들어오느냐고 다짜고짜 화를 냈다. 수화기 너머 들리는 소리가 요란했다. 아내는 회사 워크숍에 가는 길이라고 대답했다. 몇 번이나 말했잖아. 어젯밤에도 말했고. 아내는 짜증스럽다는 듯 말을 뱉고 전화를 끊었다. 워크숍에 간다는 말을 들은 기억이 없었다. 다만 윤서가 나를 빤히 올려다보고 있고, 오늘 장례식장에서 자서전을 돌려주겠다고 동기에게 약속한 말이 떠오를 따름이었다. 어머니도, 장모도, 동생도 모두 지방에 있어 아이를 부탁할 사람이 없었다. 아이를 핑계 대고 그냥 가지 마? 잠시 고민했다. 그러나 그렇게 살지 말라고 했던 동기 녀석의 비아냥거림이 자꾸 귓가에 맴돌았다. 아이와 온종일 시간을 보낼 자신도 없었다. 나는 윤서를 씻기고 옷을 갈아입혔다. 그리고 배고프다는 아이에게 맛있는 거 먹으러 가자며 무작정 역으로 데리고 나왔다.

그러니까 찜찜한 기분의 정체는 유이였던 거다. 어쩌면 나는 대학 동기가 전화를 걸어온 순간, 최 교수의 이름을 들었던 바로 그 시간에 유이를 기억 속에서 끄집어냈는지 모른다. 유이는 한때 여자 친구였지만 그만 만나자는 말도 없이 어느 날 갑자기 연락이 끊겼다. 그녀에게 마지막으로 들은 말은 괜찮아, 였다.

우리가 실제 만났던 기간은 일 년도 채 되지 않았다. 권태를 느껴 마음이 멀어지기에도 시간이 부족했다. 그때 나는 자격증 시험과 취업 스터디를 쫓아다녔고, 유이는 아르바이트로 바빴다. 그녀는 카페, 과외, 경마장 등 기억도 못할 만큼 많은 아르바이트를 하고 있었다. 지나고 보니 그렇게 아등바등할 것까지는 없었는데 당시의 우리는 그때가 아니면 안 된다는 생각으로 데이트도 감정의 표현도 미뤘다. 취직도 못하는 주제에 연애에만 매달리는 건 사치라고, 나중에 상황이 나아지면 관계는 좋아질 수밖에 없다고, 누구라도 우리처럼 했을 거라고 합리화하면서. 그리고 입사하고 나서 유이를 찾았다. 만날 때 잘했을 걸 하는 후회와 진전시키지 못했던 감정이 그대로 남아 있었다. 그러나 유이는 어디에도 없었다. 유이가 사라진 건 어쩔 수 없는 사정이 있을 거라고 애써 이해하려고 했지만 그래도, 하는 아쉬움을 한동안 떨칠 수 없었다.

유이는 거즈 수건으로 자신의 목덜미와 아이를 연신 닦아냈다. 차창으로 내리쬐는 햇볕과 불편한 정장, 부둥켜안은 아이 때문에 땀이 흐르는 모양이었다. 그녀는 아이를 옆으로 안고, 볼을 톡톡 건드렸다. 아이는 기분 좋게 옹알이하고 있었다. 유이가 고개를 들어 말했다.

"오빠, 미안한데 창가 쪽 보고 있으면 안 될까? 아까 수유실에 들렀는데 청소가 안 된 것 같아서 그냥 나왔거든."

내가 조금만 눈치가 빨랐더라면 유이의 말에 바로 시선을 돌렸을 것이다. 유이는 말을 끝내자마자 몸을 돌려 아이에게 젖을 물렸고, 나는 멈칫거리다 시선을 피할 시간을 놓치고 말았다. 큰 천(나중에 수유 가리개라는 것을 알았다)으로 상체를 가렸으나 눈앞에서 옷을 내리는 것 같은 실루엣에 내 얼굴은 빠르게 달아올랐다. 윤서는 구경거리를 만난 양 신나서 키득댔다.

"아빠, 저 아줌마 쭈쭈 주나 봐."

나는 차창에 시선을 고정하고 윤서에게 되는대로 전래동화를 들려주었다. 이야기는 분명히 「호랑이와 곶감」으로 시작했는데, 끝은 「해와 달이 된 오누이」가 되어 있었다. 밀차 판매원의 낮은 목소리가 들렸다. 윤서가 부리나케 나를 흔들었다. 나는 고개를 돌려 판매원에게 손을 들었다. 유이는 물린 젖을 빼고 천을 벗겨내고 있었다. 여자가 아닌 엄마의 모습인데도 마음은 좀처럼 진정되지 않았다.

십이 년 전, 나는 유이의 가슴을 본 적이 있다. 어색해하는 유이를 위해 동아리방의 조명을 끄고 조심스럽게 다가갔다. 한 번 더 관계가 있을 뻔했으나 술 취해 들어온 후배들 때문에 서둘러 자리를 피했다. 모텔을 드나들 형편이 아니었고, 동아리방은 비는 일이 드물어 기회를 다시 만들기 힘들었다. 찾아보면 방법이야 있겠지만 유이에게 더 몰두했다간 다른 일이 어려워질지 모른다는 막연한 두려움이 있었다. 나는 그 일이 있고 나서 작은 스킨십에도 망설였다. 하지만 한 번의 관계는 오랫동안 내 마음에 남았다. 도서관에 있다가 문득, 동기들과 잡담하다 자연스럽게, 나중에는 취직하고 업무를 보다 불쑥 유이가 떠올랐다. 언젠가 꼭 다시 만날 거라고 믿었다.

과자 봉지를 만지작대며 희미하게 떠오르는 유이의 가슴을 상상했다. 판매원이 빨리 고르라고 재촉하지 않았다면 과자 봉지를 들고 그대로 서 있을 뻔했다. 윤서는 밀차에 붙어 과자를 뒤졌다. 하지만 아이가 말한 초콜릿과 캐러멜은 보이지 않았다. 윤서는 투정하며 과자 두 봉과 콜라, 막대사탕을 집었다. 나는 김밥 두 줄을 들고, 커피 마실래? 하고 유이에게 물었다. 유이는 윤서를 보며 얼굴을 찡그리고 있었다. 나는 우물쭈물 변명했다.

"아니, 안 사주면 시끄러워서 남한테 피해 줄까 봐. 아침도 못 먹이고 나왔거든."

유이는 나를 보지 않고 판매원에게 가보라고 눈짓을 보냈다. 뭔가 어긋나는 기분이었다.

사탕을 물자 윤서가 조용해졌다. 아내는 윤서가 소아비만이라며 식단에도 신경을 썼다. 그런데 게임에 군것질까지, 아내가 이 꼴을 보면 뭐라고 할지. 어쨌든 그건 미래에 일어날 일이고, 아이와 입을 맞추면 문제 될 건 없다. 윤서에게 과자를 주지 않았고, 핸드폰 게임은 시킨 적이 없다고 잡아떼면 그만이다. 그저 지금은 유이의 눈치가 보였다. 바스락대는 과자 봉지 소리가 유난히 귀에 거슬렸다. 아이는 핸드폰을 내밀며 게임을 다시 켜달라고 졸랐다. 윤서가 하는 게임은 인터넷 접속이 안 되면 작동이 멈추었다. 유이는 아이에게 젖을 다 먹이고 트림을 시키고 있었다. 나는 유이가 보지 않는 것 같아 얼른 게임을 다시 켜 윤서에게 넘겼다. 윤서는 팔걸이에 과자를 놓고, 다리에 음료수를 낀 채 손가락을 열심히 놀렸다. 스테이지를 깰 때마다 윤서의 몸이 들썩거렸다.

하릴없이 유이와 유이의 아이, 그리고 우리가 앉은 주변을 둘러보았다. 유이는 휴대용 담요를 좌석에 깔고 그 위에 아이를 눕혔다. 유이가 아이의 다리를 올려 기저귀를 빼내자 아이는 엄마에게 손을 뻗고 몸을 버둥거렸다. 열차 통로는 지나는 사람이 없어 조용했다. 그때 윤서가 몸을 움찔하더니 에이씨, 하고는 자리에서 우뚝 일어섰다. 바로 콜라 캔이 공중에 떴고, 액체가 솟구치더니 거꾸로 쏟아졌다. 마치 슬로모션 같은 장면이 눈앞에 펼쳐졌다. 콜라 캔이 덮친 곳은 아이의 기저귀 쪽이었다. 중요한 부위를 비껴 나가 다행이라고 안도하면서 부리나케 휴지를 꺼내 아이의 아랫도리를 닦았다. 그러자 유이가 내 손을 거칠게 밀어내고 신음 같은 소리를 냈다. 당황스러웠다. 아무리 젖먹이에게 콜라를 쏟았다지만 철없는 아이가 실수로 저지른 일이었다. 게다가 우리는 십 년 만에 만난 사이였고, 아이가 다친 곳은 없었다. 나는 달아오른 얼굴을 손바닥으로 세게 눌렀다. 같이 화를 내자니 꼴이 우스워질 것 같아 잠자코 고개만 돌렸다.

유이는 짐 가방에서 물티슈를 꺼내 아이를 다시 닦았다. 기저귀와 옷도 새것으로 갈아입혔다. 그녀는 모든 처리를 꼼꼼히 마친 뒤 내게 담요를 내밀었다. 얼룩덜룩했다. 콜라 얼룩이 붉고 푸른 담요 색깔과 섞여 원래 무늬처럼 보이기도 했다. 나는 유이의 반응이 담요가 젖어 불만이라는 건지, 담요를 빨아 오라는 것인지 선뜻 이해할 수 없었다. 빨아 올까? 하고 조심스럽게 물었다. 유이가 얼굴을 찌푸렸다.

"이게 얼마짜리인 줄은 알아?"

설마 담요가 젖었다고 화를 내는 건 아니겠지. 그럴 사람이 아닌데 하면서도 대체 얼마인데 그러느냐고 나도 모르게 목소리를 높였다. 유이는 됐다고 말하면서도 계속해서 담요를 흔들었다. 이 블랭킷, 이십만 원이야. 품절이라 직구 아니면 구할 수도 없는 물건이라고. 그리고 알레르기가 있는 애를 주유소 휴지로 닦으면 어떻게 해? 애가 자동차야? 오가닉 티슈가 아니면 피부에 문제가 생긴다는, 그런 상식도 없냐는 유이의 말에 할 말을 잃었다. 유이가 저렇게 앙칼진 목소리를 낼 수 있다는 사실도 놀라웠다. 그런데 블랭킷이 한국말로 담요 아니었나. 모양도 내가 회사 창립 기념품으로 받았던 무릎담요와 비슷했다. 그리고 아이가 알레르기 있는 줄 내가 어떻게 알겠어? 이십만 원을 당장 유이에게 던져주고 싶었다. 그러나 지갑에는 부의금과 신용카드, 이만 원이 달랑 들어 있었다.

하긴 육 년 전 아내도 윤서에게 유별났다. 육아 때문에 잘 시간도 부족하다면서 각종 육아 커뮤니티에 가입해 늦은 밤까지 정보를 찾았다. 내가 아직도 기억하는 인터넷 카페만 해도 서너 군데가 넘는다. 젖병은 어디 제품이 좋대, 카시트는 다들 이걸로 산다네. 아내는 카페 엄마들이 올려준 대로 물건을 구매했고 그곳에서 일러준 시기보다 아이의 신체 발달이 늦으면 안달을 냈다. 인터넷이 없었으면 어떻게 아이를 키우려고 했는지 의아할 정도였다. 그때 나는 아내에게 자주 불평했다. 당신은 윤서가 다른 애들과 똑같이 자라면 좋겠어? 같은 옷 입고, 같은 음식 먹고, 같은 교육 받아서 같은 일 했으면 좋겠냔 말이지. 아내는 내 불평을 망설임 없이 받아쳤다. 자그마치 이백만 명이 가입한 사이트야. 내가 유별난 게 아니라고. 허수를 빼도 백만은 더 되는 부모들이 그렇게 애를 키우는데 왜 나만 다르게 키워야 해?

기차가 평내호평역에 들어선다는 방송이 들렸다. 유이와 나는 어색하게 서로의 아이를 쳐다봤다. 윤서는 유이의 목소리에 놀란 표정이었다. 그러나 당혹스러웠던 감정은 지나갔고, 서먹한 분위기를 풀어야겠다는 생각이 차츰 고개를 들었다. 그렇다고 대학 시절을 들출 분위기는 아니었다. 나는 고민 끝에 아이 이야기로 화제를 돌렸다.

"너도 육아 카페 같은 데서 찾아보고 물건 사?"

유이는 아무 말이 없었다.

"다 똑같은 물건, 똑같은 옷에, 과자에, 장난감에 뭔가 좀 으스스하지 않냐? 그런다고 애들이 모두 서울대 가는 것도 아닌데 말이야."

아주 가벼운 주제로 예전처럼 떠들고 싶었다. 비록 유이가 아이 피부에 예민하게 반응하고, 유이의 아이가 보통 아이와 달랐으나 유이라면 남과 똑같이 키우는 육아 방식에 초연할 것 같았다. 원래 평범한 것들과 거리가 먼 사람이니까. 대학 때를 기억해도 또래가 하는 패션, 음악, 하물며 연예인에게도 관심을 두지 않았다. 눈가리개를 하고 불필요한 것들을 보지 않는 경주마처럼 유이는 학교를 다녔고, 아르바이트를 했다. 비록 어린 나이였지만 묵묵히 제 일을 하는 유이를 보고 나는 주관 있는 사람이라고 생각했었다.

유이는 묻는 말에는 대답하지 않고, 로션을 꺼내 아이 다리에 펴 발랐다. 딱지가 앉은 상처가 여기저기 눈에 띄었다. 나는 유이가 힘들이지 않고 대답할 수 있게 질문을 바꿨다.

“그렇잖아. 몇 년 전만 해도 일본 물건이 얼마나 인기가 좋았어. 우리 윤서도 일제 메리츠 기저귀 차고, 피죤 젖병 물렸어. 그러다가 후쿠시마에서 원전 문제가 터지니까 다들 일제라면 무서워서 벌벌 떨데. 근데 요즘 다시 인기라며? 혹시 일본 갔다 오면 유전자 변이라도 생길까 봐 그 난리를……”

넌 그런 건 별로 상관없지? 하고 물으려 했다. 하지만 질문을 더 잇지 못했다. 유이가 붉게 상기된 얼굴로 나를 빤히 들여다보고 있었다. 쓸데없이 말이 길어져 피곤해하는 거라고 여기며 입을 다물었다. 유이가 아이를 바짝 끌어안았다.

“그래서 내가 일본을 다녀와서 우리 애가 이렇다는 거야?”

뚝뚝 끊어 발음하는 유이의 목소리가 많이 흔들렸다. 고개를 살짝 옆으로 돌리고 입술을 떠는 게 불안해 보이기도 했다. 나는 유이의 반응을 이해할 수 없었다. 왜 번번이 예민하게 구는지 이젠 짜증마저 일었다. 방금 했던 말을 되짚어봤지만, 딱히 잘못 뱉은 말은 없었다. 눈을 마주치는 게 껄끄러워 젖먹이에게 고개를 돌렸다. 아이는 화가 난 엄마를 보고도 해맑게 방싯거렸다. 순간 아이의 얼굴이 눈에 들어왔고, 어쩌면 일본이란 말이 유이를 화나게 했을 거라는 데 생각이 멈추었다. 윤서는 겁에 질려 나를 붙들었다.

“아빠, 저 아줌마 졸라 무서워.”

나는 무섭다고 말하는 윤서보다 유이가 더 신경 쓰였다. 유이는 좌석에 머리를 붙이고 허공만 응시했다. 저 아기, 슈렉하고 똑같이 생겼어, 라는 말이 윤서의 입에서 나올 때까지 유이의 눈치만 살폈다. 나는 윤서의 입을 급히 틀어막았다. 그러자 윤서는 내가 장난치는 줄 알고 팔을 허우적거리며 목소리를 더욱 높였다. 헐크와 쿵푸팬더 같은 자기가 아는 애니메이션 캐릭터를 늘어놓으며 목청껏 악을 썼다. 유이의 아이는 슈렉만큼이나 착한 얼굴로 우리 부녀를 쳐다보고 있었다.

가평에 도착한다는 방송이 들렸다. 대학생으로 보이는 몇몇이 주섬주섬 짐을 챙겼다. 어떻게 해야 할지 도무지 감이 안 와 머릿속은 점점 텅 비어갔다. 오히려 유이는 평온을 되찾은 분위기였다. 그녀는 멀리 창밖을 내다보며 말했다.

"더운데 학생들 참 놀러 많이 간다."

지쳐 몸을 늘어뜨리고 눈을 감았다. 배가 고팠다. 좌석 사이에 놓아둔 김밥이 생각났다. 정신없이 나오는 바람에 아침은 건너뛰었고, 유이를 만나고 윤서가 징징거려 뭔가 입에 넣을 여유는 없었다. 김밥을 무릎에 놓고 포일을 벗겼다. 유이를 주려고 산 거지만 건네봤자 거절할 게 뻔했다. 김밥을 집으려고 몸을 구부릴 때마다 둥글게 솟은 배가 눈에 거슬렸다. 입사한 지 9년에 결혼 7년차, 출산은 내가 했는지 허리는 37인치가 넘었고, 이마도 영역을 넓혀가고 있었다. 아버지를 닮아 빨리 생긴 주름은 웃지 않아도 선명히 선을 그었다. 유이를 다시 만난다면 어설펐던 대학 때보다 조금은 근사하게 변할 줄 알았는데 지금 내 모습은 희망과 다른 방향이었다. 깊은숨을 몰아쉬고, 김밥을 포일로 덮어 비닐에 넣었다. 하지만 밀려드는 허기를 잠재우긴 무리였다. 이젠 배고픔을 넘어 메스꺼움까지 일었다. 김밥을 다시 꺼내 입에 넣었다. 단무지와 오이의 단단한 식감마저 혀에 녹아내리는 기분이었다.

흔드는 기척에 놀라 잠에서 깼다. 입안에서 텁텁하게 오이가 느껴졌다. 입 주변을 소매로 문지르자 김 부스러기와 침이 묻어났다. 음식물이 입안에 고여 입 냄새가 나는 것도 같았다. 윤서는 눈을 뜬 나를 보며 배가 아프다고 또 칭얼댔다. 도착지에 거의 다다를 시간이다. 그러고 보니 집에서 나와 한 번도 화장실에 들르지 않았다. 입을 헹궈야 했고, 윤서도 화장실에 데려가야 할 것 같았다. 윤서를 안아 일으키려는데 아이가 팔에 힘을 주고 꿈쩍하지 않았다. 더 이상 투정을 받아줄 수 없어 화를 누르며 윤서를 억지로 일으켰다. 윤서는 일어나지 않으려고 사방으로 팔을 버둥거렸고, 그 바람에 몸이 앞으로 완전히 꺾였다. 그러곤 누런 액체가, 김밥과 과자와 콜라가 섞인 점액질 액체가 입에서 뿜어 나왔다. 아이는 입가로 흐르는 토사물을 연신 팔로 문지르다 끝내 울음을 터뜨렸다.

어째 많이 먹더라니. 나는 당황해 아무것도 하지 못하고 윤서만 쳐다봤다. 윗옷에서부터 치마와 스타킹이 젖었고, 아마 속옷도 마찬가지일 것이다. 아이가 몸을 비트는 바람에 자서

전이 들어 있는 천 가방까지 축축하게 젖었다. 갈아입힐 옷이 있는지 가방부터 열었다. 챙겨온 게 없었다. 아내가 아이와 외출할 때 짐을 왜 무겁게 들고 다녔는지 이제야 알 것 같았다. 유이가 물티슈와 기저귀를 내밀었다.

"이걸로 닦고, 속옷 대신 기저귀를 입혀. 6단계 특대형이라 밴드를 최대한 늘이면 들어갈지 몰라. 스웨덴산 오가닉이니까 안심하고."

오가닉이건 유기농이건 스웨덴이건. 나는 유이가 건네는 물건을 멍한 상태로 받았다. 윤서의 입을 티슈로 닦고, 옷을 모두 벗겨냈다. 유이는 코를 움켜쥐며 비닐 팩을 내줬다. 기저귀 버릴 때 쓰려고 가져온 거라며 버린 옷을 담으라고 했다.

오물로 더러워진 옷을 비닐에 담고, 양복 상의를 벗어 윤서를 감쌌다. 화장실로 데려가 씻기고, 기저귀를 입혔다. 작아서 안 들어가잖아, 하고 윤서가 소리를 질렀다. 내 인내심도 완전히 바닥이 드러났다. 그냥 집어넣어, 좀! 우리가 화장실에 있는 줄 모르고 문을 연 아주머니가 슬그머니 자리를 피했다. 윤서와 씨름하느라 셔츠는 온통 땀에 젖었고, 이마는 머리카락이 들러붙어 간질거렸다. 머리를 정리하려고 거울을 들여다봤다. 손빗으로 머리를 넘기고 물로 땀을 닦은 뒤 츱츱, 하며 이를 살폈다. 가운데 이에 아주 커다란 김 조각이, 아랫니에는 오이 두 조각이 껴 있었다. 대학 때 유이를 웃겼던, 바로 그 모습이다. 그런데 이제는 하나도 웃기지 않았다.

윤서는 기저귀를 차고, 양복을 몸에 두른 채 뒤뚱거리며 걸었다. 객실 반자동 문 앞에 이르러 아이가 뒤를 돌아봤다. 부끄럽다며 안아달라고 했다. 나야말로 부끄러웠다. 더 이상 유이에게 창피한 모습을 보이기 싫었다. 비누가 없어 아이를 대강 물로 씻긴 터라 냄새는 제대로 빠지지 않았다. 내 몸도 땀에 젖어 비릿한 향이 진동했다. 윤서를 안고 돌아간다면 구토와 땀이 섞여 냄새가 더욱 고약해질 거였다. 나는 단호하게 안된다고 윤서를 타일렀다. 윤서가 문 앞에서 투정하는 사이 춘천역에 도착한다는 방송이 흘러나왔다. 승객들은 짐을 챙기느라 분주했다. 지체할 시간이 없었다. 쓰레기를 치워야 했고, 짐을 챙겨야 했다. 냄새가 배지 않게, 빠르게 움직여야 했다. 나는 아이를 들어 옆구리에 끼고 재빨리 자리로 이동했다.

앞자리에는 아무도 없었다.

유가족과 장례 도우미로 보이는 사람들이 거의 조는 듯한 얼굴로 맞은편에서 육개장을 뜨고 있었다. 소주병을 기울여 유이의 잔에 채웠다. 유이는 한입에 잔을 털어 마시고 편육을 입에 넣었다. 편육과 유이가 어쩐지 안 어울린다는 생각이 들었다. 윤서는 놀다 지쳐 유이의 아이 옆에서 잠이 들었다. 나는 물수건으로 목덜미를 한 번 더 닦아내고는 옷에서 나는 냄새를 확인했다.

"요 앞에 개 한 마리가 어슬렁거리는 거 봤어?"

유이는 술잔을 들며 창을 가리켰다. 유이의 난데없는 질문에 나는 고개를 저었다. 장례식장 앞에서 본 거라곤 두 줄로 늘어진 근조 화환이 전부였다.

"동물 중에 사람의 죽음을 미리 아는 것들이 있대. 암세포 냄새를 맡는다는 개, 죽어가는 사람들 앞에서 자리를 못 뜨는 고양이, 공기의 흐름으로 멀리서 죽어가는 짐승을 알아내는 독수리도 있다고 하고. 과학적으로 케톤인가 하는 물질이 죽기 전에 만들어져서 그 냄새를 맡고 동물들이 그러는 거라는데, 어쨌거나 불행에도 냄새가 있나 봐. 가설이니까 완전히 믿을 순 없지만."

유이는 비어 있는 내 잔에 술을 따르고, 자기 잔도 채웠다. 그녀는 젓가락을 다시 편육에 가져갔다. 나는 편육 접시를 동태전으로 바꿔주며 이런 거 잘 못 먹는 애가, 하면서 웃었다.

"혹시 유기견 아니었어? 배고팠나 보지. 고깃집 앞에 어슬렁거리는 길고양이들 많잖아. 그 개도 상가 주변을 돌아다니면서 사람들이 먹다 남긴 편육 같은 거 얻어먹는지도 몰라."

왠지 재미있다는 생각이 들었다. 열차에서 헤어지고 장례식장에서 유이를 다시 만난 것도, 유이가 편육을 씹으며 과학적인 가설을 늘어놓는 것까지 모두. 뒤늦게 서로에 대한 긴장이 풀렸다고 생각하며 국을 뜨는데 유이가 갑자기 젓가락을 소리 나게 내려놓았다. 유이는 시선은 마주치지 않은 채 깊게 흔들리는 눈빛으로 내 뒤를 쳐다봤다.

“근데, 그 개가 말이지. 내가 아이를 안고 건물로 들어가려고 하는데 내 주변을 두 바퀴나 빙빙 도는 거야.”

최 교수의 가족으로 보이는 아주머니가 우리 테이블로 왔다. 유이는 자는 아이를 가리키며 아이도 같이 왔다고 인사를 했다. 유이의 얼굴에 들어왔던 날카로운 빛이 잠깐 사라졌다. 아주머니가 활짝 웃으며 윤서를 쓰다듬었다.

“예쁘게도 키웠다. 데려오느라 힘들었지?”

유이는 아이가 순해서 힘들지 않았다고 대답하며 자신의 아이를 옆으로 살짝 당겨 눕혔다. 눈을 감은 아이는 그만한 또래의 다른 아이들과 무척 비슷해 보였다. 아주머니는 애를 둘씩이나 키운다면서 장하다고 유이를 쓰다듬었다. 말을 고르는 듯 생각에 잠긴 유이를 보자 뭔가 도와야겠다는 생각이 들었다. 나는 가방을 뒤져 자서전을 꺼내 아주머니에게 내밀었다. 부탁한 책을 가져왔다며 팔을 흔들자 주위에 기분 나쁜 냄새가 퍼졌다. 자서전은 토사물과 물수건 자국으로 한껏 부풀어 있었다. 아주머니는 아니라고 손을 내젓다가 코를 찡그리면서 마지못해 책을 받아 들었다. 나는 돌아와 앉아 아무렇지 않은 투로 유이에게 말을 걸었다.

“동기회장이 모이라고 해서 애까지 데리고 왔는데, 휴일이라 한 놈도 안 보이네. 참 새끼들 의리라고는 없어.”

유이는 고개를 돌려 코웃음을 쳤다. 내가 제법 가벼운 이야기를 꺼내 유이가 맞장구를 치는 거라고 생각했다. 유이는 젓가락을 들어 편육에 다시 가져다 댔다.

"그 개, 버려진 개가 아니야. 그리고 난 원래부터 편육을 좋아했고. 아까 오빠가 책 돌려준 사람은 장례용품 매장에서 일하는 동네 아주머니야. 정말, 아무것도 모르면서."

차라리 열차에서 헤어지는 게 나았을까. 낮은 목소리로 또박또박 말을 하는 유이를 보니 발인까지 기다리는 게 까마득하게 느껴졌다. 하루 동안 벌어진 일이 반복될 것 같아 말을 잇기도 겁났다. 윤서라도 달려들어 빨리 가자고 보챘으면 좋겠는데, 윤서는 테이블 밑으로 들어가 깊은 잠을 자고 있었다. 핸드폰을 들여다봤지만 아내에게서는 한 통의 연락도 오지 않았다.

유이 앞으로 편육을 돌려놓았다. 생각해보면 기차에서 만났을 때부터 알고 있는 건 별로 없었다. 유이가 무슨 이유로 아이를 데리고 기차를 탔는지, 가려는 곳이 최 교수의 장례식이 맞는지, 그렇게도 세상에 무관심하던 유이가 왜 유기농에 집착하고 열차 안에서 젖을 먹일 정도로 극성 엄마가 되었는지, 그리고 왜 한마디 말도 없이 십 년 전에 사라졌고 기차에서 또 없어졌는지, 장례식장에서 떠도는 개 이야기를 꺼내는 이유가 무엇인지. 아무것도 묻지 못해 알 수 없는 것투성이였다. 그녀가 지금 아이와 함께 최 교수 장례식에 왔다는 사실 하나만 겨우 알고 있었다.

"그 개 아직도 저기서 혼자 돌아다니고 있어."

유이가 가리킨 창가에 해가 저물고 있었다. 주황빛 석양에 낮은 구름이 몰려 땅 위로 어두운 기운이 엉겨 붙었다. 한 무리의 짐승들이 장례식장 주변을 지나갔다. 그러나 유이가 말한 혼자 다니는 개는 보이지 않았다. 황혼에, 주차하는 자동차 불빛까지 깜빡거려 시야가 어수선했다. 나는 그 개 없는 것 같아, 하고 고개를 틀었다. 그때 느린 걸음으로 움직이는 동물 한 마리가 보였다. 유이와 눈이 마주쳤다.

불현듯 스무 살의 유이도 어스름 속의 동물처럼 혼자 움직이고 있었다는 생각이 들었다. 불행을 스스로 감지했던 개. 그때 유이는 괜찮아, 하고 말하며 쑥스럽게 웃기 전에 이십만 원 정도 빌릴 수 있느냐고 물었다. 나는 고개를 흔들었다. 그리고 괜찮다는 유이의 대답에 안도했다. 그때도 나는 돈이 왜 필요한지 유이에게 묻지 않았다. 그저 묻지 않는 게 배려라고 여기면서 스터디에 늦었다고 손을 흔들었다.

검은 정장을 입은 여자가 남춘천역에서 열차에 올랐다. 여자는 아이를 끌어안은 채 좌석번호를 확인하고 다녔다. 나는 무심결에 엉덩이를 떼었다가 아닐 거라고 도로 자리에 앉았다. 무릎 위에 올린 자서전이 바닥으로 떨어졌다.

최 교수가 쓴 글은 발인에서 끝내 읽지 않았다. 아들이라고 자신을 소개한 오십대의 남자가 글이 다 지워져 볼 수 없게 되었다고 자서전을 내게 돌려주었다. 최 교수가 자필로 적은 페이지에는 누런 과자 부스러기와 흰 밥풀 몇 알이 조각난 채로 붙어 있었다. 김준승 학생에게 드림, 이라는 글씨가 희미하게 번져 있었다. 최 교수도 엉망이 된 자신의 자서전을 돌려받고 싶진 않았을 것이다. 어쩌면 화끈거리는 자신의 글이 영원히 돌아오지 않길 바랐는데 내가 기어이 찾아내 가져왔는지도.

여자는 몇 발자국 더 가지 않고 출입문 끝 두번째 좌석에 자리를 잡았다. 그녀는 짐을 선반에 올리며 주변을 한 바퀴 돌아봤다. 나는 고개를 숙여 최 교수가 쓴 자서전을 처음으로 펼쳐보았다. 지금의 나를 만든 혹독한 과거를 만나다, 라고 적힌 1부의 제목이 눈에 들어왔다.

고개를 들어 검은 정장의 여자를 바라보았다. 유이인 듯, 유이가 아닌 듯 자리가 멀어 잘 알아볼 수 없는 여자는 어느새 고개를 늘어뜨리고 졸고 있었다. 많이 피곤해 보이는데 잠시라도 좌석에 기대 쉬어갈 수 있으면. 대학을 다니던 어느 날처럼 나는 멀찌감치 떨어져 여자를 바라보았다. 문득 앞에 앉아 있던 유이에게 아이의 이름을 한 번도 묻지 않은 게 떠올랐다. 윤서는 서울에 가면 치킨을 꼭 사달라고 내 팔을 붙들어 흔들고 있었다.

햇빛 조리개

재민은 의자를 밀어 어둠으로 들어갔다. 빛이라곤 작품 위에 설치된 작은 등이 전부였다. 사방이 어둑해 누군가 다가와도 인기척을 내지 않으면 알아차리기 어려웠다. 재민은 유화 아래 앉은 여자를 바라보았다. 조명은 작품이 아니라 여자의 손을 비추는 듯 손은 다양한 음영을 내고 있었다. 핸드크림을 발랐는지 손등은 물기를 머금었고, 살갗에 오른 솜털은 빛이 투과해 투명하게 보였다. 손끝을 따라 바짝 깎은 손톱이 정갈한 느낌을 주었다. 단정하다는 말이 손에도 어울리는 표현인지 모르겠으나 여자의 손은 그야말로 단정했다. 머리칼을 쓸어 올리며 미끄러지는 손가락이 갓 세수를 마치고 나온 어린아이의 말간 얼굴 같았다.

재민이 정신이 난 건 어깨를 두드린 상욱 때문이었다. 주변의 관심을 끌 만큼 큰 소리는 아니었으나 아, 하고 놀라는 반응에 상욱이 얼른 손을 내렸다. 그러곤 전시물을 가리며 조명 아래로 들어왔다. 그림자가 길게 늘어지면서 시야를 가로막았다. 재민은 그림자가 짙어진 상욱을 쳐다보며 그를 기다리고 있었다는 사실을 기억해냈다.

상욱은 장난스러운 표정으로 나가자며 재민의 팔에 손을 걸었다. 이십 센티미터 가까이 나는 키 차이로 둘의 자세가 엉켜 불편했다. 재민은 일어서면서 상욱을 슬쩍 밀어내고는 주먹을 쥐어 그의 팔에 손을 둘렀다. 상욱이 피식 웃었다.

“뭘 그렇게 뚫어지게 봤어? 혹시 저 그림 본 거야?”

상욱이 가리킨 건 드가의 「발레」를 패러디한 작품이었다. 발레리나가 팔을 앞뒤로 뻗으며 공연하는 장면을 테디 베어로 바꾸어 다시 그린 거였다. 재민은 그냥 앉아 있었다면서 고개를 저었다. 여자가 재민이 지켜봤다는 사실을 혹시 알아챌까 봐 상욱의 손을 잡아 내리고, 검지를 입술에 갖다 댔다. 재민은 상욱이 아니었다면 여자를, 아니 머그잔을 들고 있는 그녀의 손을 하염없이 바라볼 뻔했다.

한 달에 두 번, 재민은 미용실이 쉬는 날이면 갤러리 카페를 찾는다. 오픈할 시간에 맞춰 들어와 서너 시간 앉아 있다 돌아가곤 했다. 어느 날은 테이블에 엎드려 음악을 듣다 갔고, 어느 날은 어둠 속에서 빛을 모으는 작품을 멍하니 감상했다. 그리고 가끔은 의자에 몸을 늘어뜨리고 손가락과 발가락을 아무렇게나 꼼지락거렸다. 사람보다 전시물이 중심이 되는 공간에서 재민의 행동에 신경을 쓰는 사람은 없었다. 시야가 차단되어 시간도, 공감각도, 사람도 사라지는 착각이 들었다.

재민은 상욱의 팔을 끌고 바깥으로 나왔다.

"낙지 어때? 날이 따듯해서 벌레도 날아다니고, 그것들 너머로 도심이 한눈에 들어오는 친환경 식당 하나 알고 있는데?"

상욱이 한쪽 눈을 찡긋하며 재민의 머리를 헝클었다. 안 하던 농담도 하고, 오늘 기분이 좋나 봐. 상욱은 자기 팔에 걸친 재민의 손을 가볍게 튕겨 손깍지를 끼었다. 그러자 재민은 손을 빼고 옆으로 물러섰다. 두 마디가 없는 왼손 약지가 엄지에 둥글게 만져졌다. 의수(義手)를 깜빡 잊고 나왔다. 재민은 아무렇지 않은 척 손을 내리려고 했지만, 당황한 나머지 표정이 풀리지 않았다. 상욱은 깍지를 끼었던 제 손과 재민을 번갈아 쳐다보았다. 그러곤 한참 만에 알았다면서 재민의 오른손을 잡았다.

둘은 청계천을 따라 십여 분 조용히 걸었다. 재민은 보폭에 맞춰 움직이는 팔에 상욱의 몸이 부딪힐까 봐 팔에 힘을 주고 그의 손을 잡았다. 상욱도 손에 약한 기운을 싣고 있었다. 그들은 지나가는 사람들을 피하느라 어색하게 서너 번 몸을 부딪쳤다. 다른 말은 하지 않았다. 음식점에 거의 다다를 무렵 상욱의 핸드폰이 울렸다. 사무실에서 걸려 온 전화였다. 상욱은 차도로 몸을 틀고 잠시 통화하더니 난처한 표정으로 재민을 돌아보았다.

"저기, 공장에 사고가 났대. 가봐야 할 거 같아."

재민은 괜찮다면서 잡은 손을 가만히 놓았다. 상욱은 금방 끝날 거라며 다시 연락하겠다고 외치고는 택시 승강장으로 바삐 뛰었다.

미용실에 연이어 손님이 들이닥쳤다. 재민은 무엇에 정신을 쏟고 있었는지 고민조차 잊어갔다. 원장은 연휴를 맞아 등산동호회 사람들과 3박 4일 일정으로 제주도로 여행을 갔다. 짐을 챙기느라 하루, 여독을 풀어야 한다고 또 하루, 그렇게 일주일을 재민에게 미용실을 맡기고 전화로 이따금 안부를 물었다.

오전 내내 커트 손님이었다. 커트와 드라이, 샴푸가 끝나면 다음 손님이 기다렸다는 듯 커트를 요구했다. 징크스였다. 개시 손님의 주문이 그날의 일과가 되어버리는. 손님이 없는 것보다 커트 손님이라도 있는 게 낫지만 사십 분을 꼬박 들여 만오천 원을 받을 때면 재민은 왠지 억울한 기분이 들었다. 더군다나 커트 손님의 불만은 파마 손님보다 모호했고, 되돌리기 어려웠다. 길이가 문제 될 때도 있고, 다 자르고 난 뒤 스타일이 마음에 들지 않는다고 억지를 부릴 때도 있었다. 재민은 손님의 주문에 서너 번 정도 결정을 미뤄 커트를 마무리 지었다. 사람들이 말하는 것보다 적게 자르고, 더 잘라달라고 해도 가위질을 조금씩 했다. 그렇게 물을 거면 뭐 하러 미용실에 오겠어요? 하는 손님의 불만과 작업 시간이 오래 걸린다는 원장의 핀잔을 감내해야 했으나 판단을 미룬다는 건 때론 상대에게 공을 들이는 것으로 비춰 곤란한 일을 피할 수 있었다. 그러나 커트로 해결할 수 없는 스타일은 얘기가 달랐다. 특수 파마가 필요하거나 머릿결의 문제라 그들이 원하는 대로 요구를 맞추기 힘들었다. 그나마 오늘 받은 손님들은 모두 단골이어서 평소 하던 대로 자르면 되었다.

차임벨을 울리며 들어온 얼굴이 낯설다. 여자는 미용실을 구경하러 온 것처럼 실내를 한 바퀴 돌아보고 의자에 앉았다.

"앞머리는 눈썹 위로 바짝 잘라주고요. 뒷머리는 어깨선에 맞추면 되고, 숱이 많아서 지저분하니까 귀밑으로는 가볍게 솎아주세요. 일단 머리부터 감겨줄래요?"

단발머리를 다듬어달라는 여자의 주문은 어렵지 않았다. 그녀는 사진을 내보이며 모델의 머리처럼 해달라거나 종업원이 자기보다 어리다고 무턱대고 말을 놓지 않았다. 개시 징크스가 통한다면 오늘의 징크스는 까다롭지 않은 커트 손님이다.

재민은 왼손에 미용 장갑을 끼고 단단히 잡아당겼다. 샴푸를 하고 드라이기로 물기를 없앤 뒤 여자에게 커트 보를 둘렀다. 뒷머리부터 몇 가닥씩 빗으로 머리칼을 잡아 가위질했다.

여자는 거울에 비친 자신을, 어쩌면 재민을 쳐다보는 것일지 모르는 시선을 계속해서 보내고 있었다. 초면인데 어색하지도 않은지 눈이 마주칠 때마다 거울을 보고 웃었다.

"이 정도 가게 차리려면 얼마나 들어요?"

재민은 작게 웃으며 원장이 자리를 비워서 잠시 혼자 보는 거라고 대답했다. 여자가 알았다는 눈빛으로 입을 삐죽 내밀었다.

"참 못됐네요, 그 원장. 내일부터 연휴라 혼자 일하는 게 벅찰 텐데. 근데요, 아까부터 쭉 봤는데 손이 참 예뻐요. 관리를 안 해서 그렇지 길게 뻗은 게. 손으로 먹고사는 사람인데 손에도 신경을……"

여자가 손을 잡으려는 것처럼 팔을 갑자기 뻗자 재민은 놀라 가위를 놓쳤다. 가위는 손에서 미끄러져 여자의 목에 실선을 긋고 바닥에 떨어졌다. 여자가 새된 소리를 질렀다. 그녀는 괜찮다고 목을 쓰다듬었지만 내린 손에는 피가 묻어나 있었다. 재민은 죄송하다는 말을 반복하며 티슈를 뽑아 여자에게 건넸다. 그러곤 한참 만에 카운터 서랍에 상처 연고와 밴드를 넣어둔 걸 기억해냈다. 재민은 여자의 목에 연고를 펴 발라주며 괜찮은지 다시 물었다. 여자는 작은 상처라 별문제 아니라고, 도리어 치료해줘서 고맙다고 인사했다.

커트를 마무리 지었다. 잘린 머리칼을 털어내고, 머리 모양이 어떤지 여자에게 물었다. 여자는 머리를 살짝살짝 흔들고는 거울 속의 재민에게 마음에 든다고 대답했다. 사실 재민은 가위를 놓치고부터 작업에 집중할 수 없었다. 여자가 해달라던 머리가 무엇인지, 커트 중간에 손님에게 스타일이 괜찮은지 확인하는 것도 어느새 머릿속에 없었다.

여자는 재킷을 걸치고 신용카드를 내밀었다. 재민은 실수도 있고, 처음 방문한 고객이라 서비스로 해주겠다며 카드를 돌려주었다. 그러자 여자가 그럴 수 없다며 억지로 지폐를 쥐여주었다. 그녀는 조만간 다시 보자면서 밝게 손을 흔들고는 밖으로 나섰다. 여자가 신호등을 지나 시야에서 사라지자 재민은 쥔 손을 폈다. 꼬깃꼬깃 구겨진 지폐 뒤에 부록처럼 명함이 달려 나왔다.

당신이 닮고 싶은 아름다움, Nail 손끝 010-XXXX-XXXX

재민은 명함과 돈을 작업대에 올리고 오른손을 넓게 펼쳤다. 여기저기 난 상처가 눈에 들어왔다. 장갑을 벗고 왼손을 슬며시 폈다. 오른손과 비교해 상처도 없고 매끄러운 게 부드러웠다. 팔을 뻗어 핸드크림을 집고, 크림을 듬뿍 짜서 오른손에 찬찬히 펴 발랐다. 크림이 왼손에도 스며들어 약지의 의수가 벗겨지려고 했다. 실리콘을 늘여 의수를 제자리에 덧씌웠다. 촉촉해진 오른손을 매만지며 왼손에 장갑을 도로 끼웠다. 재민은 일을 서둘렀다. 가운을 털어 옷장에 넣고, 빗과 가위를 챙겨 제 위치에 꽂았다. 커트로 더러워진 바닥을 쓸고 쓰레기통을 비웠다. 손님이 몰리기 전에 해야 할 일이 있었던 것 같은데 도통 생각나지 않았다. 계산대에 지폐를 밀어 넣고 명함을 내려다봤다. 자신과 상관없는 것이었다. 재민은 명함을 구겨 쓰레기통에 던졌다.

가게 문을 열며 인사하는 소리가 밝았다. 미용실 맞은편 편의점 사장이었다. 그는 재민과 눈이 마주치자 손가락으로 머리에 가위 모양을 했다. 다섯번째 커트 손님이었다. 재민은 남자의 목에 가운을 두르며 식사는 했느냐고 안부를 물었다. 카운터에 놓은 핸드폰이 시끄럽게 울렸다. 동생과 상욱의 문자가 차례로 들어오고 있었다.

상욱이 손을 들었다. 흔드는 팔에 테이블 조명이 닿아 앉은 사람들의 머리 위로 불빛이 어지럽게 흔들렸다. 상욱의 옆으로 예닐곱은 더 되어 보이는 사람들이 앉아 있었다. 모임인 줄 알았다면 나오지 않는 건데. 재민은 보풀이 올라온 철 지난 모직 재킷과 염색약이 번져 얼룩진 청바지, 립밤도 바르지 않은 얼굴이 새삼 신경 쓰였다. 커트를 하다 상의에 박힌 머리칼이 가슴 안쪽에서 따끔거렸다.

하루 동안 커트 손님 여덟과 파마 손님 넷을 받았다. 그나마 오전에는 손님이 겹치지 않아 다리는 뻐근했으나 정신은 차릴 수 있었다. 하지만 늦은 오후에 접어들자 파마 손님과 커트 손님이 한꺼번에 몰렸다. 물을 마실 틈도 나지 않았다. 전날 상욱과 그렇게 헤어지지 않았다면, 피곤하다는 핑계로 다음에 보자며 일이 끝나는 대로 집에 들어가 쉬었을 것이다. 재민은 약속 장소로 이동하는 동안 지하철 차창에 비친 자신의 모습을 살폈다. 미용실에서 일한다는 사실이 농담처럼 느껴질 만큼 머릿결은 탄력을 잃어 푸석거렸고, 얼굴은 음영이 짙어 퀭했다. 지하철 손잡이에 걸어놓은 그림자라고 하면 딱 좋은 모습이었다. 이 시간이면 피곤해하는 재민을 잘 아는 상욱이니까, 재민은 거울을 볼 생각도 하지 않고 마지막 손님을 보내고 지하철을 탔다. 사실 피곤한 모습을 상욱에게 그대로 보이고 싶은 마음도 있었다.

상욱은 재민이 들어오는 걸 보며 맥주를 비웠다. 그가 알은체하는 모습에 사람들은 고개를 들어 재민을 쳐다보기 시작했다. 재민은 헝클어진 머리를 귀 뒤로 쓸어 넘겼다. 상욱이 앉은 자세로 재민의 팔을 잡아끌었다.

"왜 이제야 왔어?"

재민은 상욱의 옆에 앉기 전에 사람들에게 엉거주춤 고개를 숙였다. 테이블 끝에서 뭐라고 묻는 것 같았지만 종업원이 주문을 받으러 와 이야기는 더 이어지지 않고 끊겼다. 재민은 메뉴판을 뒤적거리다 유자차를 주문했다. 토스트로 아침 겸 점심을 때우고 저녁은 먹지 못했다. 그런데 테이블에 놓인 맥주와 안주를 보니 식욕보다 메스꺼움이 일었다. 호프집에서 유자차도 팔아? 하고 상욱이 웃었다. 둥근 턱이 두 겹으로 나뉘었다.

상욱은 취한다, 하면서 재민의 어깨에 머리를 기댔다. 그러곤 보고 싶어 부른 건데 어쩌다 회식이 돼버렸다며 미안하다고 중얼거렸다. 회식이라고 말하는 상욱의 입에서 골뱅이무침과 맥주 냄새가 섞여서 났다. 상욱이 여자 친구와 약속이 있어 회식에 못 간다고 하자 사람들이 믿지 않았다고 했다. 근무 중에 전화 한 번 울리지 않고, 회사에 찾아온 적도 없는데 그럴 리 없다면서 면박을 줬다는 거다. 그래, 믿어줄 테니까 한번 불러봐. 장난삼아 한 술 내기에 재민이 나온 셈이었다.

사람들은 취기를 빌려 아무렇게나 질문을 던졌다. 어떻게 만났는지, 만나서 무얼 하는지, 진짜 사귀는 게 맞는지, 결혼은 언제 할 예정인지…… 실내는 시끄러웠고, 사람들은 재민의 침묵을 자연스럽게 받아들일 만큼 취해 있었다. 가끔 차를 홀짝이거나 티슈를 집어 입을 닦는 것만으로 대답은 충분했다.

상욱과 재민은 영업직원과 고객으로 만났다. 재민은 고등학교를 졸업한 뒤 이 년의 미용학원 실습을 마치고 프랜차이즈 미용실의 보조직원으로 취업했다. 최저임금제가 시행되기 전이라 팔십만 원도 안 되는 월급을 받아 월세와 생활비를 제하면 오만 원 남짓 남았는데, 첫 월급에서 열두번째 월급을 받을 때까지 남는 돈이 생기면 꼬박꼬박 통장에 넣었다. 그리고 적금 만기일에 맞춰 의수를 신청했다. 그것이 재민의 첫번째 의수였고, 상욱은 두번째 의수를 만든 회사의 영업직원이었다. 두번째 의수가 완성되던 날, 상욱은 의수를 들고 재민을 찾아왔다. 그는 의수와 함께 반지를 같이 건넸다. 모양은 분명히 남자 거였는데 사이즈는 재민에게 꼭 맞는, 호수는 작지만 두께가 넓은 은반지였다.

"사은품이에요?"

재민은 물었고, 상욱은 웃었다. 상욱은 의수의 접지 부분이 진짜 손가락과 맞지 않아 틈이 생길 수 있다며, 폭이 넓은 남자 반지를 끼면 자연스럽게 보인다고 설명했다. 나중에 재민이 왜 그렇게 자신에게 신경을 썼느냐고 묻자 상욱은 한 번도 눈을 안 맞춰서, 라고 대답했다.

"사람하고 눈도 못 맞추면서 미용실에서 일하는 게 신기하잖아. 내가 뭘 잘못했나, 처음엔 그런 고민까지 했다니깐. 그렇다고 어디가 불편한 사람도 아닌데 말이야. 하여간에 너, 사람 되게 신경 쓰이게 했어."

그 뒤로 상욱은 신제품 카탈로그와 간식을 들고 미용실에 종종 들렀고, 재민은 고마움에 커피를 샀다. 그리고 가끔 시간을 맞춰 밖에서 만났다. 둘은 그들이 기억하지 못하는 어느 틈에 말을 놓는 사이가 되었다.

어느새 재민은 사람들의 관심 밖으로 밀려났다. 매일 보는 얼굴일 텐데 할 말이 넘치는 모양이었다. 쉴 새 없는 얘기는 서로를 잘 알아 친근함에서 오는 습관일 수도 있고, 단순한 취기로 주정에 가까운 말들이 엉키는 중일지도 모른다. 재민은 알아듣지 못하는 회사 이야기에다 겨울 재킷을 여태 벗지 않았다는 사실이 떠오르자 짜증이 몰려왔고, 피곤해 자고 싶다는 생각에 하품을 삼켰다. 언제쯤 자리에서 벗어날 수 있을지 주변을 돌아보았다. 건너편에 앉은 상욱의 여자 동료가 재민을 쳐다보고 있었다. 둘이 눈으로 인사하는데, 홀의 조명이 갑자기 환해졌다. 불쾌한 얼굴들이 고개를 내리고 표정을 찡그렸다. 카운터에서 점원이 스위치를 번갈아 누르며 죄송하다고 목청을 높였다. 어둠과 빛이 교차하는 찰나, 재민은 여자의 손에서 반짝이는 반지를 보았다.

"산 지 얼마 안 됐나 봐요."

입안 가득 음식을 넣어 불룩해진 여자의 볼이 탄력 있게 위로 올라갔다. 여자는 음식을 억지로 삼키며 재민에게 손을 들어 보였다.

"어머, 거기서 이게 보여요? 우리 사무실에서는 아무도 못 알아봤는데. 실은요, 사이즈 때문에 두 번이나 바꿨거든요. 작아서 교환하는 게 창피하기도 하고, 괜히 점원에게 민망해서. 근데요, 언니는 왜 남자 반지를 끼고 다녀요?"

여자가 재민의 손을 잡으며 살갑게 물었다. 재민은 갑작스러운 알은척에 놀라 팔을 밀어내고는 테이블 아래로 팔을 내렸다. 여자는 당황한 듯 내민 손을 거두지 않고 재민을 쳐다보았다. 그때 상욱이 고개를 돌렸다. 그는 여자의 팔을 당겨

실리콘을 납품하는 업체랑 계약은 어떻게 돼가는지 물었다.
재민은 반지를 돌려 의수를 제자리에 끼웠다. 손에 땀이 흥건했다. 상욱과 여자가 하는 말을 들으려는데 자꾸 현기증이 났다. 주춤 엉덩이를 떼었다. 상욱이 팔을 내려 재민의 손목을 붙들었다. 그는 아무렇지 않게 재민을 보고 웃었다. 그러곤 오늘 하루 손님을 얼마나 받았는지, 이상한 사람이 귀찮게 굴지 않았는지, 자신도 헤어스타일을 연예인처럼 바꾸면 영업하는 데 도움이 될지, 하는 말을 늘어놓았다. 재민은 더 앉아 있을 기운이 없었다. 테이블에 손을 올려 반지를 힘주어 빼냈다가 다시 끼웠다. 의수가 눈에 띄게 덜렁거렸다. 상욱이 재민의 손을 잡았다. 그는 피곤해 보인다며 그만 들어가라고 옅게 미소 지었다.

오동통했지만 하얗고 손마디가 긴 재민의 손을 보고 엄마는 고생을 모르고 살 손이라고 말하곤 했다. 일곱 살 때까지는 재민도 그 말을 믿었다.
엄마와 아빠는 무엇이든 빻고 찧었다. 빨간 고추, 하얀 쌀, 누런 보리, 검은콩. 하얀 쌀이 분말이 되고, 분말이 뭉쳐 떡으로 똬리를 틀고 나오면 재민은 어쩐지 부자가 된 기분이 들었다. 엄마, 아빠가 방앗간에서 마법을 부려 음식을 만드는 거라고, 사람들이 그 떡을 먹고 마법에 빠져 행복해하는 거라고 상상하기도 했다.

방앗간은 가족의 생계이자 재민과 남동생의 놀이터였다. 엄마와 아빠가 방앗간에 오롯이 매달려 있으니 남매는 놀 궁리를 스스로 짜야 했다. 엄마는 남매가 어리다는 이유로 멀리 나가서 놀지 못하게 했다. 허락된 장소는 방앗간 주변의 시장이었는데 그마저도 다른 상인에게 방해될까 봐 맏이인 재민을 단속했다. 보고 커온 곳이 방앗간이라 아이들이 하는 놀이란 대개 방앗간 놀이였다. 모래를 모아 돌로 찧고, 흙을 물에 개어 떡을 만들었다. 특히 오일장이 서는 날의 놀이는 더욱 재미있었다. 사람들이 북적거려 남매가 하는 놀이에 엄마가 잔소리할 겨를이 없어서였다. 오가는 사람들이 귀엽다고 과자 봉지를 뜯어주거나 식당에서 받은 사탕을 쥐여주기도 했다. 물론 가장 많이 받은 간식은 인절미나 백설기, 가래떡 같은 방앗간 음식이었다. 떡이 질린 재민은 슈퍼마켓 아이를 꼬드겨 떡을 젤리와 아이스크림으로 바꿔 먹었다.

엄마와 아빠는 가끔 남매를 두고 큰 도시로 장비를 고치러 갔다. 부품을 사거나 기계를 트럭에 실어 수리해 오기도 했다. 그날도 그랬다. 엄마는 동생 밥 잘 챙겨주라고, 점심으로 카스텔라와 우유를 남기고 외출했다. 재민은 툴툴대며 돌아올 때는 꼭 새로 나온 초콜릿을 사 오라고 졸랐다. 엄마는 웃는 얼굴로 재민과 동생의 엉덩이를 두드렸다. 금방 다녀올게, 우리 강아지들. 아빠 트럭의 긴 소음이 사라지자 남매는 바로 카스텔라와 우유를 집어 들었다. 한 손에는 카스텔라를, 다른 손에는 우유를 들고 신발도 신지 않은 채 방앗간을 뛰어다녔다. 평소에 엄마가 손대지 못하게 한 물건을 만졌고, 조명 버튼을 껐다 켜는 것을 반복했다. 뛰어다니느라 카스텔라 부스러기는 바닥에 흩뿌려졌고, 우유는 출렁거려 조금씩 넘쳤다. 재민은 신발을 신은 채로 신나게 바닥을 비볐다. 바닥이 지저분해서 빵 부스러기는 순식간에 사라졌다. 엄마는 모르겠지, 하며 재민이 웃자 동생도 따라 웃었다.

불현듯 엄마가 늘 조심히 다루던 빨간 버튼이 눈에 들어왔다. 재민은 동생에게 플라스틱 간이의자를 가져오라고 시켰다. 의자를 놓고도 손이 닿지 않아 까치발을 들었다. 껑충거리며 팔을 최대한 뻗어 버튼을 눌렀다. 웅, 하며 기계가 둔중하게 돌아갔다. 재민은 고개를 돌려 어디에서 나는 소리인지 가늠했다. 떡을 절단하는 기계의 날카로운 칼날이 눈에 들어왔다. 그것은 찰나였다. 동생의 손은 이미 기계와 맞닿아 있었다. 생각이 먼저였는지 목소리가 먼저 나왔는지 기억은 명확하지 않다. 재민은 저리 가! 하는 비명을 지르고 의자에서 뛰어내렸다. 몸이 공중에 떴고 이어 차가운 바닥에 얼굴이 닿으며 고꾸라졌다. 그리고 더 크게 낼 수 없을 것 같은 울음이 재민의 가까이에서 들렸다. 얼른 몸을 일으켜 동생을 끌어안았다. 그러나 팔다리를 비틀며 피범벅이 된 동생을 재민은 감당할 수 없었다. 버둥대는 동생을 기계에서 밀쳐냈지만 결국 재민도 발을 헛디뎠다. 바닥에는 동생의 오른쪽 네 개 손가락과 재민의 왼손 약지 두 마디, 새끼손가락 한 마디가 뒹굴었다.

이번 기일에는 오는 거지? 동생은 호흡을 조절하며 목소리를 낮췄으나 감정은 감추지 못했다. 재민이 대꾸하지 않자 오전에 보낸 문자에는 왜 아무 말도 없느냐고 목소리를 높였다.

"언제까지 안 보고 살 건데? 이건 누나가 화낼 일이 아니잖아."

재민은 할 말을 찾지 못했다. 화 같은 건 예전에도 내본 적이 없었다. 재민은 원장이 자리를 비워 미용실이 바쁘다고, 시간 나면 다시 연락하겠다고 말하며 전화를 끊었다.

그날 수술로 재민은 새끼손가락 한 마디를 살려냈다. 그러나 동생의 손은 어느 것도 살려내지 못했다. 엄마와 아빠는 그 일로 재민을 탓하지 않았다. 사고에 대해 어떠한 말도 꺼내지 않았다. 다만 그 뒤로 방앗간의 모든 일은 아빠가 도맡았다. 엄마는 재민과 동생을, 정확히 말해 동생을 돌보는 것으로 일상을 바꿨다. 유치원을 계속 보냈던 재민과 달리 동생은 여섯 살이 되고, 일곱 살이 되어도 유치원을 보내지 않았다. 대신 집으로 부른 학습지 선생이 한글과 미술, 수학을 가르쳤다. 기껏해야 유치원과 피아노 학원을 보냈던 당시 시골에서 엄마의 교육은 유별났다. 유치원에 다녀온 재민이 가장 자주 봤던 광경은 밥상 위에 흩어진 콩을 젓가락으로 줍는 동생이었다. 연필을 쥐고 선을 긋거나 원을 그리기도 했다. 오른손으로 종이를 누르고 왼손으로 어색하게 연필을 쥔 모습은, 엄마의 자상하면서도 엄한 표정과 겹쳐 누구도 끼어들 수 없는 분위기를 만들었다. 언제부턴가 엄마도 왼손으로 밥을 먹고, 글씨도 왼손으로 썼다. 오른손잡이였던 엄마와 동생은 사고가 있은 지 반년 만에 완벽한 왼손잡이가 되었다.

엄마는 가끔 야외 학습이라며 동물원과 박물관이 있는 시내에 동생을 데려갔다. 그날은 아빠가 집을 비워 재민도 동물원에 가는 버스를 탔다. 엄마는 동생의 손을 잡고 이것저것 설명했다. 저건 저번에 봤지? 오랑우탄. 아니, 그건 고릴라고. 재민은 얼굴 크기의 막대사탕을 들고 그들의 뒤를 좇았다. 엄마가 하는 설명을 듣고, 엄마의 표정을 봤다. 한없이 자애로운 그 표정과 얼굴 가득 지은 미소를. 한 번은 돌아보겠지, 하고 재민은 오랑우탄 우리 옆 나무에 숨었다. 한참 쪼그려 앉아 엄마를 기다렸다. 그러나 엄마는 오지 않았고, 재민을 찾는 소리도 들리지 않았다. 재민은 다리가 저려 자리에서 일어났다. 아무리 두리번거려도 엄마와 동생의 모습은 보이지 않았다. 울면서, 뛰면서, 엄마를 부르면서 재민은 그들을 찾았다. 엄마와 동생은 사자 우리 앞에 서 있었다. 엄마는 동생에게 말했다.

"엄마가 말했지. 사자는 초원에 살고, 호랑이는 숲속에 산다고. 기억하지?"

동생은 엄마와 눈을 마주치며 왜 그럼 둘 다 동물원에 있는 거냐고 물었다. 재민은 울먹이며 엄마를 불렀다. 엄마가 뒤를 돌아보았다.

"가끔 어울리지 않는 것들도 어울려 살아야 할 때가 있어. 살고 싶은 데서 다 같이 어울려 살 수 있는 것도 아니고."

네 손가락이 없는 동생은 아직도 처음 만나는 사람을 두려워한다. 그들이 지을 궁색한 표정이, 놀랐지만 아무렇지도 않다는 듯 쳐다보는 눈빛이 싫다고 했다. 재민은 왼손을 주머니에 찔러 넣으면 되었다. 가볍게 주먹을 쥐어도 되었다. 유치원에서 한동안 손가락이 없다고 놀림을 받았지만, 차차로 그런 관심에서 벗어나는 법을 배웠다. 그저 사람들에게 무심한 눈빛을 보이거나 자리를 피하면 되었다. 그까짓 반지 낄 때밖에 쓰지 못할 손가락인데, 하면서 소매를 길게 빼서 잡았다. 그러함에도 재민은 매사에 불편한 표정을 짓는 사람이 되었고, 동생은 착한 아이라는 소리를 들으면서 자랐다.

재민은 빨리 독립하고 싶었다. 그래서 고집을 부려 집에서 멀지 않은 기숙사형 실업계 고등학교에 입학했다. 동생은 시골 고등학교를 졸업하고 곧장 방앗간 일을 도왔다. 엄지를 제외한 네 손가락, 그것도 오른손이라 동생이 감당해야 할 감정은 살면서 수없이 많았을지 모른다. 엄마는 암으로 세상을 뜨는 날까지 동생을 걱정했다. 많이 아픈 애니까 네가 보살펴줘라. 엄마는 눈을 감으며 재민의 손을 꼭 붙잡았다. 사고가 나고 처음으로 잡아준 손이었다.

재민은 가끔 그때를 떠올린다. 그때 조금만 더 자랐다면, 그래서 어른을 빨리 부를 수 있었고, 빨리 병원에 도착했다면 지금보다 나았을까. 동생의 뭉툭한 손을 피하며 살 일도, 한여름에 긴 소매를 늘어뜨려 손을 감출 필요도 없지 않았을까. 그리고 가끔 엄마가 재민의 손을 잡아주지 않았을까. 재민은 두 마디의 약지와 한 마디의 새끼손가락이 떨어져 나가 참기 힘들었다. 동생의 잘려 나간 손가락을 쳐다볼 엄두가 나지 않았다. 엄마와 아빠가 돌아와 모든 잘못을 자신에게 따져 물을 상황도 무서웠다. 그때 재민은 일곱 살이었다.

파마 손님으로 시작한 하루다. 첫 손님이 들어온 시간은 미용실을 열고도 두 시간이 지난 정오였다. 개시라고 말하기에도 애매한 시간이었다. 손님이 없어 점심을 미리 먹으려던 차에 원장이 전화를 걸었다. 바쁘지? 하고 묻는 말에 재민은 괜찮다고 대꾸했다. 너는 사람이 전화를 걸면 안부도 묻고, 힘들다고 징징 떼라도 부리면서 말할 순 없니? 무슨 애가 그렇게 인간미가 없어? 원장의 말이 동생의 목소리와 비슷하게 들렸다.

차임벨이 울렸다. 중년의 남자가 미용실을 둘러보며 안으로 들어왔다. 그는 재민이 원하는 스타일을 묻자 관리하기 편하게, 남자들이 보통 하는 파마로 해달라고 조그맣게 말했다.

앞쪽에 탈모가 심해서 파마하는 거니까 너무 티 나지 않게 해 달라고 쑥스러운 듯 미소를 지었다. 재민은 샴푸를 하고, 굵은 롤과 잔 롤을 섞어 머리를 말았다. 머리칼이 가늘어 남자가 원하는 대로 하려면 세심하게 신경을 써야 했다.

캡슐 커피를 내려 한 잔은 손님에게 건네고, 한 잔은 재민이 들었다. 창밖을 내다보았다. 기온은 높지 않았으나 통유리로 들어오는 봄볕이 눈이 따가울 정도로 화창했다. 재민은 볕을 피해 창에서 한 발짝 물러섰다. 여학생 무리가 눈이 부신지 손차양을 하고 빠르게 지나갔다. 모녀처럼 보이는 두 사람이 양산을 함께 쓰고 걸었고, 손을 붙들고 걸어가는 커플도 보였다. 거리의 사람들은 평화로워 보였는데, 재민에게는 그 풍경이 펜스를 둘러 닿지 못하는 미술관 작품처럼 멀게만 느껴졌다.

작업용 앞치마에 넣은 핸드폰이 울렸다. 동생은 자정까지 기다리겠다고, 아버지도 많이 기다리는 것 같다는 문자를 남겼다. 잠시 화면을 들여다보다 전원을 끄려고 손가락을 움직였다. 진동이 다시 울렸다. 여덟시까지 미용실로 데리러 오겠다는 상욱의 문자였다.

그들이 앉은 자리는 서울 시내가 훤히 내다보이는 창가였다. 강이 보였고, 건물이 보였고, 도로를 달리는 자동차가 보였다. 빛이 강물을 따라 흐르다 멈췄고, 멈추는 것 같더니 흘렸다. 재민은 한강 너머 불빛에 시선을 고정했다. 무엇을 보고 있는 것은 아니었다. 다만 일주일의 시간에 대해 할 말이 떠오르지 않아 억지로 말을 꺼낼 필요는 없다고 생각을 정리할 뿐이다. 사실 둘 사이에 일어난 일은 아무것도 없었다.

상욱은 무심하지만 준비한 듯한 투로 입을 열었다.

"서울도 야경 하나는 진짜 끝내줘. 어딜 나갈 필요가 없단 말이야."

사뭇 진지하게 말을 늘어놓는 상욱의 모습에 재민은 웃음이 피식 났다. 상욱이 외국을 나간 건 삼 년 전 아버지의 칠순 기념으로 온 가족이 동원된 태국 여행이 전부였다. 재민이 웃자 상욱의 얼굴이 조금 풀렸다. 그는 재민을 흘깃 살피고는 밖을 내다보았다. 아직도 막혀 있는 저 구간이 성수대교야. 공장 가는 길이라 나도 가끔 이 시간에 저 길에 있어. 너랑 약속이 있으면 운전대 잡고 욕을 하고, 부장이 부르면 더 막혀라, 하면서 오디오 볼륨을 최대로 높여. 아, 그리고 저기 불빛이 많은 동네가 서울에 얼마 안 남은 달동네. 근데 저기 사람들 우리보다 훨씬 잘산다.

상욱의 얼굴에 장식 초의 조명이 번져 따듯한 기운이 맴돌았다. 재민은 빛을 받은 자신의 얼굴도 조금은 온화해 보이길 바랐다. 유리잔에 물이 채워졌고, 식전 빵이 세팅되었다. 캐비아와 샐러드 등 전채요리 뒤에 클램차우더 수프가 나왔다. 상욱과 이런 곳은 처음이었다. 가끔 분위기를 내느라 패밀리레스토랑에 들르긴 하지만, 기껏 먹는 게 크림 파스타와 행사가로 할인된 이벤트용 스테이크였다. 일주일 전 일 때문에 마련한 자리는 아닐 거였다.

드문드문 정적이 이어졌다. 재민은 어두운 조명에 마음이 한층 차분해졌다. 스크린에 돌아가는 영상을 보듯 테이블에 메뉴가 차려지는 걸 지켜보았다. 그건 상욱도 마찬가지였다. 테이블만 내려다보는 그들을 보고 종업원이 다가와 음식에 문제가 있는지 물었다. 재민은 먹는 중이라고 말하고는 포크를 잡았다. 종일 먹은 게 캡슐 커피 한 잔밖에 없다는 사실이 떠올랐다. 그리고 그걸 깨닫는 순간 감당하기 힘든 식욕이 밀려들었다. 샐러드와 수프, 삶은 채소에 스테이크까지 빠르게 접시를 비웠다. 와인을 한꺼번에 들이켜는 모습에 상욱은 더 마실래? 하고는 병을 들었다. 재민은 그제야 포크를 내리고 상욱을 쳐다보았다. 상욱이 크게 웃었다. 먼 테이블에서 주문받던 종업원이 돌아볼 정도로 난데없고, 과장된 웃음이었다.

상욱이 자리를 옮겨 재민의 옆으로 앉았다. 재민은 상욱이 민망함을 감추려고 애를 쓰고 있다고 생각했다. 상욱이 재민의 손을 잡았다. 적당한 어둠과 적당한 힘, 따듯한 체온이 같이한 손길이었다. 재민은 손을 빼내려고 팔을 흔들면서도 상욱이 잡은 손을 밀어내지 않았다. 꽉 잡은 그의 손이 엄마가 시내로 외출하며 어린 재민을 향해 손을 흔들던 모습과 많이 닮아 보였다. 큰 고민이 없던 때, 엄마가 재민과 동생을 바라보던 그 따스한 눈길. 재민은 이 시간에 상을 차릴 동생과 아버지를 떠올렸다.

상욱은 오른손도 달라고 말했다. 재민은 멈칫거리다 손을 내밀었다. 상욱이 재민의 손을 자신의 무릎에 올리고 가방을 뒤졌다. 그러곤 재민의 오른손에 왼손과 거의 같은, 폭이 넓은 남자 반지를 끼웠다. 이제 어두운 데만 찾아다니지 마. 그러다가 진짜 보고 싶은 것도 놓치면 안 되니까.

레스토랑 조명 아래 두 개의 약지에 낀 반지는 완벽한 데칼코마니로 보였다. 왼쪽 반지의 흠집과 오른손의 상처가 흐린 빛에 또렷이 보이지 않았다.

"있지, 난 아무래도 이런 레스토랑하고는 안 어울리나 봐."

상욱이 다시 크게 웃었다. 치열이 고른 것도, 활짝 웃으면 오른쪽으로 몸이 기운다는 사실도 재민은 처음 본 것처럼 생경하게 느껴졌다. 저도 모르게 눈물 섞인 웃음이 비어져 나왔다. 재민은 웃지 말라고, 그렇게 웃으면 기분 나쁘다고 말하면서도 얼굴에 미소가 번지는 것은 막을 수 없었다.

재민은 지금 갈 데가 있다고, 같이 가줄 수 있겠느냐고 상욱에게 대뜸 물었다. 상욱은 곤충이 붕붕 날아다니는 친환경 레스토랑? 하고 말하며 창밖을 가리켰다. 재민이 상욱에게서 손을 빼내 그의 주먹을 감싸 쥐었다.

"아니, 우리 동네 면사무소 옥상."

상욱이 거길 왜? 라고 입 모양을 내며 어깨를 으쓱했다.

"야경이 여기보다 훨씬 근사한 거 같아서. 내가 아주 끝내주는 데를 알고 있거든."

재민은 씩 웃고는 주머니를 뒤졌다. 그러곤 핸드폰을 꺼내 통화 버튼을 눌렀다. 동생은 오늘도 못 오는 거냐고 기운 없이 물었다. 재민은 자정 전에는 도착할 거라며 조금만 기다리라고 말하고는 상욱의 손을 잡고 자리에서 일어섰다.

요즘은 컬러를 여러 가지로 대비해 칠하는 게 유행이에요. 한참 큐빅 같은 거 올려서 화려하게 장식했는데, 작년부터 몇 가지 컬러를 언밸런스하게 바르거나 패턴을 넣어 포인트를 주는 걸 선호하더라고요. 네일 숍 주인은 기본 관리도 삼만 원은 받지만 개시 손님이고, 이웃이라 색감이 좋고 오래가는 젤 네일을 기본 가격에 해주겠다며 재민에게 시술별 가격이 적힌 팸플릿을 펼쳤다. 주인은 유행하는 디자인과 색깔을 몇 가지 더 추천했다. 재민은 주인이 골라준 색깔 대신 화이트와 그레이를 섞어도 되는지 물었다.

"그러지 말고, 봄인데 산뜻한 걸로 해요. 말한 컬러를 같이 하면 너무 칙칙해 보여서…… 그건 겨울에 오면 해줄게요."

문을 열자마자 찾아온 거라 네일 숍은 장사할 준비가 덜 되어 있었다. 밀폐된 공간은 전날 들어찬 매니큐어와 아세톤 냄새가 빠지지 않았다. 주인은 미안하다며 창문을 열고 환기부터 했다. 오전 햇살이 유리창으로 길게 들어왔다. 주인은 손톱을 다듬는 도구에서부터 매니큐어를 건조하는 기계까지, 일의 순서대로 물건을 늘어놓았다. 그녀는 준비를 마치고 재민에게 앉으라고 손짓했다. 재민은 오른손을 테이블에 올렸다. 주인은 손톱을 하나씩 정리하면서 네일 케어는 손을 위한 작은 사치라고, 고생하는데 이 정도는 누리고 살라는 말을 반복했다. 오른손 정리를 끝내고 왼손을 작업대에 올렸다. 엄지에서 새끼손가락까지 손톱을 만지던 주인은 네번째 손가락에 이르러 머뭇거렸다. 그녀는 가운뎃손가락에서 새끼손가락으로 재빨리 손을 옮겼다.

"두 컬러를 꼭 써야겠어요? 차라리 원 컬러로, 블루는 어때요. 내가 그러데이션 해서 4월의 바다로 만들어줄 수 있는데. 아니면 싱그러운 그린도 좋고."

재민은 고개를 내젓고, 두 가지 색이 좋다고 말했다. 하나는 어려서부터 좋아하던 회색으로, 다른 하나는 깨끗한 하얀색으로 해달라고 덧붙였다. 미심쩍은 표정을 짓는 주인에게 약지는 원래 흰색 자리이니까 흰색을 바르고, 중지와 새끼손가락은 회색으로 칠하면 된다고 약지를 가리키며 웃었다. 주인도 재민을 따라 웃었지만, 재민이 내민 손은 얼른 잡지 않았다.

재민은 햇빛을 향해 개구리 발처럼 두 손을 활짝 펼쳤다. 눈이 부셔 손가락이 온전히 보이지 않았다. 있는 힘을 다해

가늘게 눈을 치떴다. 열 손가락의 형체가 고스란히 눈에 들어왔다. 원래 가진 색이 뭉개져 손가락도, 새로 칠한 손톱의 빛깔도 모두 어두운 갈색으로 보였다. 눈을 감았다가 슬그머니 다시 떴다. 속눈썹 사이로 반지 모양이 선명하게 들어왔다. 두 개의 은반지가 빛을 모으고 있었다. 펼친 손을 힘을 주어 모두 붙였다. 꽉 붙인 손에 해가 가려져 얼굴에 그늘이 생겼다. 눈이 훨씬 편안했다. 재민은 눈을 반짝 뜨고 하늘을 똑바로 올려다보았다. 하늘을 가린 두 개의 손, 그런데 반지 사이로 빛이 새어들고 있었다. 재민은 그 얇고 강렬한 빛에 눈이 부셔 도로 눈을 감았다.

문이 없는 방

학원 버스가 횡단보도를 지나 다가오고 있었다. 은오가 갑자기 내 손을 놓더니 햄스터를 도로에 집어 던졌다. 정차하려고 속도를 줄이던 버스가 급히 멈췄고, 승차장에서 버스를 기다리던 부모와 아이들은 몸을 피하며 소리를 질렀다. 나는 은오를 등 뒤로 잡아당기고 목청 높여 사과했다. 힐끗 돌아본 도로에는 햄스터가 보이지 않았다. 피가 튀지 않아 그나마 다행이라는 생각이 스쳤다. 버스 기사가 놀라 밖으로 뛰어나왔다.

"다친 사람 아무도 없죠? 하아, 애들이 타고 있는데."

억지로 화를 누르는 기사 대신 큰소리를 친 건 부모들이었다. 쟤가 또, 라는 말이 귀에 박혔다. 나는 눈을 질끈 감고 은오의 손을 붙들었다. 사람들과 시선을 마주치면 다른 말이 나올 것 같아 고개를 숙이고 걸음을 재촉했다. 은오는 잡은 손에 무게를 실은 채 오늘도 영어학원에 안 가는 거냐고 계속해서 물었다. 답이 없자 아이는 팔을 흔들었다. 빈 햄스터 케이지의 철문이 열려 끽끽 신경을 긁는 소리가 났다. 나는 조용히 하라고 낮게 말한 뒤 은오의 팔목을 세게 그러쥐었다.

소파에 몸을 늘어뜨리고 벽에 걸린 가족사진을 보았다. 벌써 구 년이 지났다. 남편은 은오를 두 팔로 감싼 채 의자에 앉았고, 나는 남편 옆에서 웃지도 찡그리지도 못하고 어색한 표정을 지었다. 뒤에서 두 딸이 남편과 나의 어깨에 손을 올리고 활짝 웃었다. 촬영은 한 번에 끝나지 않았다. 연이어 터지는 플래시와 찍습니다, 하는 사진사의 외침에 놀라 은오가 울음을 터뜨렸기 때문이다. 남편은 그때마다 잠시 기다려달라며 아이를 안고 토닥토닥 등을 두드렸다. 착하지, 착해, 우리 아들. 그날 은오는 울음을 그치지 못해 눈물이 그렁그렁 맺힌 사진을 남겼다. 은오가 초등학교에 입학하기 전까지, 우리는 매년 티셔츠를 맞춰 입고 비슷한 사진을 찍었다.

"엄마, 핸드폰 좀."

은오가 손을 내밀었다. 아이는 머뭇거리며 손을 완전히 펴지 않았으나 눈은 또렷이 나를 응시하고 있었다.

"아깐 왜 그랬어?"

"뭘?"

나는 햄스터 케이지를 가리켰다. 아이는 금세 시무룩해졌다.

"엄마가 필요 없다고 했잖아. 그런 필요 없는 거 왜 항상 가져오느냐고."

딱 삼십 분이라고 말하며 핸드폰을 내주었다. 은오는 핸드폰을 잽싸게 쥐고 게임을 켰다. 단순한 비트의 반복되는 배경음이 들리자 아이는 기분 좋게 어깨를 들썩였다. 그저 열 살 먹은 어린아이일 뿐인데, 충분히 그럴 수 있는 일인데 하면서도 웃는 아이가 께름칙했다. 방과 후 생명과학 시간에 수업 교재로 받은 햄스터였다. 애완동물을 키우는 게 번거로워 그런 걸 왜 받아왔느냐고 생각 없이 중얼거린 말에 은오는 햄스터를 차로에 내던졌다.

아이가 움직일 때마다 머리칼이 내려와 눈을 가렸다. 그러고 보니 눈썹 위로 선명히 보였던 상처가 많이 흐려졌다. 나는 늘어진 파마머리를 귀 뒤에 꽂으며 미용실에 언제 갔는지 날짜를 세어보았다. 잘 기억나지 않았다.

차라리 그때 남편의 말을 들을 걸 그랬나. 입양도 파양도, 무슨 결정이 그렇게 쉽냐고 반대했는데, 남편은 더 늦기 전에 별일이 없던 예전으로 돌아가고 싶다고 말했다. 친구 장례식에 다녀와 우리 애들에게도 듬직한 남동생이 필요하다고, 낳을 수 없다면 입양을 하자고 아홉 달이 넘게 나를 설득해 아이를 데려와 놓고선 남편은 육 년 만에 은오에게 쏟던 애정을 거둬버렸다. 우리 아들, 이라고 부르던 호칭은 어느새 지우고 거의 들으라는 투로 어디서 왔는지, 하면서 뒤돌아섰다. 이 년 전 부산으로 발령이 난 것도 파양을 두고 몇 차례 다툰 끝에 남편이 내놓은 답이었다. 나야? 얘야? 하고 묻는 얼굴에 나는 다만 아연할 뿐이었다. 결혼하고 이십 년이 넘게 정해진 생활 안에서 움직이던 사람이라 답답해 보이기조차 했는데, 그는 어느 순간 모르는 사람이 되어 나와 은오에게 선을 그었다.

금방 연락하겠다던 남편은 밤늦도록 전화가 없었다. 나는 남은 담배가 있는지 안방 서랍을 뒤졌다.

창문 너머로 교감과 담임선생이 보였다. 선생들 맞은편에는 준수 부모가 고개를 흔들며 화를 쏟아내고 있었다. 나는 차마 회의실로 들어가지 못하고 복도에서 남편이 오기를 기다렸다. 담임선생이 문을 열고 나와 삼 분 뒤에 위원회가 시작되니 들어오라고 말을 전했다. 어떤 감정도 싣지 않으려는 건조한 눈길이었다. 나는 남편이 오는 대로 들어가겠다고 조금만 기다려달라며 양해를 구했다. 오늘도 고개를 들기 힘들겠구나, 어깨를 타고 통증이 일었다. 남편에게 전화를 걸었다. 복도 끝에서 벨 소리가 시끄럽게 울렸다.

교감이 사건의 경과를 전달했다. 지난 두 달간의 혼란이 단 삼 분으로 짧게 요약되고 있었다. 나는 교감의 말을 들으며 뻑뻑한 눈을 손바닥으로 눌렀다.

두 달 전, 은오와 반 아이 둘이 학교 운동장에서 장난감 총을 들고 놀았다. 아이들은 하나뿐인 총을 서로 갖겠다며 실랑이를 벌였다. 한참의 다툼 뒤에 한 아이가 총을 잡으며 다른 아이를 밀었고, 밀린 아이가 뒤로 넘어졌다. 넘어진 아이는 다음 날 뇌출혈이 있어 수술을 받았다. 시시티브이에 잡힌 영상은 흐릿해서 보는 사람에 따라 의견이 조금씩 달랐다. 하지만 넘어진 아이가 준수였고, 넘어진 이유가 몸싸움 때문이었다는 사실은 변하지 않았다. 방과 후 벌어진 일이라 학교는 어디까지 책임을 져야 하는지에서부터 교칙으로 금지한 물건을 들고 온 아이가 누구냐, 은오가 준수를 단순히 민 것인지 혹은 총으로 내리찍은 것인지, 뇌출혈의 원인이 아이들의 다툼이 확실한가에 이르기까지 학교와 나, 준수 부모는 서로의 책임과 방어할 권리를 두고 의견을 좁히지 못했다.

나는 준수 부모에게 이해를 구하느라 긴 시간을 보냈다. 아이가 다친 부모의 마음이 얼마나 끔찍할지 짐작할 수 있었다. 준수가 다음 날 일어나지 못한다고, 결국 수술을 받는다는 말을 들었을 때 나 또한 충격을 받았다. 뇌가 아직 발달 중인 어린아이라 수술 뒤에 부작용이 생길지 모른다며 준수 엄마가 울먹이자 나는 다리에 힘이 풀려 주저앉고 말았다. 필요하다면 무릎이라도 꿇어야겠다고 생각했다. 그러나 기울어질 대로 기울어진 상황은 대화나 용서라는 말을 무색하게 만들었다. 장난이 심했다고 말하면 이게 장난으로 보이냐며 폭력이라고 화를 냈고, 미안하다고 치료비를 대고 싶다고 하면 말한번 쉽게 한다고 어디 재벌이라도 되냐며 제안을 뿌리쳤다. 은오와 몇 번 집을 찾아갔지만, 문은 열리지 않았다. 언젠가부터 전화도 받지 않았다. 은오는 준수 부모의 요구로 준수가 등교하는 날이면 교실에서 수업을 받지 못하고 다른 곳에 격리되었다.

반복되는 거부와 대안 없이 감정만 들추는 비난, 혼자 버텨야 하는 상황에 억울함도 치올랐다. 뚜렷하지 않지만 영상에서는 두 아이가 다투고 있었고, 우발적으로 난 사고로 보였다. 준수에게 생길 후유증은 누구도 예상할 수 없어 정확한 피해를 따지기엔 시기가 일렀다. 어쨌든 준수는 수술을 마치고 한 달 만에 교실로 돌아왔다. 그럼에도, 그 어지러운 상황에도, 남편은 남의 일처럼 굴었다. 그는 애들 일에 나서지 말라며 은오 때문에 회사에 또 둘러대기 싫다고 짜증 섞인 화를 냈다. 도리어 삼 년 전 파양을 반대한 나를 탓했다. 은오를 입양한 첫해에는 받아들일 시간을 주겠다며 일 년을 휴직하고 같이 아이를 돌보던 사람이었다. 혹여 입양했다고 친척들이 말실수할까 봐 가족 행사에도 빠진다고 해서 당혹스러울 때가 한두 번이 아니었는데.

학교폭력으로 물드는 동심, 이젠 초등학교 저학년까지 거침없어지는 아이들. 기사는 자극적이었고, 인터넷과 메신저로 퍼지는 은오와 우리 가족의 이야기는 몸집을 점점 불려갔다. 나와 남편이 따로 산다는 사실은 수년 전 가정불화로 이

혼했다고 기정사실화되었고, 두 딸아이가 중고등학교 때 했던 장난은 일진과 왕따 따위로 묘사되었다. 유치원에서 은오가 쳤던 장난을 들먹이며 '하긴 그런 집에서 뭘 보고 컸겠어요'라는 댓글이 달리기도 했다. 딸아이들이 나온 학교와 우리가 사는 아파트 이름까지 보이자 겁이 났다. 의도적으로 편집해 퍼뜨린 수십 개의 검색 결과를 변호사에게 보내 자문했으나 가해자니까 반박하지 말고 기다리는 편이 낫다는 답이 돌아왔다. 준수 엄마에게 이렇게까지 해야겠냐고 메신저로 말을 걸었다가 그 내용은 다시 '가해자 부모의 태도'라는 제목으로 여러 사이트에 옮겨졌다.

은오를 보고 있으면 뭘 해야 할지 막막해져 발작처럼 고함이 터질 때도 있었다. 하지만 나마저 아이의 손을 놓아버리면? 그들이 원하는 대로 강제 전학을 가고, 남편이 원하는 대로 파양을 한다면? 나는 학교에 가지 않으려는 은오의 느린 걸음과 적대감을 불러 우리를 나쁜 쪽으로 몰아가려는 준수 부모의 의도에 눈감기 힘들었다. 팔 년을 내 아이로, 내 아이들과 같이 키운 아이였다. 아무리 만들어진 가족이고, 노력해서 지킨 거라고 해도 그 시간을 쉽게 내어놓기 힘들었다. 은오가 처음 품에 안겨 꼼지락거렸을 때를 기억한다. 그때 가슴속에서 일렁이던 떨림과 내내 은오의 엄마가 될 수 있을지 딸들과 비교하며 고민했던 시간, 나는 그것들을 기억하려고 애썼다. 그러나 마음 한편은 남편이 말한 예전을 돌아보고 있었다.

준수 아빠는 위원회 마지막 발언에서 은오의 강제 전학을 말했다. 이미 메신저와 전화로 몇 차례 들은 이야기였으나 그것만은 막아야 한다는 생각에는 변함없었다.

"전학은, 가겠습니다. 하지만 강제 전학 말고 학기가 바뀌면 바로 갈게요. 같이 아이를 키우는 처지인데, 이해 좀 해주세요."

나는 교감과 담임선생을 보고 이야기했다. 선생들은 난감해하며 수긍하거나 거부하는 제스처는 비치지 않았다. 준수 부모를 쳐다볼 수 없었으나 그들이 지을 표정이, 일그러져 있을 얼굴이 그려졌다. 학부모위원들이 웅성거렸다. 곧바로 고성이 터질 거라고 예상하며 호흡을 가다듬었다. 그런데 남편의 목소리가 먼저 들렸다.

"전학은 안 갑니다. 영상에서도 봤지만 은오 때문에 그렇게 됐다고 말하는 건 무리 아닙니까? 서로 장난친 거고, 그렇다면 누구라도 다칠 수 있었다는 얘기죠."

남편은 그들이 우리 가족을 형편없이 만들어버린 데 대해 화를 삭이지 못했다. 사실 내가 끝내 하고 싶었던 얘기도 남편이 뱉은 말이었다. 하지만 가해자로 이름 지어진 마당에 할 수 있는 말은 많지 않았다. 남편이 한 이야기는 일이 막 터졌을 때 위로와 함께 조심스레 꺼낼 말이었고, 바쁘다는 핑계로 모른 척 지내다가 일이 다 커진 뒤에 다시 들출 문제는 아니었다. 적어도 은오를 생각한다면, 아이가 앞으로 겪을 일을 고려한다면 부모가 내뱉을 말은 아니었다. 나는 은오가 강제 전학을 가서 삼 년 반 내내 생활기록부에 따라다니고, 그래서 아이들과 선생들에게 낙인찍혀 학교생활이 어려워지길 바라지 않았다.

준수 부모는 남편이 말을 끝내기도 전에 어이없다는 표정을 짓고 자리를 떠났다.

학교폭력 자치위원회가 열린다고 연락받았을 때 일어날 일을 예상했었다. 남편은 뉴스에 모자이크 처리된 아무도 모를 문제로 지방에서 일하는 사람을 부른다고 지친 목소리를 냈다. 그때까지 내가 보낸 기사는 읽어보지도 않은 모양이었다. 부모 둘 다 참석하라는데, 그럼 나보고 어쩌라고! 나는 큰아이와 둘째 아이에게 나쁜 소문이 돌고 있고, 준수 부모가 소송을 준비한다고 일어나지 않은 일까지 들먹였다. 남편은 두 딸과 소송이란 말에 반응을 보였다.

영상은 반복해 돌아갔다. 은오가 준수를 넘어뜨리는 화면이 느리게 재생되었고, 나와 준수 엄마가 나눈 메신저 내용의 일부가 클로즈업되었다. 뇌출혈이라는 붉은 글씨가 깜빡대더니 수술 직후 부은 준수의 얼굴과 피가 굳은 채 검은 실밥으로 머리를 꿰맨 상처가 확대되었다. 고개를 떨어뜨리며 앞으로 준수가 어떻게 될지 모른다는 준수 아빠의 읊조림을 끝으로 영상은 처음으로 돌아갔다. 준수 엄마는 화장기 없는 얼굴에 조금 늘어진 티셔츠와 면바지를 입고 사람들에게 탄원서를 돌렸다. 돌연 부는 바람에 단발머리가 앞으로 흩날려 얼굴을 가렸다. 그녀 옆에 놓인 테이블에는 두 사람이 몸을 굽혀 서명하고 있었다.

학원 빌딩 앞에서 아이들 일로 서명을 받는다는 문자를 받고 뛰어나갔다. 문자를 보낸 사람은 아마도 은오와 나를 아는 사람일 테다. 나는 준수 엄마를 멀뚱히 지켜보다가 바닥에 구르는 종이를 주워 들었다. 학교폭력으로부터, 무책임한 어른들로부터 아이를 지키고 싶다는 문구에 머리라도 맞은 듯 움직일 수 없었다. 가해자가 폭력을 인정하지 않아 1차 학교폭력 자치위원회에서 합의를 보지 못했고, 2차 회의를 준비하는데 가해자가 여전히 반성의 기미를 보이지 않아 더는 참기 어렵다는 내용이었다. 착한 아이인데 사과조차 받지 못했습니다! 라는 문장에 헛웃음이 났다.

준수 엄마는 수업을 마치고 나오는 아이들에게도 탄원서를 나눠주었다. 아이들이 받은 탄원서에는 막대사탕이 붙어 있었다. 가서 어른들 보여줘. 아이들은 막대사탕을 입에 물고 반복되는 영상 앞에서 한참을 서 있다 갔다. 홍보물도 아닌데 스테이플러로 찍은 사탕에, 히어로물을 보듯 집중하는 아이들을 보며 그들이 지키고 싶은 동심이 과연 저런 것인가 허탈해졌다. 그들과 말을 나눈 게 겨우 사흘 전이다. 감정을 자극하려고 동원한 영상과 탄원서에 붙은 사탕을 보니 어떻게 해도 돌아서지 않을 그들의 마음이 읽혔다. 사탕만 떼어 가고 바닥에 버려진 종이가 꼭 나를 보는 것 같았다.

탄원서를 쥐고 모니터로 걸어갔다. 모니터가 설치된 테이블 뒤로 전깃줄이 복잡하게 꼬여 있었다. 그들이 원하는 영상을 보여줄 모니터와 우리가 잘못했다고 외칠 마이크를 연결하기 위해 내어놓은 선일 것이다. 영상 앞에 우두커니 서 있자 준수 엄마가 나를 알아보고 다가왔다. 그녀는 가볍게 내 어깨를 밀쳤다. 나는 그대로 서 있었다. 준수 엄마는 힘을 주어 나를 다시 밀었다. 내가 뒤로 밀렸다. 그녀는 세 번, 네 번 연이어 밀쳤고, 나는 그때마다 조금씩 뒤로 밀려났다. 사람들의 시선이 우리에게 몰리고 있었다. 준수 엄마가 나를 붙들고 울음을 터뜨렸다. 하지만 나는 돌아가는 영상에서 눈을 떼지 않았다. 눈물도 흘리지 않았다. 나는 또 가해자의 엄마, 아니 가해자가 되었다.

은오는 내가 들어온 것도 모르고 햄스터 케이지를 품에 안고 티브이를 보고 있었다. 그 일이 있고 나서 은오는 태권도 학원을 그만두었고, 영어학원은 자주 빠졌다. 이젠 학원도 학교 아이들이 보이지 않는 곳으로 알아봐야 할 것 같았다. 은오에게서 케이지를 뺏고 몸을 돌려 앉혔다. 은오는 티브이를 보느라 나를 쳐다보지 않았다. 티브이 전원을 껐다.

"학교에서는 어때?"

은오는 리모컨을 뺏으려고 팔을 높이 휘저었다. 나는 허우적거리는 은오의 손을 리모컨으로 쳐냈다.

"엄마가 묻잖아. 상담실에서 혼자 있으니까 어떠냐고."

아이는 고개를 옆으로 돌려 바닥을 노려보았다. 남편은 은오의 그 눈빛을 질려 했었다. 어린아이가 낼 수 없는 섬뜩함이라고, 저런 표정도 무책임한 부모를 닮아 그런 걸 거라고 못마땅해했다. 그에게 은오는 모르는 사람들의 문제아일 뿐이었다.

"심심해."

"그냥 심심한 게 다야?"

"아무도 없잖아. 급식 시간에도 애들이 나한테 안 오고. 내가 말 걸면 준수가 막 소리 질러."

"뭐라고?"

"가해자 새끼가 또 때리려고 한다고, 선생님 불러달라고."

"그런데 넌, 왜 그런 말을 이제야 해!"

아이는 조금 울먹였다. 나는 은오에게 고개를 들라고 손으로 턱을 추켜올렸다. 은오는 한쪽으로 돌렸던 눈을 천천히 똑바로 했다. 두 달이 조금 흐른 시간, 무관심의 흔적은 멀리 있지 않았다. 허옇게 터 들뜬 피부와 감지 않아 뭉친 머리칼, 들쑥날쑥 정리 안 된 손톱이 눈에 들어왔다. 요사이 나는 그런 게 눈에 보이지 않았다. 학교를 다녀오면 허기져 있는 아이에게, 저녁을 차리기 전에 반찬에 손을 댔다는 이유로 상황이 이런데 눈치까지 없냐고 화를 냈다. 김과 스팸, 김치 따위, 식탁에 영양이나 정성 같은 건 없어진 지 오래였다.

"……엄마가 말 걸면 싫어하잖아. 나 때문에 얼굴도 못 들고 다닌다고."

아이는 고개를 흔들고 시선을 다른 데로 돌렸다. 나는 가빠지는 숨을 누르고 아이의 흘러내린 머리칼을 귀 뒤에 꽂아주었다. 눈썹 위로 오돌토돌 오른 흉터가 손끝에 만져졌다. 은오는 방금 난 상처에 찔리기라도 한 것처럼 얼굴을 찡그리고 뒤로 물러섰다. 우리 한 달만, 딱 한 달만 참아보자, 응? 아이는 대답 대신 햄스터 케이지에 얼굴을 붙이고 철망을 긁었다. 드르륵드르륵 손가락을 타고 듣기 싫은 소리가 거실에 크게 퍼졌다.

남편과 교감이 이야기를 나누고 있었다. 나는 전날 남편에게 2차 위원회에는 절대 늦지 말라고 몇 번이나 연락했다. 전화를 받을 수 없다는 음성 안내를 들으며 끈질기게 통화 버튼을 누르고 문자를 보냈다. 남편은 문자조차 답하지 않았다. 밤새 머릿속에는 남편이 오지 못하는 사정과 위원회에서 다시 나올 이야기가 끊이지 않고 돌아갔다. 잠은 끝내 이루지 못했다. 회의실로 들어가는 문을 피할 수 있다면 아이를 포기해도 좋다는 생각마저 들었다. 한 달만 참아보라고, 상담실에서 곧 꺼내주겠다고 한 약속은 잠의 기운만큼이나 의식에서 멀어졌다. 남편은 힘겹게 문을 미는 나를 보고 슬쩍 웃었다. 나는 그 모습에 당황해 문 앞에 앉았다가 남편이 부르는 소리에 자리를 옮겼다.

사방을 둘러보는 교감의 표정이 어딘지 불편했다. 옆을 돌아봤지만 남편은 어깨를 주무를 뿐 어떤 말도 하지 않았다. 담임선생은 내가 들어오고 삼 분쯤 지나 서류철을 들고 나타났다. 누구에게도 최선이란 없는데, 최선을 다해야 하는 자리. 문을 열기도 전에 허리를 숙여 인사하는 걸 보면 담임선생도 꽤나 시선을 피하고 싶었던 모양이다. 담임선생이 책상에 서류를 놓자 교감이 그의 팔을 잡아끌었다. 선생들이 복도로 나갔다.

"또, 무슨 말을 한 거야?"

"고생한다고 했지, 뭐."

"그런데 저 사람들이 저래?"

왜 자꾸만 문제를 키우는데? 하고 화를 냈을 때 선생과 학부모위원들이 회의실로 들어왔다. 그들은 인사를 나누느라 분주했다. 나는 고개를 숙였고, 남편은 잘 부탁드린다고 사람들을 둘러보며 웃었다. 그런 남편이 낯설어 멍하니 쳐다봤다. 업무가 아니라면 넉살 좋게 빈말을 하는 사람이 아니었다. 학부모위원들은 남편의 밝은 모습에 의아한 표정이었다.

준수 엄마가 두툼한 서류 봉투를 옆구리에 끼고 회의실에 들어왔다. 탄원서를 돌리던 모습과 비슷했는데 빳빳하게 주름을 잡은 바지가 눈에 들어왔다. 준수 아빠는 넥타이를 매지 않은 정장 차림이었다. 면도는 깔끔하게 했지만 눈이 퀭하고 안색이 어두워 일에 시달렸다고 표나게 드러내는 것 같았다. 준수 엄마는 자리에 앉기 전에 주변을 한 바퀴 돌아보고는 준수 아빠에게 서류 봉투를 건넸다. 어떤 말들이 봉투 안에서 아우성칠지 머릿속이 복잡해졌다. 교감은 모인 사람들 앞에서 생수병을 만지작댔다. 남편이 한 말 때문인지, 2차까지 위원회를 끌었다는 중압감 때문인지 안절부절못하며 손을 가만히 두지 않았다. 쌍방 과실이었다고 우겼을까. 아니면 학교도 잘못을 피할 수 없다고 법적인 책임을 물었을까. 지금껏 두 딸에게는 없던 일이, 나와 상관없던 일들이 왜 한꺼번에 벌어지는지 쓸데없는 변명만 입안에 가득 맴돌았다. 남편은 무료한 표정으로 바지에 붙은 보풀을 떼어냈다. 다림질이 안 된 양복바지에는 회색 보푸라기가 군데군데 올라와 있었다.

교무보조 직원이 실내등을 켰다. 2차 위원회를 시작한다는 말을 듣고 나와 남편은 피해자 측 진술을 위해 상담실로 자리를 옮겼다. 은오가 학교에서 두 주째 혼자 지내는 곳이었다. 직원은 원래 상담실이 공사 중이라 과학실험준비실을 임시로 상담실로 쓴다고, 답답하더라도 이해해달라며 양해를 구하고 나갔다. 자리에 앉자 먼지가 풀썩 일었다. 밖으로 통하는 구멍이라곤 머리 위로 돌아가는 환풍기와 출입문이 전부였다.

내쉬려던 숨이 더욱 죄어 왔다.

교감에게 무슨 말을 했는지 남편을 다시 채근했다. 남편은 곰팡내가 나는 것 같다며 이런 데에 사람을 가둔다고 툴툴거렸다. 은오가 요즘 지내는 곳이야, 하고 말했으나 그는 듣지 않고 가방에서 태블릿 PC를 꺼내 영상을 재생했다.

"그러니까 우리 애들은 건드리지 말았어야지."

확연히 바뀐 남편의 음성과 표정, 익숙하면서도 낯선 시시티브이 영상. 나는 안개가 걷힌 듯 선명한 화면에 신음만 겨우 낼 수 있었다. 남편이 정지시켜 재생한 장면은 두 곳이었다. 처음 멈춘 화면에는 아이들 무리가 중심에서 떨어져 멀리 보였다. 남편은 아이들이 있는 곳을 확대했다. 준수가 쪼그려 앉아 있는 아이들 앞에서 은오를 반복해 밀쳤다. 처음 보는 장면이었다. 남편은 아무 말 없이 화면을 빠르게 돌려 다음 장면을 보여주었다. 이번에는 은오와 준수가 크게 잡혔다. 두번째 화면은 나도 여러 번 반복해 봤던, 문제가 터진 바로 그 장면이었다. 이게 뭐? 하고 남편을 올려다보자 남편은 은오가 넘어지기 전 화면으로 시간을 멈췄다. 화면 하단에 한 아이가 다리를 뻗고 있었다. 아이는 순식간에 발을 움직였고, 은오가 다리에 걸려 균형을 잃었다. 준수는 은오에게 밀려 뒤로 넘어졌다.

"당신은 싸울 생각이 있기나 했어? 그리고 이거, 은오 총 맞지?"

그때까지도 나는 확신하지 못했다. 내가 은오의 엄마라서 나섰는지 아니면 어떤 오기 때문에 버티고 있던 건지. 만약 큰애나 둘째 아이에게 벌어진 일이라면 아이가 잘못을 모두 뒤집어쓰게 내버려두었을까. 준수 부모가 원하는 대로 환기도 잘되지 않는 상담실에 은오를 방치하고, 흐릿한 증거 영상을 보고 잘못되었을 가능성을 따져보지도 않았을까. 나는 은오가 자신이 밀친 게 아니라고 손을 저었을 때 거짓말하지 말라며 입을 다물게 했다. 총을 가져간 것도, 준수에게 총을 들이댄 것도 은오가 확실했으니까. 오히려 은오가 시끄럽게 굴면 일부러 그랬다는 게 들통날까 봐 어떤 말도 하지 말라고 아이에게 다짐을 받았다.

준수가 다쳤다는 말을 듣고 내가 할 일은 사과를 빨리 해 일을 키우지 않는 거라고 믿었다. 은오의 엄마니까 그들 앞에 섰고, 더 커질지 모르는 문제를 줄이려고 학교와 준수 부모가 보여주는 대로 은오를 판단했다. 사랑인지 책임감인지 모를 감정에 시달리면서 시간이 지나면 혼란도 잠잠해질 거라고, 준수 가족을 달래는 게 우선이라고 애써 마음을 돌렸다. 왜 은오에게도 이유가 있었다고, 은오만 잘못한 게 아니라고, 그저 아이들끼리 한 장난이었다고 목소리를 내지 못했을까. 은오가 하는 말을 왜 믿지 않았으며 아이의 편을 더 들어주지 않았을까. 나는 팔 년 전 남편이 아이를 선택한 것에, 회사를 관두고 은오에게 매달려야 하는 시간에, 책임질 사람이 따로 있는데 홀로 비난받는 상황에 화가 났다. 그렇다고 아이의 손을 놓으면 겪게 될 죄책감에 맞설 자신도 없었으면서. 나는 정말 은오의 엄마일까.

남편은 태블릿 PC를 가방에 넣으며 말했다.

"총은 끝까지 모른 척해. 은오가 데려온 애라는 것도 숨기고. 이 새끼 이걸로 나를 쏘더니 겁도 없이 학교에서까지. 지누나, 아니, 내 새끼들한테 피해를……"

총은 남편이 은오의 일곱 살 생일에 선물로 사준 거였다. 그해는 우리 가족이 마지막으로 가족사진을 찍고, 남편이 우리 아들이라는 호칭을 버린 해이기도 했다.

아이가 말이 트이고 움직임이 많아지면서 말썽은 종종 있었다. 화장대 거울에 고가의 아이크림을 비벼 바른다든지 양념 통을 뒤져 얼굴에 고춧가루를 들이부어 응급실에 뛰어간 일, 요구르트에 빨대를 꽂아 금붕어를 먹이는 등 어처구니없지만 어린아이라 넘어갔던 장난. 하지만 어린이집에서 키우는 새끼 거북을 집으로 들고 와 커피포트로 끓인 물에 담가놓고 깔깔대던 모습은 남편에게조차 말할 수 없었다. 어떻게 해석해야 할지 판단이 서지 않았다. 그 사실을 모르는 남편은 남자애들이 다 그렇다고, 호기심이라고, 두 딸도 그랬는데 기억나지 않는 것뿐이라며 은오 편을 들었다. 그는 나와 딸아이들의 불만에 좀 더 크면 나아질 테니 복잡하게 생각하지 말라며 웃어넘기곤 했다.

그러다 삼 년 전 어느 날부터 남편이 변하기 시작했다. 그날 남편은 입찰 서류를 들고 세종청사에 들어가야 한다고 말했다. 오전 아홉시 반까지 입찰 장소로 가야 했는데, 욕조에 서류가 잠긴 걸 알았을 때가 아침 일곱시가 넘어서였다. 남편은 전날 밤 사업자등록증에서부터 설계도, 시방서, 제안서, 투입되는 인원에 대한 자격 사항까지 천 페이지에 달하는 자료를 순서대로 확인했다. 두 부씩 정리해 종이 상자에 담고 다음 날 입을 양복을 챙겨 옷걸이에 걸어두었다.

남편은 젖은 서류를 들고 어쩔 줄 몰라 하며 거실을 서성였다. 그는 같이 참석하기로 한 직원에게 전화를 걸어 자초지종을 설명했다. 직원은 이미 고속도로에 올라서 서류를 뽑아 회사 인감을 찍어 세종까지 가려면 시간 안에는 무리라고 대답했다. 은오는 빙글빙글 거실을 도는 아빠가 재미있었던 모양이다. 자기가 한 장난이 드디어 성공했다고 야호! 하고 탄성을 질렀다. 아이는 말릴 새도 없이 남편의 바지를 붙들고 발에 올라가 껑충 뛰었다. 둘이 기분 좋을 때 자주 하는 놀이였다. 은오를 내려다보는 남편의 얼굴이 순식간에 싸늘해졌다. 남편은 저리 안 가! 하고 외치고는 다리를 들어 공중에 털었다. 아이가 거실 구석에 나동그라졌다. 나는 재빨리 은오를 끌어안았고, 은오는 울음도 터뜨리지 못하고 놀란 표정이 되었다. 아이의 윗눈썹이 장식장에 찢겨 피가 얼굴을 가리고 있었다. 남편은 그제야 정신을 차리고 은오의 머리를 감쌌다.

그렇게 남편은 사십억짜리 공사 입찰을 놓쳤고, 징계로 회사에서 두 달을 쉬었다. 그 두 달 사이, 남편은 아이에 대한 감정을 놓았다. 같이 일하던 직원까지 징계를 받고 퇴사하자 화는 고스란히 아이에게 돌아갔다. 아이가 하던 장난은 말썽이 되었고, 말썽은 금세 문제로 바뀌었다. 투우처럼 머리를 들이받으면 힘이 세졌다고 아빠에게 받았던 칭찬은 이내 버릇없는 행동이라고 내쳐졌다. 두 딸의 책에 은오가 오래전에 했던 낙서를 들고 와서 왜 이 꼴로 만들었냐며 야단치기도 했다. 은오의 눈빛, 말투, 냄새, 걸음걸이, 식습관, 노는 장난감. 그 모든 게 문제였고, 참지 못할 일이었다. 아이는 남편이 집에 있던 두 달이 지나기도 전에 슬금슬금 남편을 피했다. 남편이 큰소리를 내는 날이면 소변을 지리기도 했다. 자신을 닮아 웃어도 눈이 처지지 않는다며 아이를 안고 흡족해하던 남편을 한때 의심했던 내가 우습게 느껴졌다.

총은 어쩌면 남편의 선물이라기보다는 은오에게 마지막으로 건넨 기회였는지 모른다. 남편은 생일 케이크 앞에서 못내 기꺼운 표정으로 비비탄이 들어간 장난감 장총을 꺼냈다. 아이는 나를 돌아보며 씩 웃었다. 반년 만이었다. 둘째 아이까지 대학교 기숙사로 들어가면서 아이 편에서 아이의 이야기를 들어주는 사람은 없었다. 나는 은오가 우리의 눈치를 보고 있던 거라고, 자신을 보며 한숨과 타박만 터뜨리는 아빠가 돌아오기를 기다렸던 모양이라고 생각했다. 은오에게 아빠의 구두를 닦아놓으면 기뻐할 거라고 귓속말을 했다. 은오는 힘차게 고개를 끄덕였다. 그러곤 다음 날부터 남편의 구두를 닦았다. 겨우 일곱 살 아이가 누군가의 사랑을 돌리려고 하품을 참으며 구두를 들고 있는 모습은 기특하기보다는 안쓰러웠다. 남편은 그런 은오를 힐끗 돌아보기 시작했다. 머리를 가볍게 헝클고는 출근할 때도 있었다. 그러나 남편은 며칠이 안 되어 파양을 말했다.

주황빛 금붕어 한 마리가 짓눌렸고, 다른 한 마리는 바닥에 팽개쳐져 비늘이 말랐다. 죽은 지 꽤 지난 모양으로 거실 어항의 인공 수초가 밖으로 나와 물기가 빠져 있었다. 새벽 출근 때문에 조용히 집을 나서던 남편은 구두를 꿰다 물컹대는 느낌에 신을 벗고 속을 뒤졌다. 금붕어 한 쌍이 구두 양쪽에 한 마리씩 들어가 죽어 있었다. 남편은 고성을 지르고, 자는 은오를 끌고 나와 바닥에 넘어뜨렸다. 내장이 터진 채 죽은 금붕어가 엎어진 아이에게 눌려 검푸른 빛깔로 다시 뭉개졌다. 나는 전날 은오가 구두를 다 닦은 걸 보고 손을 씻겨 방에 데려가 재웠다. 일을 벌였다면 모두 자고 난 자정이 지나서였을 텐데 아무 소리도 듣지 못했다. 왜 그랬는지 이유도 어림할 수 없었다. 남편은 호흡을 주체하지 못하고 아이에게 젖은 구두와 양말을 집어 던졌다. 은오는 물건에 맞으면서도 시선을 피하지 않았다.

몇 해 전 남편과 보았던 다큐멘터리가 그때 왜 떠올랐는지 모르겠다. 중세 시대의 고양이들. 로마 가톨릭에서는 고양이를 사탄으로 치부해 거리의 고양이를 마구잡이로 죽였다고 한다. 고양이가 사라지자 쥐가 늘었고, 쥐는 흑사병을 퍼뜨려 유럽을 공동묘지로 만들었다. 하울링처럼 귀를 자극하는 고양이 울음, 동공이 커졌다가 서서히 가늘어지는 고양이 눈은 복수를 했는지 모른다는 어느 배우의 나지막한 내레이션과 함께 한동안 기억에서 사라지지 않았다. 나는 아이의 눈빛에서 다큐멘터리의 고양이를 보았다. 남편도 그것을 보았을까.

남편은 선생들과 학부모위원들에게 영상을 보여주며 준수 부모가 주장하는 게 전적으로 옳은지 물었다. 입찰 제안서를 설명하듯 어떤 감정도 느낄 수 없는 담담한 목소리였다. 입양을, 그리고 파양을 고집했을 때 집요한 성격이란 걸 어느 정도 알고 있었다. 잦은 정리해고 속에서 살아남은 얼마 안 되는 사람이란 걸, 입찰에 실패했을 때도 아랫사람에게 책임을 돌려 빠져나왔다는 사실을 뒤늦게 실감했다. 남편은 사설업체를 시켜 화질을 복원하고, 준수 부모가 루머를 퍼뜨렸다는 증거를 찾아냈다. 불특정 다수에게 루머를 유포한 명예훼손과 우리 가족이 겪은 심적인 고통, 더불어 친구들의 괴롭힘에 방어할 수밖에 없었던 어린아이의 처지를 얘기했다. 준수 아빠가 오해라고 일어섰다. 손에 탄원서 뭉치가 들려 있었다.

"저희 아이는 절대 그런 짓을 할……"

회의실의 환풍기 소리가 시끄러웠다. 준수 아빠의 목소리가 소음에 묻혀 점점 작게 들렸다. 나는 환풍기 아래 난 창을 바라보며 의자를 밀고 자리에서 일어섰다. 창은 오랫동안 닦지 않았는지 운동장이 잘 내다보이지 않았다. 놀란 담임선생이 앉으라고 말했고, 남편이 내 팔을 잡아 내렸다. 나는 주머니에서 핸드폰을 꺼냈다.

"그제 찍은 영상이에요. 준수 엄마가 학원 앞에서 전단지와 사탕을 애들에게 나눠줬어요. 애들은 얼굴을 찡그리고 화면만 보고 있었고요."

핸드폰 영상을 선생과 위원들에게 보여주었다. 누구에게도 시선을 주지 않은 멍한 상태였다. 그저 핸드폰 뒷면만 보면서 내키는 대로 말을 뱉었다. 아이들이 그걸 보고 수업은 잘 들어갔는지 몰라요, 하는 말에 몇몇이 탄식을 내었다. 총으로 머리를 찍은 것 같은 장면과 보기 싫은 수술 자국으로 이어지는 영상, 그리고 탄원서 귀퉁이에 호객 용품처럼 붙은 막대사탕. 준수 엄마는 이해를 구하느라 만든 것일 테지만 몇 발짝만 떨어져서 보면 그건 오해를 만들어낼 증거일 따름이었다. 그들이 오해라고 한 말에 나는 반응한 것이다.

은오는 조그만 케이지 속에 있는 햄스터를 사방으로 돌려보았다. 연갈색 솜뭉치같이 몽실몽실한 작은 동물이 은오와 나를 부산하게 쳐다봤다. 은오는 내게 먹이를 줘도 되냐고 묻고는 봉지를 뜯어 햄스터 케이지에 하나씩 떨어뜨렸다. 햄스터는 두 발로 먹이를 집고 뒤를 돌았다. 몸을 들썩이며 먹이를 갉는 모습에 나와 은오는 소리 내어 웃었다.

"학교는 괜찮아?"

"너무 멀어."

"금방 적응할 거야. 그때까진 얘가 네 친구."

은오의 머리를 쓰다듬고 봉지를 더 뜯어 아이의 손에 먹이를 건넸다. 은오는 햄스터가 몸을 돌린 방향으로 먹이를 던졌다.

은오를 전학시키겠다고 하자 담임선생은 굳이 그럴 필요 없다며 나를 말렸다. 남편은 파양을 다시 말하며 후회할 일이 또 생길 거라고 화를 내고는 부산으로 내려갔다. 나는 은오에게 어떻게 하고 싶은지 묻지 않았다. 준수와 그의 부모를 한 학기 더 견디는 것도, 모든 루머를 같이한 선생과 부모들을 마주치는 일에도 지쳤다. 어른들은 교양 있는 척 마음을 돌렸다는 의미로 한동안 우리에게 친절을 보이겠지만, 아이들이 은오에게 어떻게 나올지 믿을 수 없었다. 은오의 이름이 불릴 때마다 철렁댈 가슴을, 일을 까발렸다고 따돌릴지 모를 어린 악마들을 인내할 자신이 없었다. 그리고 준수의 상태가 나빠져 혼란으로 되돌아갈 일말의 가능성이 싫었다.

폐 깊숙이 연기를 빨았다 길게 내뿜었다. 오랜만에 아파트 벤치에서 담배를 태우는 시간이 여유로웠다. 아이는 나를 빤히 올려다보다 고개를 돌렸다. 아파트 관리인이나 은오를 아는 학부모들이 보면 한마디 하겠지만 아무래도 상관없었다. 은오는 큰길 건너 십오 분쯤 버스를 타야 하는 학교로 옮겼다. 이제는 그들이 뭐라고 떠들든 미안하다고 사과하고 잊어버리면 될 일이다. 벌금 정도는 기분 좋게 치러줄 용의가 있다. 아파트 화단 앞 벤치에 앉아 연기를 뿜을 호사에 비하면 그깟 몇만 원 드는 지출쯤이야, 나는 빛을 향해 눈을 감았다.

덜컹대는 소리에 눈을 가늘게 떴다. 아이가 등을 돌리고 일어서서 양팔을 크게 흔들고 있었다. 잘못 본 거겠지, 입에 담배를 문 채 은오를 돌려세웠다. 케이지 안에서 햄스터가 상하로 흔들리며 칙칙 귀를 찌르는 울음을 쳤다. 떨어지지 않으려고 네 발로 철망을 움켜쥐었지만 아이의 손놀림에 속절없이 아래로 고꾸라졌다.

"엄마, 이 새끼 째려보는 거 봐! 그래 봤자 도망도 못 치는 주제에."

새로운 것을 발견했다는 아이의 흥미로운 표정. 중세의 고양이와 무척 닮아 있었다. 나는 은오의 팔을 힘주어 잡았다. 은오가 케이지를 바닥에 떨어뜨렸다. 햄스터는 문이 잠긴 케이지에서 다시 한번 튕겨 올랐고, 일어서려고 안간힘을 썼지만 균형을 잡지 못했다. 일어서다 넘어지길 반복하며 이를 드러내고, 털을 잔뜩 부풀렸다. 은오는 빙긋 웃고는 먹어! 하면서 햄스터 머리에 먹이를 봉지째 흩뿌렸다.

길게 탄 담뱃재가 바닥에 떨어졌다. 품에서 꼬물거리며 나를 가끔 들뜨게 했던 어린아이의 모습이 연기 속에 흐려지고 있었다. 불안에 이를 드러내고 몸을 부풀리는 햄스터가, 화상을 입고 쓰레기로 버려졌던 새끼 거북이가, 동공을 축소하며 낮게 울던 검은 고양이가 또렷이 시야에 나타났다. 나는 눈을 끔벅대며 끝까지 타버린 담배를 공허하게 빨았다. 필터를 태운 매캐한 연기가 머리로, 가슴으로 깊숙이 들어와 사방이 어지러웠다. 아이는 내 눈앞에 있다.

미러볼이 있는 집

시연은 바깥으로 고개를 돌렸다. 화단의 감나무가 줄기차게 거실 창을 때리고 있었다. 외풍이 심해 집 안에는 냉기가 돌았다. 시연은 손자국이 선명한 안경알을 카디건에 문지르고 천장을 올려다봤다. 등이 깜빡깜빡 시야를 흐렸다. 조명을 감싼 유리 커버에 먼지가 앉아 불이 몇 개 나갔는지 가늠하기 어려웠다. 어두운 날에 등까지 깜박대 식탁에 둘러앉은 네 사람의 얼굴이 시시각각 달라 보였다.

순자 씨가 밥을 먹다 말고 시연을 쳐다보았다. 백내장으로 혼탁해진 눈알이 흔들리고 있었다. 각질이 일어난 하얀 목은 살집이 늘어져 갈색 주름이 선명했다. 공중목욕탕에 한 번만 데려가달라고 며칠간 시연에게 사정하더니 씻는 것도 포기한 모양이었다. 시연은 일부러 하품을 늘어지게 하고는 작아진 눈으로 순자 씨를 쳐다보았다. 순자 씨는 시연의 눈을 피해 늘어진 파마머리를 손빗으로 쓸어내렸다. 검붉은 젤네일이 미처 떼지 못한 검정깨처럼 새끼손가락에 조그맣게 남아 있었다. 그 위에 올렸던 나비 큐빅은 파인 흔적만 남기고 손톱에서 떨어져 나갔다. 홈 셰어링을 하러 시연이 순자 씨 집에 들어온 날, 시연은 순자 씨에게 잘 보이고 싶어 지갑을 털어 네일 용품을 샀다. 저 주름진 손에 일주일 치 용돈을 몽땅 쓰다니, 두 달 전 일이 까마득하게 느껴졌다.

승오가 졸다가 밥그릇을 엎었다. 시연은 아이고, 하는 순자 씨의 탄식에 승오와 순자 씨를 번갈아 쳐다보았다. 승오는 밥만 먹고 들어갈 거라고 잠꼬대하듯 웅얼거리며 바닥에 떨어진 밥을 공기에 주워 담았다. 밤새 친구들과 술판을 벌이고 아침 먹을 정신은 남아 있는지. 머리는 왁스가 뭉쳐 납작하게 눌렸고, 회색 맨투맨 티에는 과자 부스러기와 흘린 술 자국이 고스란히 남아 있었다. 시연은 그냥 잠이나 처자, 하면서 승오의 어깨를 밀쳤다. 돌이켜보면 이층을 멀티방으로 바꾸자고 말이 나왔을 때부터 시연은 승오를 같은 편에 섰다고 여겼던 것 같다. 그때 시연은 살 집에, 학비도 해결한다는 생각에 한껏 기대에 부풀었다. 그러나 수입이 없는 멀티방이 있다는 사실은 예상하지 못했다. 한 달째 알 수 없는 사람들을 모아 대가 없는 파티를 벌이는 승오를 언제까지 참아야 할지. 순자 씨가 병원비와 생활비로 쓰라고 건넸던 통장은 잔고가 이미 바닥을 드러냈다. 매달 순자 씨의 딸이 보내는 이십만 원의 용돈으로는 집에 드나드는 사람들의 식비를 대기에도 모자랐다.

승오가 젓가락을 또 놓쳤다. 이번에는 숙주나물이 떨어져 최 노인의 발등에 들러붙었다. 최 노인은 맨살에 나물이 엉기거나 말거나 꽁치를 입안에 통째로 욱여넣었다. 볼이 미어질 듯 생선을 해치우는 모습이 며칠 굶은 사람처럼 보였다. 정말이지 노인과 말만 통한다면 어떻게 집에 드나드는지 묻고 싶었다. 전날 밤에도 시연은 승오를 시켜 대문과 현관문을 모두 걸어 잠갔다. 뾰족한 철책에 둘러싸인 이 미터 높이의 담장을 보고 승오와 친구들은 어떤 도둑도 넘지 못할 거라고 한참을 낄낄거렸다.

시연은 이 모든 광경이 싫었다. 창밖에 늘어져 어수선하게 나부끼는 나무들도, 갈라진 벽 사이로 집 안에 들어온 한기도, 복층으로 일이층이 이어져 걸음을 디딜 때마다 삐걱거리는 계단도, 식탁을 둘러싼 네 사람의 그림자도 화가 치밀었다. 몬드리안 문양의 식탁보도 눈에 거슬리긴 마찬가지였다. 식탁보는 사각 귀퉁이가 해져 실밥이 보기 싫게 풀렸고, 군데군데 김치와 간장 얼룩으로 지저분했다. 시연은 차가워진 손으로 밥그릇을 감쌌다. 코와 손은 시린데 몸속의 열이 사라지지 않아 뭐라도 화풀이할 대상이 필요했다. 최 노인을 흘겨보았다. 최 노인은 남은 꽁치를 향해 팔을 뻗고 있었다. 저 인간은 대체 뭔데 남의 밥상에 자꾸 기웃대? 시연은 식탁보를 힘껏 잡아당겼다. 식탁보가 구겨지면서 된장찌개와 꽁치, 김치 그릇이 발밑으로 쏟아졌다. 승오가 거의 감겼던 눈을 뜨고 시연을 보며 웃었다. 순자 씨는 최 노인을 돌아보며 새된 소리를 질렀다. 최 노인이 자리에서 일어섰다. 그의 몸에 밀려 의자가 뒤로 나동그라졌다. 깜빡이는 불빛 아래 식탁을 가리는 그림자가 더욱 거대하게 보였다. 최 노인은 일어선 자세로 시연과 승오를 가리켰다.

"할머니, 저는 정시연이에요. 구청에서 소개받고 왔어요. '노인과 대학생의 행복한 동거' 신청하셨죠? 우와, 여기 지이인짜 좋아요!"

시연은 핸드폰 판매 아르바이트 경험을 살려 상기된 목소리로 할머니에게 떠들었다. '생각할 여유를 주면 사람들은 거절할 이유를 찾게 돼요. 단시간에 기분 좋게, 그렇다고 호들갑을 떨어 당황스럽게 하지는 말아야겠죠?' 하던 아르바이트생 담당 직원의 조언이 떠올랐다. 그는 노인의 경우 호들갑이 때론 통할 때가 있다고 덧붙였다.

현관 앞에 서서 우물거리던 할머니가 시연의 목소리에 빙긋 웃었다. 시연은 할머니의 미소에 슬그머니 가방을 내려놓았다. 방을 구할 수 있다면 이보다 더 앙증맞은 소리도, 살가운 표정도 얼마든지 지을 수 있다. 시연은 할머니의 머리를 가리키고는 손을 잡았다.

"손톱에도 나비 올려드릴까요? 나비 핀이 할머니한테 너무 잘 어울려서요."

할머니는 다 늙은 손에 뭐 하러, 하면서도 잡힌 손을 빼지 않았다. 시연은 제 손보다 훨씬 고운 걸요, 하고 말하며 활짝 웃었다.

할머니는 자신을 일흔여덟이 된 노인이라고 소개했다. 그녀는 하얀 피부에 살집이 조금 있는 편이고, 키는 시연과 비슷해 백육십 센티미터쯤 되어 보였다. 겨자색 앙고라 스웨터 아래로 밤색 긴 주름치마를 입고, 웃을 땐 꼭 입을 가렸다. 은발의 파마머리에 꽂은 비취 나비 핀이 시선을 잡았다. 시연은 문득 엄마를 떠올렸다. 엄마는 머리에 핀을 꽂거나 치마를 입지 않았다. 색이 바랜 붉은 립스틱도 친척 결혼식 때나 꺼내 발랐다. 외모, 말투, 분위기까지 딱 꼬집어 말하긴 어렵지만 할머니가 엄마와 다르다는 사실은 알 것 같았다. 할머니가 입은 옷과 머리핀을 엄마가 했다고 상상했다가 이내 고개를 저었다. 시장통에서 칼을 들고 닭을 잡는 모습이 엄마에게는 차라리 자연스러웠다. 하긴 할머니는 서울 한복판에서 이층집을 소유한, 바쁜 일 없이 사는 노인이다. 기운 없이 쳐다보는 표정도 여유로운 사람만이 지을 수 있는 나른함으로 비쳤다.

나무를 둘러싼 햇빛이 바람을 따라 거실 곳곳에 부서졌다. 할머니의 하얀 머리칼이 투명하게 윤이 났다. 시연은 할머니의 손톱에 나비 큐빅을 올리며 문순자 할머니, 아니 순자 씨와 지낼 앞날을 기대해보았다.

2학기 기말고사가 시작될 무렵, 학교에서는 기숙사를 증축한다고 다음 해 1월이 가기 전에 3학년 이상은 모두 방을 비우라고 통보했다. 시연은 급히 갈 곳을 찾았으나 가진 돈에 나오는 물건을 맞추기 어려웠다. 반지하방조차 천만 원 안팎의 보증금에 오십만 원이 넘는 월세였다. 입학금이 필요하다고 말했을 때 어이없이 쳐다봤던 엄마를 생각하면 기댈 사람이 있기나 할까, 헛웃음도 나오지 않았다. 이번 방학에는 아르바이트 시간을 쪼개서 취업 대비 스터디에 들어가려고 마음먹었는데, 스터디는커녕 머물 곳을 찾느라 일할 시간도 모자랐다. 방학 내내 인터넷을 검색해 통학할 수 있는 거리의 싼 방을 찾아다녔다. 학비 걱정은 할 수조차 없었다.

그러다 학과 사무실에 붙은 '대학생과 노인의 홈 셰어링 모집' 포스터를 보고 구청에 신청서를 냈다. 지원자가 많다는 직원의 말에 기대는 일찌감치 접었다. 기숙사에서 쫓겨난 학생들뿐 아니라 포스터가 붙기 전에 신청한 학생들의 숫자가 세 자릿수를 넘는다고 했다. 1월이 반이나 지났는데 마땅한 곳이 없었다. 그나마 친구라고 부를 수 있는 사람은 지방에 있고, 대학에서 만난 사람들은 수업을 같이 듣는 수강생일 따름이었다. 1학년 기숙사에 몰래 숨어들거나, 독서실과 찜질방을 전전하거나, 여대생 룸메이트를 구한다는 뭔가 찝찝한 게시물을 뒤지는 것밖에는 떠오르는 게 없었다. 더 이상 학자금 대출이 어려워 학교도 쉬어야 했다. 숙식을 해결하면서 학비를 마련하고, 공부까지 가능한 일. 그러나 그 어떤 일도 시간을 온전히 내지 않으면 보수를 주지 않았다. 야간 간병인도, 대리기사도, 주유소 알바도, 용모 단정한 여직원을 뽑는다는 야간 업소 카운터도 시연을 학생이라고 봐주진 않았다.

시연은 하는 수 없이 멀티방에서 같이 일하는 승오에게 말을 꺼냈다. 한동안 멀티방에서 살게 되면 사장한테 비밀로 해주라고, 그런데 그 기간이 얼마나 길어질지 약속할 수는 없다고. 승오는 마음대로 하라면서 골반 아래 새로 한 타투에 염증 연고를 발랐다. 여든이 다 된 멀티방 사장과 눈매와 입 모양이 비슷하다는 거 말고 승오에 대해 아는 게 없었다. 고등학교 아니 중학교는 졸업했는지, 사는 곳이 어디인지, 스무살이라고 우기지만 어울리는 친구들을 봐서는 나이도 믿을 수 없었다. 시연은 내가 발라줄까? 하면서 엉덩이에 연고 바르는 시늉을 했다. 그러자 승오가 고개를 끄덕이며 바지를 엉덩이 아래로 내렸다.

다행히 시연은 승오에게 신세 지지 않고, 구청에서 먼저 연락을 받았다.

"부처 했어, 부처 했어."

"아, 알았어, 알았다고. 씨발, 부처도 할 건 하니까 니들도 입장료는 내고 놀아야지. 한 사람당 삼만 원씩이야. 야, 듣고는 있어?"

시연은 승오의 친구들에게 기분 좋게 소리 지르고 천장을 올려다봤다. 기대했던 것보다 미러볼이 근사했다. 속는 셈 치고 인터넷 쇼핑몰을 뒤져 조명과 미러볼을 구매했는데 좁은 이층 거실에 빛이 반사돼 꽤 화려한 색을 내었다. 바닥에 사이키 조명까지 설치하니 밖에서 보면 작은 클럽 같기도 했다. 초기 투자로 나쁘지 않은 선택이었다. 집에 한 번만 놀러 가보고 싶다는 승오의 투정이 어쩌다 이층을 이렇게 바꾸어놓았는지 웃음이 날 뿐이다. 승오는 순자 씨가 슈퍼마켓에 간 틈에 집에 들렀다. 그리고 며칠 뒤 순자 씨가 병원에 입원하자 친구들을 불러 딱 한 번만 놀자고 시연을 꾀었다. 이층을 멀티방처럼 꾸며놓고 사용료를 받자고 한 건 승오의 아이디어였다.

시연은 방문을 하나씩 열며 안을 둘러봤다. 일층은 순자 씨가 쓰는 안방과 창고로 사용하는 다용도실을 포함해 방이 네 개였다. 한때 순자 씨와 그녀의 가족이 머물렀던 공간. 순자 씨가 혼자 지내면서 빈방에는 가족이 사용하던 가구만 남아 있다. 승오의 말대로 내버려두기엔 아까운 공간이었다. 그는 오고 싶어 하는 친구가 많다며 일층의 비어 있는 방을 가리켰다. 어차피 그 노인네, 귀도 안 들리고 그 시간이면 업어가도 모르게 잠만 자잖아. 시연은 승오의 단순함에 고개를 저었다. 그러다 걸려서 쫓겨나면 누가 책임질 건데? 하지만 일층을 한 바퀴 둘러보자 승오의 말이 불가능한 소리가 아니라는 생각이 들었다. 병원에서 본 순자 씨는 힘을 못 쓰는 늙은 아기였다. 물컵을 드는 것도 버거워 시연에게 입을 벌렸던, 보호자가 마땅히 없는 환자. 의사는 급성 저혈당에 고혈압이 겹쳐 퇴원 뒤에도 정기적으로 병원 치료를 받고, 약과 식이요법은 꼭 지키라고 당부했다.

승오의 친구들이 아니라도 찾아올 손님은 더 있을 것이다. 어디나 시연처럼 살 곳을 찾는 사람은 있게 마련이고, 하룻밤 삼만 원이면 동네 모텔과 비교해도 저렴한 금액이다. 시연은 방을 구하러 돌아다녔을 때 '빈방'이라고 걸어둔 집을 여러 번 보았다. 빈방은 많다. 순자 씨에게 피해를 주지 않는다면 남는 방에 사람을 조금 더 들인다 해도 문제 될 게 없을 것이다. 시연은 조금씩 빨라지는 심장을 가만히 눌렀다.

바닥에는 맥주, 위스키, 소주, 보드카, 데킬라, 와인에 포천 막걸리까지 온갖 종류의 술이 널려 있었다. 모인 사람의 수보다 술의 종류가 배는 더 되었다. 승오와 친구들은 팔을 들어 부처 했어, 를 다시 외쳤다. 팝송도 아니고 라틴팝도, 그렇다고 흔한 케이팝도 아닌 인도풍의 몽환적인 리듬에 네 명의 남자가 몸을 흔드는 꼴은 차라리 슬랩스틱에 가까웠다. 졸라 무식한 새끼들. 니들은 풋처핸섭도 모르냐? 시연은 그들 틈에 끼여 팔을 같이 들어 올렸다. 문득 이들을 잘 구슬리면 일이 쉬울 거라는, 지갑은 쉽게 열릴 거라는 생각이 들었다. 그리고 한편으로 아무런 고민 없이 몸을 흔드는 그들이 무척 부러웠다.

시간을 확인했다. 자정이 되기 삼십 분 전이다. 승오는 열두시에 여자애들 셋이 벨을 누를 거라고 말했다. 이층에 방이 세 개니까 한꺼번에 몰아넣지 말고, 알았지? 시연은 승오의 친구들에게 그만 마시라고 냅다 소리 지르고는 한 명씩 방으로 잡아끌었다. 승오는 어디에 갔는지 보이지 않았다. 그가 없더라도 술에 취한 사람을 방으로 들여보내는 건 멀티방에서 자주 해온 일이라 어렵지 않다. 승오의 친구들은 비틀거리면서도 끌려가긴 싫었는지 허공에 팔을 휘저었다. 시연은 옷가지와 가방을 챙겨 각자의 방에 넣어주었다. 나중에 돈 냈다고 우기면 곤란하니까 니들 사용료는 지갑에서 알아서 빼 갈게. 근데 어쩌냐? 그 여자애들 오늘 여기 못 올 거 같은데. 내가 진짜 그 꼴까진 못 보겠거든.

쓰러진 술병과 먹다 만 과자를 비닐에 주워 넣었다. 바닥에 설치한 조명을 끄자 미러볼이 어슴푸레 가로등 빛을 담았다. 쓰레기를 치우고, 사용료를 받고, 가끔은 구토한 오물도 치우는, 멀티방에서 하던 일과 비슷했다. 아니, 시연이 했던 그 어떤 일보다 간단했고 벌이가 나았다. 멀티방을 오가던 승오의 친구들은 승오의 연락을 받고 곧장 집으로 찾아왔다. 그들은 이층을 둘러보고 와! 여기는 아무도 방해 안 하는 거 맞지?

하면서 감탄을 쏟아냈다. 다음 학기 복학을 해야 하는 시연에게도, 어른들의 감시가 귀찮은 승오의 친구들에게도, 이유는 모르지만 재미있어하는 승오에게도 퍽 괜찮은 거래 같았다.

시연은 일층으로 내려갔다. 사방이 고요했다. 승오의 친구들은 잠들었고, 순자 씨는 집에 없었다. 들고 내려간 쓰레기 봉지 소리가 귀에 거슬릴 만큼 바람이 잠잠했고, 골목도 조용했다. 지나가는 차 소리도, 간혹 울어대는 길고양이 울음도 들리지 않았다. 시연은 안방 문을 가만히 열어보았다. 방에서 흐릿한 방향제 꽃향기가 났다. 이 집에 처음 들어오던 날, 순자 씨에게서 났던 바로 그 향기였다. 이틀 뒤 순자 씨가 퇴원해 돌아오면 무슨 핑계를 대야 할지, 이른 아침에 승오와 친구들을 내보낼 거지만 밤을 새운 그들이 조용히 움직일지 자신이 없다. 다른 수가 떠오를 때까지 순자 씨를 간호하는 척 집을 비우면 안 되었다. 시간이 지나면 뭐라도 좋은 수가 나겠지. 시연은 어둠 속에서 길게 숨을 내쉬었다.

으악! 누군가 뒤에서 시연을 넘어뜨렸다. 쓰레기를 담은 비닐이 바닥에 나동그라지면서 시연의 위로 술기운이 올라왔다. 승오가 시연을 눕히고 비실비실 웃었다. 두 눈이 창밖에 뜬 달과 나란히 걸려 시연을 내려다보고 있었다.

"뭐야. 놀랐잖아! 장난치지 말고 얼른 내려와."

"우리도 좀 놀아야지. 얘들 오려면 이십 분이나 남았는데."

승오가 천연덕스럽게 웃으며 시연에게 입을 맞췄다. 지금 꼭 이러고 싶냐? 보드카와 에너지 음료가 섞여 혀끝에 독한 기운이 닿았다. 피곤이 취기와 함께 몰려들었다. 시연은 승오의 얼굴을 밀어내고 눈가에 팔을 얹었다. 차가운 바닥에 몸은 움츠러드는데 눈꺼풀이 너무 무거웠다. 그사이 승오는 시연의 후드티를 벗겼다. 맨살에 한기가 닿자 팔에 소름이 올랐다. 이런, 완전 닭이 돼버렸네? 하고 말하며 승오가 시연의 가슴에 손을 올렸다. 시연은 더 참을 수 없어 자리에 똑바로 앉았다. 승오의 옆으로 닭똥 닭똥, 하고 놀리던 아이들이 달려드는 것만 같았다.

"아, 또 왜 이래? 이제 십오 분밖에 안 남았다고!"

시장통의 시큰하고 꿉꿉한 공기, 닭이 날개를 휘젓는 파닥거리는 소리가 거실에 들어차고 있었다. 지저분한 시장 골목이 나타났다. 엄마는 빽빽이 들어찬 닭장에서 닭을 꺼내 목을 내리쳤다. 동작이 거침없고 민첩해서 닭은 끓는 물을 붓고, 털을 제거하는 기계 안에 들어가서야 뒤늦게 울음소리를 쳤다. 엄마는 털이 뽑힌 닭의 대가리와 발을 치고, 내장을 긁어 물에 헹궜다. 피가 물에 번져 길게 흩어졌다.

시연은 가끔 닭을 잡는 자신을 상상했다. 때로는 엄마처럼 살면 어떨까 고민한 적도 있었다. 엄마가 다른 날보다 유난히 칼을 높이 들던 어느 오후를 기억한다. 그녀는 닭을 찌르고 한참 동안 허망하게 웃었다. 원망과 상실이라는 단어를 그때 알았더라면 분명히 그런 단어로 엄마를 묘사했을 것이다. 그 뒤로 엄마의 얼굴에는 그런 표정조차 사라졌지만, 시연은 종종 그때의 엄마를 떠올렸다. 주간과 야간 두 개의 아르바이트를 뛰며 학자금 대출을 받고, 휴학을 반복하며 동기들보다 졸업이 늦어지면서도 서울에 온 걸 후회하지 않는 건 그날의 잔상 때문이었다. 시연은 평생을 원망으로도, 표정을 잃은 채로도 살고 싶지 않았다.

초인종이 울렸다. 야, 애들 왔나 봐! 시연은 승오에게 벗어나 안경도 끼지 않고 대문으로 뛰어나갔다. 대문 앞에는 여자애들이 아닌 어떤 남자가 서 있었다. 시연은 한참 동안 자신을 가리는 두꺼운 그림자를 응시했다. 가로등을 등지고 있어 얼굴은 보이지 않았으나 그림자는 분명히 이층을 올려다보고 있었다. 이층에서 미러볼이 희미하게 빛을 반사했다. 그림자는 팔을 들어 미러볼을 가리켰다. 불, 불을 꺼야 해! 그는 한밤의 정적을 깨뜨리며 어눌하게 외쳤다.

시연은 순자 씨가 퇴원해 집으로 돌아오자 청소, 설거지, 빨래 따위를 도맡았다. 멀티방을 꾸몄던 도구들은 창고에 숨겨두었다. 최 노인은 그들의 아침상에 다시 끼어 앉았다. 며칠 전 대문 앞에서 마주친 기억은 잊은 듯 아무 말이 없었다. 정신이 온전치 못한 사람이란 건 순자 씨가 말하지 않아도 알 수 있었다. 그런데 웬일인지 순자 씨는 어린 동생을 대하듯 최 노인을 챙겼고, 최 노인은 정말로 일곱 살 먹은 아이라도 된 것처럼 순자 씨네 밥상을 탐냈다. 시연이 조심스레 그들의 관계를 묻자 순자 씨는 전에 신세 졌던 사람이야, 하면서 희미하게 웃었다.

어떡하든 졸업까지 집주인과 잘 지내야 했다. 그래서 시연은 순자 씨가 아파서 입원해야 한다고 말했을 때 당분간 집안일은 자기가 돕겠다고 했다. 노인이니까 회복이 더디겠지 하면서 싼값에 들어온 집인데 이 정도의 노동은 아무것도 아니라고 되새겼다. 그저 순자 씨의 느려진 걸음을 걱정하면서 열심히 집안일을 도왔다. 하지만 한 달이 지나도 병이 나아지지 않자 일이 어그러진다는 생각에 불안해졌다. 시연은 다음 학기 등록금을 마련해야 했고, 자격증 시험도 준비해야 했다. 그런데 순자 씨는 같이 살게 되어 든든하다고 시연의 손을 붙들고 좀체 놔주질 않았다. 눈두덩이 처진 시름 가득한 눈으로 시연을 쳐다보면 외출한다는 말도 쉽게 나오지 않았다. 식사 준비는 물론이고, 이층의 넓은 공간을 쓸고 닦으면 반나절이 금세 지나갔다. 할머니의 정기검진 때문에 병원 시중을 이따금 들어야 한다는 말은 입주 전에 구청 직원에게 들었다. 하지만 정기가 아니고 수시로, 이삼일에 한 번씩 불쑥 꺼낸다면 사정이 달랐다. 엄마와 살던 때를 떠올리며 순자 씨가 차려준 아침밥에 뭉클하던 며칠 전이 후회됐다. 시연은 순자 씨와 부딪히고 싶지 않아 아침을 거르고 도서관으로 향하기 시작했다.

"나, 오늘은 병원에 가야 할 것 같아."

시연이 가방을 챙기는데 순자 씨가 문을 두드리고 들어왔다. 형광 불빛이 닿은 얼굴이 더욱 창백해 보였다. 머리숱이 없는 정수리 가운데로 빨간 롤을 말아 볏만 간신히 남은 늙은 닭처럼 보이기도 했다. 새벽 다섯시도 안 된 시간에 속옷 바람으로 찾아든 순자 씨를 외면하고 싶었다. 스멀스멀 올라오는 짜증에 하마터면 엄마에게 대들듯 그만 좀 하라고 밀어버릴 뻔했다. 순자 씨는 몸이 이렇게 안 좋은 적은 없었는데, 하면서 두 손으로 얼굴을 감쌌다. 아침은 자신이 준비하겠다는 선하고 기운 없는 목소리에 속아 며칠 전에도 일당을 많이 준다는 아르바이트를 놓쳤다. 승오가 장난처럼 시작한 일에 시연도 열심히 매달린 건 결코 갑자기 든 마음이 아니었다.

과일이 많이 열릴 거라고 좋아했던 감나무와 대추나무, 6월이면 지지대에 넝쿨로 타고 오른다는 포도나무는 그저 이파리 없는 죽은 식물이었다. 갈아엎다 만 모양으로 헤쳐진 땅에는 고추와 상추가 바싹 말라 너저분했다. 생기라곤 전혀 느낄 수 없는 집에 초록빛을 내줄 상록수나 키울 것이지 과일나무와 채소를 남긴 건 상식 밖이라 한기마저 들었다. 그깟 아침 몇 번 차려주고 간병인으로 두 달이나 부렸으면서. 시연은 밤새 아이들이 먹다 남긴 김빠진 맥주를 화단에 쏟았다. 앙상한 가지와 제멋대로 금이 간 적색 벽돌을 보니 속았다는 억울함만 차올랐다.

시연은 바람이 들어오지 않게 현관문을 단단히 닫았다. 난방비를 줄이려고 해가 나면 순자 씨와 승오를 끌고 볕이 가장 잘 드는 거실로 나왔다. 햇살이 길게 거실을 비추고 있었다. 먼지가 일어 빛은 원뿔 모양의 기다란 조명을 만들었다. 먼지 조명의 끝에는 순자 씨가 웅크리고 있었다. 볕은 잘 들지만, 온기는 잘 품지 못하는 집. 구청 직원이 시연에게 집을 보여줬을 때 웃으면서 소개한 말이다. 순자 씨가 구청 직원에게 집이 춥다며 그렇게 설명했다고 했다. 감나무와 대추나무가 바람 따라 흔들리면서 광선 모양이 어그러졌다. 순자 씨는 둥글게 말았던 등을 펴고 몸을 옆으로 굴려 빛이 향하는 방향으로 쫓아갔다. 얼마 움직이지 않았는데 호흡이 거칠고, 눈꺼풀이 떨렸다. 무거운 눈꺼풀만큼이나 병의 기운은 온몸에 내려앉아 있었다. 양 볼이 꺼진 얼굴은 혈색을 잃어 하얗다 못해 퍼런 기운이 감돌았다. 팔다리도 움직임이 현저히 줄었다. 늙은이랑 살아서 많이 불편하지? 하고 홍조를 띠며 말하던 예전의 순자 씨는 어디에도 없었다.

승오와 순자 씨의 머리가 부딪쳤다. 승오는 잠결에 욕을 뱉었고, 순자 씨는 멍한 눈을 깜빡였다. 시연은 누운 채로 몸을 움직여 양발로 두 사람을 떨어뜨렸다. 순자 씨의 얼굴에 드리웠던 빛이 사라지고 있었다. 순자 씨는 온기가 드는 자리로 허우적대다 금세 포기하고 몸을 다시 웅크렸다. 승오는 팬티만 걸친 채 팔다리를 크게 벌리고 코를 골았다. 숨을 내쉴 때마다 얼굴 위로 하얗고 긴 입김이 올라왔다. 테킬라 때문일까, 소주 때문일까. 아니면 자는 버릇이 원래 저랬던가. 지난밤에도 시연은 승오와 친구들이 벌인 파티로 새벽 다섯시에 겨우 잠이 들었다. 손마디에는 대마초를 피운 냄새가 아직 남아 있었다. 시연은 승오를 한참 들여다보다 추위를 느껴 순자 씨 이불 속으로 파고들었다. 비릿하고 큼큼한 지린내가 코를 자극했다.

느리고 큰 인기척에 시연은 눈을 떴다. 승오인 것 같아 고개를 움직였다. 승오는 거실 끝 신발장 앞으로 굴러가 있었다. 옆으로 기어가 순자 씨가 있던 자리를 더듬었다. 순자 씨가 보이지 않았다. 요사이 잘 걷지 못해 혼자 사라질 리 없었다. 시연은 순자 씨를 퇴원시키고 병원에 한 번 데려가고는 함께 외출하지 않았다. 처방약이 떨어진 뒤로는 마트에서 비타민을 사다 먹였고, 상태가 좋지 않은 날이면 냉장고를 뒤져 인슐린 사탕을 한 알씩 물려주었다. 음식만은 순자 씨가 먹던 고단백 식사를 흉내 내려고 했지만, 돈이 문제였다.

얼마 전까지만 해도 살 곳이 있으니 손해 본 건 없다고 생각했다. 이곳에서는 눈치 줄 사람도, 밥값을 못한다고 냉대하는 사람도, 최저 시급이라고 함부로 부리는 사람도 없었다. 순자 씨는 시연이 졸업할 때까지만 버텨주면 되었다. 이 집은 이제 우리 거야! 하고 승오와 목 터져라 외쳤는데…… 순자 씨가 퇴원하고부터, 아니 승오가 집에 들어오고부터는 들킬 것 같은 불안감에 문 여는 소리만 들려도 긴장했다. 순자 씨의 딸은 한 번도 연락이 없었고, 설혹 순자 씨에게 문제가 생겨도 병이 있는 노인이라 의심할 사람은 없을 터였다. 그런데도 누군가 지켜보는 것 같은 불안감은 시연을 더욱 예민하게 했다. 시연은 화장실 문을 벌컥 열며 할머니, 하고 불렀다. 뒤를 돌아 사방을 살폈다. 안방 문이 열려 있었다.

최 노인이 순자 씨의 머리를 매만졌다. 무릎을 꿇고 들여다보는 모습이 정성 들여 화초를 가꾸는 사람으로 보였다. 그 앞의 순자 씨는 이불을 가슴까지 내리고 옅은 미소를 지었다. 시연이 한 번도 본 적 없는, 두꺼운 겨울용 솜이불을 덮고 있었다. 최 노인은 대체 언제 들어왔고, 이불은 어디에서 챙겨왔을까. 순자 씨는 또 어떻게 안방으로 옮겼는지 시연은 의구심에 차 최 노인을 지켜봤다. 순자 씨는 최 노인을 향해 작은 소리로 중얼거렸고, 최 노인은 고개를 끄덕이며 순자 씨의 말을 들었다. 소리가 작아 시연에게는 들리지 않았다. 그러다 갑자기 최 노인이 목소리를 높였다. 됐어요! 아주 잘 어울려요. 굵고 선명한 목소리였다. 시연은 엉겁결에 문을 젖히고 안방으로 들어갔다. 시연과 눈이 마주친 순자 씨가 베개에 얼굴을 묻었다. 순자 씨의 머리에 오후까지 없던 은색 핀이 꽂혀 있었다. 최 노인이 뒤를 돌았다. 그는 또렷한 눈빛으로 천장을 응시한 뒤 나가라고 시연에게 주먹을 내둘렀다.

구청 직원이 대문을 밀었다. 시연은 맥주를 배달하러 온 마트 직원인 줄 알고 문을 열었다가 당황해 목소리를 높였다. 연락도 없이 웬일이냐는 시연의 말에 구청 직원은 전화가 안 돼 직접 찾아왔다고 말했다. 한 달 넘게 핸드폰이 정지되었다는 사실이 뒤늦게 떠올랐다.

시연은 순자 씨를 가리며 이불 앞에 엉거주춤 앉았다. 뒤를 돌아봤다. 순자 씨의 얼굴은 침과 눈물 자국으로 지저분했고, 버짐이 번져 거스러미처럼 올라와 있었다. 눈썹에는 잔설 같은 먼지가 내려앉았다. 승오와 친구들이 재빨리 움직여 순자 씨를 요에 올리고 이불을 덮어놓긴 했지만, 순자 씨의 얼굴을 매만지거나 바닥에 구르는 먼지를 닦을 틈은 없었다. 시연은 옷소매로 순자 씨의 입을 몰래 훔쳤다. 끈끈한 침이 소매에 엉겨 말끔하게 닦이지 않았다.

구청 직원은 날이 추운데 난방은 해야 하지 않느냐고 순자 씨의 손을 자신의 손 위에 올렸다. 시연은 순자 씨의 목까지 이불을 올려주고 직원에게 괜찮다고 말했다. 순자 씨가 구청 직원에게 느리게 눈을 굴렸다. 숨은 쌕쌕거리고, 눈동자가 탁해 살날이 얼마 남지 않은 환자로 보였다. 하지만 시연은 순자 씨가 구청 직원을 향해 동공을 떨고 있다는 사실을 알았다. 그건 시연에게 아프다고 말하면서 보냈던 눈빛과 비슷한, 자신을 도와주길 간절히 바라는 구조 요청이었다. 구청 직원이 순자 씨의 손을 내려놓았다. 순자 씨는 필사적으로 눈을 깜빡였는데 눈에는 눈물이 그렁그렁했다. 그러나 구청 직원은 그걸 알아차릴 정도로 섬세한 사람이 아니었다. 그녀의 눈에는 눈곱이 엉겨 눈을 감고 뜨는 게 힘겨운 노인으로 보일 터였다.

"참, 두 달 전만 해도 멀쩡하시더니. 학생이 진짜 고생이 많네요. 꼭 내가 학생한테 사기 친 것처럼 돼버렸어."

"아니에요. 원래 몸이 편찮으셨잖아요. 저희 할머니도 자주 그러셔서 잘 알고 있어요."

"그래도 머리에 예쁜 핀도 꽂아드리고, 할머니가 인복이 있으신 분이에요. 마지막으로 통화했을 때 싹싹한 학생 보내줘서 고맙다고 몇 번이나 말씀하셨거든요. 딸도 못하는 걸 어린 학생이 도와준다고, 몸이 나으면 연금 챙겨서 학생을 돕고 싶다고 하셨는데."

구청 직원은 순자 씨가 부탁했다며 주택연금 자료를 가방에서 꺼내놓았다. 시연은 구청 직원이 팸플릿을 건네기 전에 힘든 표정을 지을까, 담담한 표정을 지을까 고민했다. 친할머니는 본 적이 없고, 예쁜 핀은 시연이 산 게 아니었다. 그런데 팸플릿을 보자 어떤 표정도 지을 수 없었다. 할 말도 잊었다. 시연을 둘러싼 정물과 사람들이 처음 본 것처럼 낯설어 어지럽기만 했다. 차마 순자 씨에게 눈을 돌릴 수 없어 바닥에 놓인 자료만 뚫어지게 쳐다보았다. 순자 씨가 다른 사람을 들였다면, 시연이 승오를 데리고 들어오지 않았다면 지금의 풍경이 달라졌을까. 순자 씨는 찬 바닥에 누워 있지 않아도 되었을까.

이층에서 쿵쾅거리는 소리가 들렸다. 문이 열렸다 부딪히는 소음이 났다. 시연은 가까스로 정신 차려 팔을 과장되게 움직였다. 그러곤 목소리를 높여 활기차게 대답했다. 관심을 딴 데로 돌려 구청 직원을 빨리 내보내야 했다.

"곧 일어나실 거예요. 계속 괜찮으시더니 어제부터 이러시네요. 저혈당 환자들이 많이 그러신다던데. 막 병원에 가려고 했거든요."

"이 정도면 입원하는 게 낫지 않아요? 학교 다니면서 간호하는 게 힘들 텐데. 따님한테 연락은 했죠?"

시연은 급해지는 마음을 누르고 딸의 연락처를 모른다고 말했다. 순자 씨는 입에 침이 가득 고인 채 말을 하려고 애썼고, 이층의 소음은 더욱 잦아졌다. 가구가 넘어지는 것 같은 둔탁한 소리가 들렸다. 시연은 초조하게 천장을 흘끔거렸다. 구청 직원도 그제야 주변을 돌아보기 시작했다. 더 이상 앉아 있을 수만 없었다. 순자 씨도, 아이들도 어떻게 나올지 조마조마했다. 시연은 병원에 갈 시간이라고 말하고는 자리에서 벌떡 일어섰다. 구청 직원은 순자 씨에게 안타까운 시선을 떼지 못하며 가방을 들었다.

"제가 따님한테는 연락할게요. 아마 신청서를 받을 때 보호자 번호도 남겨뒀을 거예요. 가족에게 연락이 되면 집을 비워야 할지 모르니까 학생도 옮길 데를 찾아보고 있어요. 참 따뜻한 어르신인데, 건강만 하셨다면 학생이랑 친할머니처럼 의지하고 지냈을 텐데."

구청 직원은 미안한 표정으로 시연의 어깨를 두드렸다. 시연은 괜찮다고 고개를 흔들었다. 전에 없던 감정에 눈물까지 나려고 했다. 공포도 연민도, 그렇다고 연기를 하는 것도 아니었다. 그저 뜨거운 숨이 목구멍을 막아 나오지 않았다. 구청 직원을 대문까지 배웅하려고 신발을 꿰었다. 그때 이층 계단에서 물건이 구르는 육중한 소리가 들렸다. 시연과 구청 직원은 놀라 거실로 뛰어갔다. 계단에서 사람이 구르더니 티브이 장식장에 정면으로 부딪치고 그 앞에 널브러졌다. 곧이어 승오의 친구가 뛰어와 정신없이 승오를 불렀다. 시연은 승오가 아닐 거라고 중얼거리면서 쓰러진 사람의 옷을 살폈다. 회색 맨투맨 티였다. 그의 눈동자가 반쯤 뒤로 돌아가 있었다. 숨을 할딱대며 살려달라고 소리 내는 것도 같았다. 승오의 친구는 구청 직원을 붙들고 차가 있냐고, 병원에 얼른 가자고 울부짖었다. 시연은 거의 넋이 나가 거실과 이층을 둘러보았다. 천장과 바닥이 들쑥날쑥 움직이는데 그 가운데서 최 노인이 계단을 타고 내려오고 있었다. 묵직하고 보폭이 큰, 무언가를 해냈다는 의기양양한 걸음걸이였다.

번호 키 아래로 매달린 둥근 자물쇠가 사흘 전보다 덜 차갑

게 느껴졌다. 시연은 밤마다 화가 나 쥐고 흔들던 쇳덩이가 생각만큼 크지 않다는 사실에 놀랐다. 낮에 집에 온 건 한 달 만에 처음이었다. 오늘도 잠긴 문은 열리지 않았다. 건물을 뒤로 돌아 안방 옆 창고 창문을 열었다. 문득 최 노인도 이 창문으로 집에 드나들었을지 모른다는 생각이 들었다. 시연은 가방을 창고에 힘껏 내던졌다. 며칠 전만 해도 높은 담을 뛰어넘는 것도, 창문에 몸을 껴 집 안으로 들어가는 것도 힘들었는데, 어느새 어려움 없이 담을 넘고 창에 몸을 밀어 넣었다.

시연은 안방과 거실에 친 암막 커튼을 걷었다. 한꺼번에 쏟아질 빛을 예상하고 눈을 감았다가 떴다. 눈부심보다 따뜻한 기운이 살갗에 먼저 닿았다. 실눈을 뜨고 이중창의 안쪽을 열었다. 안쪽 유리창도, 바깥의 새시도 지저분해 화단이 잘 내다보이지 않았다. 바깥 창을 마저 열었다. 거실이 환해졌다. 시연은 밤에 들어왔을 때와 다른 광경에 집 안을 한 바퀴 둘러보았다. 거실과 안방에는 먼지가 켜켜이 나앉았고, 가구와 천장, 벽에는 거미줄이 내려와 있었다. 매일 밤 덮고 자는 이불에는 시연의 발자국이 남아 있었다. 어둠 속에서 먹다 흘린 라면 부스러기와 마른 햄이 먼지에 섞여 뒹굴었다. 며칠 동안 시연 말고 집에 드나든 사람은 없어 보였다. 아무도 찾지 않은, 버려진 것 같은 모습에 시연은 안도감을 느꼈다.

순자 씨가 딸에게 끌려 병원으로 들어간 뒤, 시연은 다음 날부터 집을 찾아왔다. 낮이면 일을 하거나 도서관에 갔지만 어두워지면 집으로 향했다. 전기와 난방은 끊긴 상태였다. 4월 초, 아직도 밤은 쌀쌀했다. 시연은 밤마다 겨울 점퍼를 입고 신발을 신은 채로 순자 씨가 덮던 이불에 몸을 말고 누웠다. 낮에 들어오지 않았다면 이불이 얼마나 더러워졌는지 알지 못했을 것이다.

안방에 개어놓은 요와 차렵이불을 끌고 욕조에 집어넣었다. 폭신했던 솜이불은 숨이 죽어 홑이불처럼 얇아졌다. 가방에서 세탁비누를 꺼냈다. 커다란 등산용 백팩에는 『소비자 행동론』과 『전산회계 2급 기출문제』, 옷가지, 세면도구, 텀블러가 들어 있었다. 어제와 그제는 자격증 시험 때문에 도서관에서 지냈다. 엎드려 자느라 몸이 불편해 집이 더욱 생각났다. 순자 씨가 병원에서 돌아와 방을 치우고 있을 것 같아 불안하기도 했다. 밤에만 드나들어 청소와 빨래도 못하고 나온데다가 며칠 동안 먹은 음식물 쓰레기도 치우지 않고 내버려둬 도서관에 있는 내내 신경이 쓰였다. 집을 제대로 돌보지 못했다고 순자 씨가 시연을 내쫓을 것만 같았다. 하지만 순자 씨는 집에 없었다.

수도를 틀었다. 물이 나오지 않았다. 그나마 찬물에 속옷 빨래나 세수는 할 수 있었는데 이제는 그마저도 힘들어 보였다. 시연은 욕조에 담긴 이불을 어떻게 하면 좋을지 생각에 잠겼다. 어깨에 이불과 요를 걸치고 거실 창을 뛰어넘었다. 마당에 나와 이불을 힘껏 털어냈다. 아무리 털어도 진하게 새

겨진 발자국과 누레진 때는 지워지지 않았다. 시연은 이불을 든 채로 집을 올려다봤다. 날이 맑았다.

"할머니, 아마 제가 말한 적 있을 거예요. 저는 이 집이 처음부터 좋았다고요. 그냥 우리 집 같았거든요. 내 방도 있고, 마당도 넓고, 밤이면 고요해지는 동네도 너무 맘에 들고요. 계속 안 들어오셔도 상관없어요. 제가 여기에 쭉 있을 거니까."

승호도, 최 노인도, 순자 씨도, 엄마도 없다. 거실 창을 가리는 나뭇가지가 바람에 가늘게 흔들릴 뿐이다. 이젠 시연의 집이다.

한낮의 산책

윤재는 현관문을 열어주고 포스트잇을 내밀었다. 이층이지만 상가가 앞뒤로 바짝 붙은 다세대주택이라 실내는 밝은 날에도 등을 켜지 않으면 어두웠다. 서툴게 하트가 그려진 메모가 눈에 들어왔다. 아이는 내가 포스트잇을 살피는 걸 보고 기다렸다는 듯 좌식 책상을 가리켰다. 책상에는 수업 교재와 잘 깎인 연필 두 자루, 어른 손톱만 하게 닳은 지우개, 빨간 색연필이 놓여 있었다. 나는 고개를 끄덕이고는 점심은 먹었느냐고 윤재에게 물었다. 윤재는 불편한 걸음걸이로 싱크대에 올려둔 김밥을 가져와 보여주었다. 은색 포일 안에 김밥 꽁지가 마른 채로 두 개 남아 있었다. 김밥 옆에 놓인 컵라면은 아마도 아이의 저녁 식사일 것이다. 나는 화장실에 들어가

꼼꼼히 손을 씻고, 거실 등을 켰다. 형광등 램프 두 개 중 하나가 고장 났는지 까맣게 불이 들어오지 않았다. 포스트잇에는 "나는 선생님가 만이 재미서요"라고 적혀 있었다.

월요일 오후 한시, 일주일의 첫 수업이다. 오전에는 사무실에 들러 두 시간이 넘는 지국 회의를 마치고, 이번 달에 채울 교재 할당량을 통보받았다. 신규 회원 모집은 물론이고, 기존 회원들에게도 과목 수를 늘리면서 이탈되는 회원이 없게 하라는 매주 반복되는 내용이었다. '신규 회원 10퍼센트 증가.' 회의마다 할당받은 목표라 수치가 와닿는 건 아니지만, 그 말을 뱉는 지국장과 눈을 마주칠 때면 그곳에 있는 이유를 새삼 생각하게 된다. 본사에서 하반기부터 중국어와 스페인어까지 영역을 확장한다니 머리가 지끈거렸다. 또 알지 못하는 과목을 교육받아 학생을 마주해야 한다는 말이기 때문이다. 하긴 AI 수업이 늘어가는 판에 그런 걱정은 아무것도 아닌지 모른다. 나는 본사에서 내려온 팸플릿을 윤재에게 건넸다.

"아빠 보여드려. 윤재, 한글 잘하니까 중국어랑 스페인어도 금방 따라갈걸?"

아이는 눈을 깜빡이며 나를 올려다보고 웃었다. 무슨 말인지 알아들을 수 없을 텐데 혼자 있는 시간이 줄어드는 거라고 눈치로 해석하는 것 같다. 아이에게 내민 손이 민망했다. 겨우 한글을 뗀 일곱 살 아이에게 중국어와 스페인어라니, 나도 고작 중국어 성조와 간자체, 알파베토와 기초 인사말에서 헤매고 있는데 말이다. 그냥 아무 소리 말고 전단지만 두고 갈 걸. 어쨌거나 윤재 아빠는 과목을 추가해도 된다고 쉽게 허락할지 모른다. 한글과 한자, 수학, 독서, 영어. 아이는 그 나이에 할 수 있는 우리 회사 학습지를 전부 신청해서 듣고 있고, 보통 일주일에 한 번 하는 수업을 하루 더 반복해 듣는, 말하자면 회사의 VIP 고객이다. 내 입장에서도 내용을 문제 삼거나 갑자기 과목을 줄여 곤혹스럽게 구는 일이 없어 고마운 아이다. 게다가 윤재 아빠는 여느 부모와 달리 윤재가 무얼 배우는지, 수업을 잘 따라가는지 따위는 관심 없었다. 그저 수업을 마쳤다고 전화를 걸면 수고했다고, 고맙다면서 윤재가 밥은 먹었는지 앞으로도 잘 챙겨달라고 부탁했다.

움직이는 게 힘들어 거의 밖을 나가지 않는 아이, 윤재는 두 시간 동안 다섯 과목의 수업을 마치고 내가 집을 나서면, 아빠가 퇴근해 돌아올 때까지 혼자 집을 지켰다. 그리고 다음 날은 피아노 선생과 미술 선생, 그다음 날은 컴퓨터 선생을 기다리면서 혼자 밥을 차려 먹고, 그날 내준 숙제를 했다. 다른 선생들도 나처럼 점심때쯤 방문해 윤재가 굶지는 않았는지 확인하고 윤재의 아빠에게 보고할 테다. 나는 전단지를 옆으로 치우고 교재를 책상에 올렸다.

"선생님, 언제부터 해요?"

"뭘?"

"중국하고 스, 스, 그거요."

"아, 스페인어? 그건 선생님이 아빠한테 여쭤볼게. 우리 윤재, 오늘은 영어부터 하는 날이지? 숙제는 다 했어?"

아이는 고개를 주억거리며 수업을 길게 하는 날이 가장 좋다고 떠들었다. 그러곤 몸을 굽혀 영어 교재를 펼쳤다. 다리가 잘 구부러지지 않아 두 팔로 다리를 감싸 몸을 돌리는 데 한참 시간이 걸렸다. 연필을 쥔 손은 물어뜯었는지 지난주에 봤을 때보다 손톱이 더 짧아졌다. 반쯤 남은 손톱 아래 뭉뚝하게 굳은살이 올라와 보기 싫었다. 유치원은 못 보내도 몸에 맞는 의자와 책상은 놔줄 것이지…… 책상에 쌓인 여러 교재를 볼 때면 나도 모르게 긴 숨이 나왔다. 아이의 불편한 움직임에 책더미가 쓰러질 듯 흔들렸다. 자잘한 상념이 머릿속을 헤집었으나 나는 다만 일이라며 플레이어에 시디를 올렸다. 윤재는 영어 파일을 듣는 척하며 내가 숙제를 채점하는 걸 물끄러미 쳐다보았다.

김밥과 우유 두 팩을 사 들고 차로 향했다. 윤재와 수업하는 사이, 두 곳에서 전화를 부탁한다는 문자가 들어왔다. 한 사람은 본사에서 일하는 고 대리였고, 다른 문자는 금요일 오후에 수업이 있는 궁전빌라였다. 두 사람 모두 안부를 물으려고 문자를 보내진 않았을 거다. 편의점이나 분식집에서 식사하면서 통화하기에는 껄끄러운 대화가 될지 모른다. 수업을 시작하고 얼마 안 돼 차례로 들어왔으니 그들은 아마도 오랫동안 답을 기다리고 있을 테다. 화가 났다면 그사이 잠잠해졌길 바랄 뿐이다.

운전석 앞 차창 유리에 불법주차 딱지가 크게 붙어 있었다. 윤재와 수업하러 가기 전, 근처 아파트 주차장에 차를 대었다. 윤재네 집은 주차장이 없고, 집 주변으로 골목이 좁아 차를 세울 데가 마땅치 않았다. 처음 몇 주 동안은 차를 대지 못해 동네를 몇 바퀴씩 돌았다. 그리고 한 달쯤 지나 그 시간이면 여유로운 주차장을 발견했다. 마치 기대하지 않은 회원을 길가에서 엉겁결에 모집한 것처럼 횡재한 기분이 들었다. 운이 좋게도 아파트는 출입 차단기가 없거니와 단속하는 관리인도 보이지 않았다. 그렇게 나는 윤재에게 들를 때면 아파트에 주차한 뒤 수업을 다녀왔고, 시간이 남으면 차 안에서 대기하거나 식사를 해결했다.

스프레이로 주차 딱지를 제거하려다 그만두었다. 안이 훤히 보이는 운전석에서 통화하는 것보다 얼굴이 가려지는 게 나을 것 같았다. 뒷좌석에 앉으면 밖에서 잘 들여다보이지 않아 밥을 먹고 통화하기에도 마음 편할 것이다. 이런저런 곳에서 붙은 주차 딱지 때문에 차창은 스티커 자국으로 지저분했다. 뒤쪽 창을 반쯤 내려놓았으나 동물의 악취가 들어차 차 안 공기가 비릿했다. 나는 코를 움켜쥐고 환기한 뒤, 더러워진 배변 패드를 쓰레기봉투에 담았다. 그러곤 항균 탈취 스프레이를 골고루 뿌렸다. 두 곳에 전화를 걸고, 점심까지 먹으려면 최대한 서둘러야 했다. 냄새가 다 빠지지 않았지만 일단 뒷좌석에 기대앉았다. 퉁퉁 부은 발을 꼼지락대며 이백 밀리리터 우유를 들이켜는데, 본사에서 전화가 왔다.

"보고서는 받았어요. 분발해야 한다고, 지난번에도 말씀드렸는데 회원 모집이 여전히 안 되고 있네요. 이렇게 된 이상 위인전 다섯 질과 다음 달에 출시할 자연과학 시리즈 다섯 질을 구매하는 게 어때요? 이런 실적이면 정리될 수밖에 없어요. 노력 좀 합시다."

그가 말을 꺼내기 전에 어느 정도 예상했었다. 우리 지국의 다른 선생들, 이를테면 하루 평균 서른 명부터 많게는 쉰 명에 가까운 학생을 할당받은 선생들과 비교하면 내가 맡은 스무 명은 이제 막 일을 시작한 신입이나 맡을 정도로 적은 인원이었다. 당연히 교재 판매량도 그들과 비교되지 않았다. 고 대리는 자기뿐 아니라 나와 담당제로 묶인 지국장과 본사 팀장까지 인사고과에 피해를 보고 있다고 했다. 저희도 사정을 더 봐주긴 어렵다는 말에 나는 죄송하다고 우물거렸다. 실적이 좋을 때는 우리였다가 실적이 나빠지면 금세 저희가 되어버리는 그들을 탓할 수 없었다. 오래 근무하는 사람은 드물지만, 선생 자리로 들어오려는 지원자는 꾸준히 있었다. 내가 아니라도 일할 사람은 많다는 의미다. 무작정 초등학교와 아파트 단지를 찾아가고, 가끔은 반기지 않는 잡상인이 되어 인근 지하철역과 버스 정류장에 나가 광고지를 돌렸다. 맡은 회원들의 부모에게 아이를 소개해달라며 사정해보지만 그런 노력은 변명일 뿐이다. 회사가 생각하는 노력이란 수치로 입증되는 회원 숫자였다.

그렇다고 해도 열 세트는 무리다. 세계문학이나 위인전, 어린이 상식 백과, 영어 테마 동화 등 회사에서 판매하는 전집류는 세트당 오십만 원에서 백만 원에 이른다. 열 세트면 어림잡아도 오백만 원이 넘고, 새로 나오는 시리즈라면 한 세트에 백만 원이 더 될 테니 대충 계산하기에도 겁이 났다. 지난달 통장에 찍힌 월급을 생각하면 쓴웃음도 아깝다. 이젠 전집을 사줄 사람도 남아 있지 않다. 일을 처음 시작했을 때 필수로 구입해야 할 전집은 조카 둘의 이름으로 동생에게 사정해 넘겼다. 일을 시작하면서부터 회사에 빚을 졌고, 내가 사비를 털어 할인해준 책을 구매한 부모들은 손해라도 입은 것처럼 시시때때로 책에 하자가 있다고 불만을 터뜨렸다. 환불해달라는 성화에 결국 세 세트는 내 돈을 주고 반품받았다. 궁전빌라의 나은 엄마도 그때 환불해준 사람 중 하나였다. 그 뒤로 그녀는 일주일에 두세 번씩 집안일이나 남편 문제 같은 잡다한 일로 전화를 걸고, 심부름을 시켰다.

나는 고 대리에게 어떤 약속도 하지 못하고 전화를 끊었다. 김밥 두 개를 한꺼번에 입속에 욱여넣었다. 갈증이 나서 입안이 텁텁했다. 이럴 줄 알았다면 생수라도 사 오는 건데, 우유를 더 마실까 하고 봉지를 뒤지다 도로 내려놓았다. 톤을 올려 목소리를 가다듬고 궁전빌라에게 전화를 걸었다. 그녀는 으레 인사는 받지 않고 다른 사람 이야기를 먼저 꺼냈다.

"지난주에요. 승민 맘이랑 세원 맘이 우리 집에 왔잖아요?"

오늘은 또 무슨 말을 하려는지 궁금증도 일지 않았다. 기억이 가물거려 그녀가 묻는 말에 곧장 대꾸할 수도 없었다. 월요일부터 금요일까지 하루 평균 스무 집을 방문한다. 가끔은 빠진 수업을 보충하느라 주말에도 수업하고, 본사에서 할당받은 판촉 행사에 동원될 때도 있다. 머릿속에 내가 관리하는 아이들과 그 아이들의 부모는 있지만, 그들 주위를 스치는 무수한 사람들까지 남아 있지는 않다. 현재 맡은 회원들의 사소하지만 꼭 기억해야 하는 시간과 습관, 당장 외워야 하는 수업 내용이 아니라면 기억은 흐릿했다. 나는 머뭇거리며 무슨 일인지 물었다.

"기억하죠? 그날 승민 맘이 트러비 가리키면서 병 같은 건 안 옮기냐고 물었던 거."

나는 그녀가 무슨 말을 하려는지 종잡지 못했다. 승민 엄마도 기억에 없거니와 트러비가 아이의 이름인지, 물건의 이름인지 분간되지 않았다. 궁전빌라의 목소리는 호기심은 있지만 그렇다고 다급하게 느껴지지 않았다. 잠자코 듣는 수밖에 없었다.

"나은인 수업 받고, 난 엄마들이랑 차를 마셨고요. 근데 남편이 인감도장 가져다 달라고 전화 와서 나갔잖아요. 그러고 보니 우리 인사도 못했었네요? 아무튼요, 돌아왔는데 엄마들은 없고, 트러비는 안 보이고, 나은인 알러지 때문에 개 근처에는 안 가는데 말이죠."

나는 그제야 그 집에서 기르는 개의 이름이 '트러비'라는 걸 알아챘다. 그들은 한 번도 개를 이름으로 부르지 않았다. 둥글게 몸을 말고 궁전빌라 모녀를 피해 내 코트 속에 숨어들었던 늙은 개. 누가 데려갔을까 반복해 묻는 말에 입안이 더욱 말랐다. 나를 의심하는 건지, 같이 어울렸던 두 사람을 의심하는지 알 수 없는 질문이었다. 지난주에 없어진 개를 왜 이제야 찾는지, 진짜 찾고 싶기나 한 건지 속내도 의문스러웠다. 사실 그녀가 뭐라고 떠들든 상관없다. 수업을 트집 잡거나 학습지를 관두겠다는 소리가 아니라면 중요하지 않다. 아니, 사소한 일로 자주 연락하는 게 짜증스러워 차라리 수업을 그만하겠다고 말해주길 바랐다. 겨우 한자 수업 하나 듣는 주제에…… 그녀의 푸념을 들어줄 정성이면 광고지를 더 돌려 다른 회원을 알아보거나, 학력이나 경력을 따지지 않는 미인가 공부방에서 일하는 게 훨씬 마음 편할지도 모른다.

수업하러 다니는 많은 집에서 애완동물을 기른다. 때로는 그 동물들 때문에 수업이 중단되어 방 밖으로 내보내느라 애를 먹을 때도 있다. 그런 개들에 비하면 트러비는 지나치다 싶을 만큼 조용했다. 시끄럽다고 성대 수술을 시켜 목소리를 잃기도 했지만, 사람을 보면 숨기 바빠 돌아다니는 모습조차 발견하기 어려웠다. 궁전빌라가 소변을 못 가린다고 발길질 했을 때도 개는 비틀거리며 일어나 구석에 숨었다. 그녀의 목소리를 듣고 있으려니 트러비가 목소리를 잃지 않았다면 한 번은 이를 드러내고 짖었겠지, 휘두르는 다리에 이빨 자국 하나는 남기지 않았을까 싶었다. 트러비는 영원히 그 집에 돌아가지 않을 것이다. 나는 짜증을 삼키며 봉지에서 새 우유를 꺼내 한 모금 마셨다.

"다른 사람들한테는 안 물어봤어요. 갑자기 뿅 없어진 게 너무 수상하잖아요. 이따 우리 집에 들를 수 있죠?"

나는 네? 하고 호흡을 참았다. 그러곤 밤늦게까지 수업이 있어 집에 도착하면 자정이 넘을 거라고 말을 돌렸다. 그 시간이라면 더는 억지를 부리지 않을 것 같았다.

"선생님이 그 시간밖에 안 되면 기다려야지 별수 있나. 전에도 전집 필요 없었는데 내가 사줬잖아요."

입안에 우유 비린내가 남아 입맛이 다시 돌지 않았다. 역시 생수를 샀어야 했는데, 하면서 발밑을 내려다봤다. 거의 감겨 흐린 눈이 나를 올려다보고는 몸을 웅크려 구석에 붙었다. 나는 전화를 끊고 개의 엉덩이에 말라붙은 대변을 떼어낸 뒤 깨끗한 배변 패드를 꺼내 한 겹 더 깔아주었다. 그러곤 매트 위에 사료와 우유를 나란히 올려놓았다. 환기가 잘되게 사방 차창을 조금씩 내리고, 부은 발을 들어 신발을 꿰었다.

엉덩이에 한기가 느껴졌다. 가방에서 전단지를 꺼내 계단에 깔고 그 위에 교재를 두 권 더 얹었다. 다섯 번 넘게 전화를 건 끝에 리버파크 2단지 할머니와 통화가 되었다. 노인은 아이를 데리고 마트에서 장을 보고 있다며 조금만 기다리라고 했다. 다행히 2단지에서 수업이 끝나면 사십 분가량 다른 수업이 없고, 뒤이은 수업은 그곳과 거리가 멀지 않아 이동하는 데 여유가 있었다. 여든이 넘은 노인과 시간을 다시 잡기란 쉽지 않았다. 보강 수업을 할 때면 할머니는 약속을 기억하는 법이 없어 헛걸음을 자주 치게 했다. 한번은 시간을 채근했다가 노인이 보행 사고를 당하는 바람에 음료수를 사 들고 병원을 찾아야 했다. 그들은 언제쯤 돌아올까. 나는 핸드폰을 꺼내 지난 주말 판촉 행사 때 받은 전화번호 리스트를 저장했다.

—1년에 단 한 번 오는 Lucky Chance♡♡ 이번 달까지 신규로 가입한 회원에게는 체험 수업 2회 쿠폰을 공짜로 Go~ Go~ 거기에 또! 연간 회원으로 가입하면 어린이용 고급 원목 책상까지 선물로 팡! 팡! 팡!

2회라고 썼다가 한 달이라고 문구를 수정하고 메시지를 전송했다. 체험 수업은 본사와 지국에서 내려온 방침이 아니었다. 내 노동력을 경품으로 거는, 스스로 찾아낸 회원 모집 행사였다. 하지만 이런 것에 현혹될 부모들은 많지 않다. 요새는 백화점 상품권이나 아이들이 좋아하는 애완동물을 선물하는 선생도 있어 이 정도 경품으로는 관심을 끌기 어렵다. 그래도 혹시 연락하는 사람이 있으면 일과 중 수업을 조정하거나 주말에 시간을 내서라도 찾아가려고 마음먹었다. 더 이상 감당하기 어려운 대출금을 생각하면 이 방법밖에는 없었다.

나는 깔고 앉았던 교재를 빼내 무릎에 올렸다. 이제 다섯 집을 돌았으니 열네 곳이 더 남았다. 오후 네시가 넘어가면 무얼 먹을 시간도, 교재를 훑어볼 틈도 나지 않을 것이다. 유치원과 학교, 학원에서 아이들이 돌아와 한 곳에서라도 수업을 지체하면 그 뒤로 일정이 꼬이기 쉽다. 교재에 수업할 부분을 체크했다. 문득 궁전빌라에 들러야 한다는 사실이 떠올랐다. 일주일 중 가장 빨리 끝나는 날이 오늘인데, 자정까지 차 안에서 대기해야 한다는 사실만으로 피로가 몰려왔다. 명치에 음식이 걸려 넘어가지 않은 것처럼 속이 더부룩하고 메스꺼웠다. 발신메시지를 확인했다. 문자를 보낸 예순일곱 명 중 여덟 명이 확인했고, 그중 관심 있다고 묻는 사람은 한 명도 없었다.

수업이 취소되었다고 둘러대고 잠시 들를까. 수업도 아닌데 왜 거절하지 못했는지, 받은 전화에도 화가 났지만 이런 사람 앞에서 주눅이 드는 내가 더 한심했다. 언제부터 참는 것도 일이라고 믿게 되었을까. 어느 순간, 화를 터뜨리면 그게 고스란히 돌아와 내가 부대낀다는 사실을 깨달았다. 감당하지 못할 화라면 누르고 참는 게 낫다고, 참고 나면 한동안 아무 일도 벌어지지 않는다는 사실을 회원의 집에서 일어난 도난 사건에 휘말리면서 받아들였다. 그들이 원하는 건 없어진 물건이 아니라 화가 가라앉기까지 걸리는 시간이었다. 나는 그 집에서 정리되며 거실에 뒹굴던 USB를 들고 나왔다. 역시나 그들은 그것을 찾지 않았다. 궁전빌라도 그런 시간 안에 나를 끌어들이려는지 모른다. 그런 사람에게 대항해봤자 돌아오는 건 지국장의 질책과 형편없는 성과급이었다. 그저 쓸모없는 물건을 들고 나오는 게 그들을 향한 소심한 복수이고, 나도 숨을 쉬어보려는 작은 일탈이었다. 며칠이고 그 자리에 있던 USB, 에어컨 리모컨, 기념품 마그네틱, 미니 피규어, 구둣주걱 등 없어도 되지만 언젠가 찾을지 모를 물건들. 어쨌거나 궁전빌라 때문에 당장 당할 수 있는 삼십대의 네번째 해고는 피하고 싶었다.

시간을 확인했다. 보통 때라면 2단지 수업이 거의 끝나 남은 시간을 어디에서 때워야 하나 고민하고 있었을 것이다. 할머니는 연락을 받지 않았다. 나는 다음 집에 전화를 걸어 수업을 당길 수 있는지 묻고 계단에서 일어섰다. 둔부에서 올라오는 차가운 기운에 온몸이 오싹했다. 한 시간 가까이 바닥에 앉아 있어 몸에 퍼진 한기가 건물을 빠져나온 한참 뒤에도 사라지지 않았다.

벨을 두 번 울렸지만 문은 열리지 않았다. 생각이 현실이 되었는지 마지막 수업이 취소되어 일은 아홉시가 안 되어 끝났다. 2단지 할머니에게 오후에 빠진 수업을 보강할 수 있는지 물으려고 전화를 걸었으나 핸드폰은 꺼져 있었다. 아이의 엄마는 회의 중이라 전화를 받을 수 없다는 수신 거절 문자메시지를 보내왔다.

오늘따라 궁전빌라한테 더 가기 싫었다. 그녀는 진짜 없어진 개를 찾으려는 걸까. 아니면 다른 엄마들이 수상쩍다고 흉볼 사람이 없어서 나를 부르는 걸까. 그러고 보니 며칠 전 궁전빌라가 두 사람을 두고 떠들던 모습이 기억난다. 궁전빌라와 비슷한 표정을 지었던 두 사람, 입매가 일그러지다 나를 힐끔 살피고는 폭소를 터뜨렸던 그들 세 사람이 떠올랐다. 설마 그 집에서 개를 몰래 들고 나오는 게 가능하다고 믿는 건 아니겠지. 집에 시시티브이가 설치되었는지 기억나지 않았다. 다행히 궁전빌라는 증거가 있다며 따지지 않았고, 나는 애써 찾아와 벨까지 눌렀으니 별문제는 없을 것이다. 이제 문자 한 통을 보내고, 다음 수업에 방문하면 시킨 일에 대강 시늉은 한 셈이다. 메시지를 보내자마자 궁전빌라에게서 전화가 왔다. 그녀는 집으로 바로 올라오라고 말했다.

소매가 없는 슬립 차림이었다. 실크인지 레이온인지 소재를 알 수 없지만 얇은 속옷이 몸매를 드러내 눈을 둘 데가 마땅치 않았다. 궁전빌라는 한밤중에 잠이 깬 얼굴로 부스스한 긴 머리를 한 손에 움켜쥐고 얼굴을 내밀었다. 일을 마치기에는 늦은 시간이지만 잠들었다 깨기에는 이른 시간이다. 영문도 모른 채 불려 나와서 화가 나야 맞는데 그녀의 나른한 눈을 마주하자 얼굴이 달아올랐다. 궁전빌라는 안으로 들어오라면서 현관에 서 있는 나를 잡아당겼다. 그녀는 주방 등을 켜고 밥상보를 걷었다. 소불고기와 굴비, 된장찌개, 나물 서너 가지가 올라간 잘 차린 한 상이었다.

"식사부터 하세요. 깜빡 졸아서 국이 식었을지 모르는데, 데워드려요?"

순식간에 벌어진 일이라 거절할 틈도 못 찾고 우두커니 앉았다. 조명 아래 차려진 밥상도 난감했으나 밥을 푸고, 국을 데우느라 번잡하게 움직이는 궁전빌라가 부담스럽기 이를 데 없었다. 나는 어서 먹으라는 성화에 불편하게 숟가락을 들었다. 절대 먹고 싶지 않았는데 음식을 보자 주책없이 침이 고였다. 궁전빌라가 맞은편에 앉았다.

"우리 트러비, 어디 있는지 알죠?"

그녀는 식탁에 턱을 괴고 앉아 확신에 차서 물었다. 거실창으로 바깥 불빛이 들어오긴 했으나 실내에는 식탁 등 하나만 켜둬 웃는 얼굴이 어둠을 배경으로 기이하게 흔들렸다. 자기 전에 양념이 강한 음식을 먹었는지 가까이 들이민 입에서 구취가 풍겼다. 나은도, 나은의 아빠도 집에 없는 듯 궁전빌라의 목소리만 크게 울렸다. 듣고 있는 얼굴이 뻔뻔해 보였다. 그걸 물으려고 이 늦은 시각에 피곤한 사람을 불러 식탁에 앉혔는지, 밥상까지 차려주며 사람을 어렵게 만드는 의도를 이해하기 힘들었다. 나는 젓가락을 내리고 고개를 가로저었다. 불고기가 앞니에 껴 혀로 입안을 훑어내는 데 짜증도 났지만 허기가 도무지 가라앉지 않았다.

"나은 어머님, 저녁까지 차려주시고 감사한데요. 개는 못 봤다고 저번에…… 죄송하지만 이런 일로 또 부르시면 못 올 거 같아요."

궁전빌라는 천천히 고개를 끄덕이며 내 코트를 가리켰다.

"그거 분명히 트러비 털인데. 갈색이 섞인 하얀 포메라니안 잡종. 소매랑 가슴에 털이 붙은 걸 방금 현관에서 봤어요. 지난주에도 그 옷만 입었잖아요."

불편한 기분 때문에 겉옷을 벗을 생각도 못하고 자리에 앉았었다. 말문이 막혀 적당한 변명이 떠오르지 않았다. 아니, 내가 왜 이런 말을 들어야 하는지 화가 치밀었다. 얇은 속옷 하나 걸치고, 겨우내 입은 코트를 위아래로 훑어보는 눈빛을 참아내기 힘들었다. 불현듯 코트가 조이면서 숨이 갑갑했다. 나는 가방을 들고 식탁에서 일어섰다.

"이거요, 회사 유니폼이에요. 그리고 털은 수업 중에…… 그래요, 다른 집 개나 고양이일지도 모르고요."

다음에 보겠다고 말한 걸 가방을 들면서부터 후회했다. 유니폼이라고 말도 안 되는 얘기를 횡설수설하며 몸을 일으킨 것도 후회되었다. 정말로 내가 훔쳤다고 몰아가는 건 아니겠지. 소리를 못 낸다고, 대소변도 못 가린다고 종일 굶겨서 내 코트 위로 팽개칠 때는 언제고. 나는 시시티브이가 있는지 주변을 다시 확인했다. 그런데 다른 가족들은 왜 안 보이는 거야? 몸을 구부려 신발을 꿰는데 그사이 발이 부어 들어가지 않았다. 궁전빌라는 신발장까지 따라 나와 나를 내려다봤다.

"남편이 회사 봉사활동에 갔다 떠맡아 와서 짜증 났는데, 잘됐는지도 모르죠. 곧 죽을 것 같아서 조마조마하기도 했고. 그건 그렇고요, 목요일 오전에는 뭐 해요?"

현관 자동 센서 등이 꺼졌다. 나는 어둠 속에서 발을 신발에 꿰지 못해 허둥거렸다. 목요일에는 일이 있어 내내 바쁘다고 중얼대면서, 채 신지 못한 신발을 바닥에 끌고 옆걸음을 쳐 가까스로 문을 밀었다.

오른팔에 수업 자료가 가득 든 가방을 메고, 왼팔에는 사은품 상자를 들었다. 십 분도 안 되는 거리인데 뒤꿈치가 금세 저려 왔다. 한동안 잠잠했던 족저근막염이 도져 통증이 심해지고 있었다. 컴포트화에 특수깔창을 덧대고, 밤마다 졸며 마사지기에 발을 넣고, 형편도 안 되면서 차를 몰고 다니지만 노력이 모두 허사였다. 의사는 아직 마흔도 안 됐는데 퇴행 증상이 심하다며 당분간 발바닥에 충격을 주지 말고 재활치료를 받으라고 권했다. 그러나 아무리 덜 걸으려고 해도 하루에 몇 번씩 오르내리는 계단과 오르막길은 피할 수 없었고,

아이들에게 가져갈 교재와 선물을 담은 가방은 늘 무거웠다. 주차비를 아끼려고 차를 멀리 대고 걷는 일이 많아 몇 집만 돌아도 어깨는 짐에 눌려 저리고, 종아리는 딱딱하게 뭉쳤다. 균형을 잡느라 허리에도 통증이 일었다. 나는 자꾸만 미끄러지는 상자를 부여잡고 윤재네 사층 계단을 올랐다.

윤재는 털썩 내려놓은 상자를 보고 책상이냐고 물었다. 상자 겉면에는 책상 앞에 앉은 어린아이 사진이 프린트되어 있었다. 고 대리가 마지막 지원이라며 보낸 본사 사은품이다. 보름 사이 무슨 수로 신입회원 열 명을 더 모집하라는 건지, 전집 열 세트를 피하려고 안간힘을 다해 할당량을 채운다 해도 몇 달 뒤에 비슷한 목표가 또 떨어질 터라 배려가 전혀 고맙지 않았다.

"제 거예요?"

나는 신발을 벗고 종아리를 먼저 주물렀다. 피가 조금씩 통한다는 기분이 들자 팔을 더 내려 발꿈치를 쥐었다. 그사이 아이는 상자 주위를 한 바퀴 돌았다. 나는 책상이 든 상자를 윤재에게 밀었다.

"윤재가 스페인어랑 중국어 신청해서 더 잘하라고 주는 선물이지."

"그럼요, 다시 뺏어 가면 안 돼요."

윤재는 사진이 있는 쪽으로 상자를 끌어안고서 걱정스럽게 말했다. 나는 오른쪽으로 기울어진 아이의 어깨를 쓰다듬고는 포장을 찢었다.

아이가 불안해할 이유는 없다. 월요일 밤, 궁전빌라에서 나오며 윤재 아빠의 전화를 받았다. 그는 토요일 점심에 수업을 더 할 수 있느냐고, 회사에서 직원들이 해고되는 바람에 토요일에도 종일 근무를 해야 한다고 말했다. 나는 대신 다른 아이 이름으로 학습지를 등록해줄 수 있는지 물었다. 윤재 아빠는 그러겠다고 흔쾌히 대답했다.

"밥은 먹었지?"

아이는 부끄럼을 타는 것처럼 오늘은 계란프라이와 김, 낙지젓에 먹었다고 손을 만지작댔다. 고개를 떨어뜨리며 내민 손에는 포스트잇이 들려 있었다. '나를 이찌 말아요.' 나는 아빠가 점심을 차려놓고 나간 모양이라고 여기며 포스트잇을 받아 가방 팔걸이에 붙였다. 새 책상의 높이를 윤재의 앉은키에 맞춰 조정했다. 전에 쓰던 것보다 높고, 너비도 넓어 아이는 한결 수월하게 다리를 앞으로 빼내고 앉았다. 낡은 책상을 치우고, 새 책상에 학습지와 연필꽂이를 올린 뒤 오늘 수업할 교재를 펼쳤다. 어딘지 모르게 거실 분위기가 바뀐 느낌이었다. 색연필을 들고 사방을 둘러보니 채광이 밝고, 공기가 훈훈했다. 고개를 들자 불이 나간 형광등이 교체된 게 보였다. 거실 창 가운데로 단열 에어캡이 한쪽으로 기울어 삐뚤게 붙어 있었다.

윤재는 골똘한 표정으로 수학 문제를 풀었다. 연필을 쥐고 문제를 푸는 모습이 점심을 먹었다고 수줍어하던 얼굴과 달리 심각해 보였다. 아이를 위한 맞춤 책상은 아니지만, 전보다 편하게 움직이는 모습에 왠지 모를 뿌듯함이 느껴졌다. 무료 수업을 받겠다고 두 명이 지원했으니 윤재까지 합치면 세 사람을 신입회원으로 모집한 셈이다. 열 명, 말도 안 된다고 생각했던 목표량을 채울 것 같은 불확실한 기대감마저 생겼다. 고개를 숙여 문제를 푸는 아이가 더없이 사랑스러웠다.

나는 두 시간 동안 다섯 과목의 수업을 마치고, 다음 주 과제를 교재에 표시했다. 늘 하던 식으로 잘할 수 있지? 하고 묻는데 아이가 말이 없었다. 윤재는 시선을 피하며 바닥에 손을 짚었다. 그러곤 책상 아래에 편 다리를 끌어와 자리에서 일어섰다. 나는 인사를 하는 줄 알고 가방에 필기구를 담았다. 팔걸이에 붙여놓은 포스트잇이 떨어졌다.

"아빠가요, 기다려요."

아이는 다리를 절며 안방으로 들어갔다. 조금 있자 윤재 아빠가 방에서 나왔다. 첫 수업에서 얼굴을 본 뒤로 이 년 만에 마주하는 것이다. 정확히 기억할 수 없으나 얇은 트레이닝복이 헐렁이는 몸은 전보다 야위었고, 노랑 고무줄로 아무렇게나 묶은 머리는 얼굴을 반쯤 가려 인상을 어둡게 했다. 그는 내게 손을 내밀며 식사는 했느냐고 물었다. 가까워진 숨결에 술 냄새가 지독히 풍겼다. 나는 잠시 몸을 돌렸다가 아니라고 고개를 흔들었다.

"애 밥도 챙겨주시고, 그동안 고마웠어요. 근데 공부는 오늘까지만요. 회사가 그렇게 돼서 나도 뭐."

나는 오늘까지, 라는 말에 놀라 그의 얼굴을 쳐다보았다. 윤재 아빠는 기우뚱하게 서 있는 윤재를 잡아당겨 억지로 고개를 숙이게 했다. 거친 팔에 힘이 밀린 아이는 고개를 숙인 채로 앞으로 고꾸라졌다. 그의 말이 이해되지 않았다. 다섯 과목을 하던, 아니 앞으로 일곱 과목을 들을 아이가 갑자기 그만둔다니, 그가 한 말을 믿고 싶지 않았다. 아마도 내가 너무 많은 과목을 요구해서 윤재 아빠는 해지할 변명거리를 찾았는지도 모른다. 만약 그런 거라면 더 신청하지 않아도 된다고, 필요하다면 당분간 쉬라고 권한 뒤 며칠 기다리면 마음을 돌리지 않을까. 일을 다시 구했다며, 윤재의 점심을 전처럼 챙겨달라고 부탁하지 않을까. 그의 말이 사실이라고 해도 윤재라면 내가 무리해서 몇 달 회비를 대줄 수 있다. 다른 아이의 이름으로 작성해 가져온 가입 신청서는 나중에, 형편이 나아지면 그때 부탁해도 될 일이다. 나는 가빠지는 숨을 누르며 손을 가로저었다.

"아버님, 저번에 말씀드린 건 부담 갖지 마세요. 윤재가 잘해서, 아주 잘해서 그랬는데 생각해보니까 지금도 충분한 것 같아요. 그리고 회비는 제가 대신……"

윤재 아빠가 거실 창으로 고개를 돌렸다. 불투명한 에어캡 때문에 바깥 풍경이 흐린 색감으로 뭉개져 보였다. 그는 잘못

붙였다고 중얼거리고는 창으로 다가가 에어캡을 거칠게 떼어냈다. 그러곤 자리로 돌아와 찢긴 박스와 책상을 가리켰다. 윤재는 선물로 받은 거라고 작게 대답했다. 그 말에 윤재 아빠는 폭이 넓은 테이프를 가져와서 새 책상을 빠르게 포장했다. 취기가 있어 몸이 흔들리는데도 상자의 찢긴 부분을 정확히 덧대 테이프로 감았다. 윤재는 박스 안으로 사라지는 책상을 보고 거의 울 듯한 표정을 지었다. 윤재 아빠가 포장한 책상을 내게 내밀었다.

"아버님, 죄송한데요. 해약은 두 달 전에 말씀해주셔야 처리가 되는데……"

머리칼 사이로 비스듬히 보이는 그의 눈동자가 심하게 흔들려 순간 두려움을 느꼈다. 그는 내가 말을 더듬거나 말거나 책상을 넘겨주고 몸을 돌려 방으로 들어갔다.

윤재는 콧물을 삼키며 옆으로 치운 책상을 끌고 와 오늘 준 학습지를 정리했다. 엉거주춤 구부린 다리가 낮은 책상에 부딪혀 몸이 뒤로 자빠졌다. 넘어져 우는 아이를 잠시 지켜보았다. 밀린 책상 옆으로 교재가 떨어져 들춰진 낱장이 흔들리고 있었다. 이 년 가까이 일하며 종종 마주하는 모습이다. 나는 꼼꼼히 두른 테이프를 뜯고 거실 가운데로 새 책상을 끌어왔다. 어차피 윤재를 주려고 가져온, 윤재의 키에 맞춘, 내 것이 아닌 물건이다. 아이를 안아 일으키고, 떨어진 학습지와 필기구를 주워 책상에 올렸다. 윤재는 마지막 편지라고 울음을 터뜨리며 포스트잇을 내 손에 쥐여주었다.

강바람을 따라 꼿꼿하게 선 트러비의 하얀 털이 납작하게 눌렸다가 금세 일어났다. 개는 바람을 느끼는지 코를 킁킁댔는데 책상에 올린 앞다리가 미끄러져 자꾸만 몸이 옆으로 기울었다. 윤재의 손을 타서 반질반질한 책상 상판에 발바닥이 헛돌았다. 나는 트러비의 발아래 손수건을 깔아주고 반대편에 걸터앉았다. 윤재네 집에서 마지막으로 들고 나온 쓸모없는 물건이었다. 오래된 책상은 내가 앉자 힘없이 삐걱거렸다.

바람은 찼고, 대기는 부옜다. 나는 트러비를 안아 차로 돌아가려고 팔을 뻗었다. 등에 손을 올리자 트러비는 머리를 바닥에 붙이고 몸을 굳혔다. 어딘가로 데려갈까 봐 겁을 내며 거칠게 숨 쉬는 모습에 팔을 거둬들였다. 내가 언제부터 나빠진 공기에 신경 쓰며 살았나. 산책하러 나온 것도, 일없이 공원에 나와 강을 바라보는 것도 실로 오랜만이다. 개는 균형을 잡으려고 다시 몸을 버둥댔고, 똑바로 서는 게 힘들어 보이는데도 앞발을 내리지 않았다. 마치 처음 나온 외출인 듯, 아니면 나만큼이나 오랜만에 밖을 나와 포기할 수 없다는 듯 꼬리를 한껏 치켜세웠다.

핸드폰 벨 소리가 났다. 어쩌면 무단으로 수업을 가지 않아 2단지에서 항의 전화를 걸고 있는지 모르겠다. 아니면 뒤로 수업이 있는 어느 집에서 오늘은 일이 있으니 오지 말라고 통보하려는지도. 벨 소리는 끊겼다가 끈덕지게 다시 울렸다. 팔을 허적여 가방 깊숙이 박힌 핸드폰을 찾았다. 갑자기 일어서는 바람에 책상이 기울며 트러비가 넘어졌고, 나는 떨어진 개를 보고 놀라 가방에 손을 넣은 채로 발을 접질렸다. 핸드폰에는 지국장의 부재중 전화와 궁전빌라의 문자가 남겨져 있었다.

—목요일 약속은 기억하죠?

전화가 다시 울렸고, 통증은 발목을 타고 상반신으로 올라왔다. 온종일 전화에 시달려 벨 소리가 끊겨도 귓가에는 이명 같은 전자음이 들렸다. 책상에 주저앉아 물도 없이 진통제를 삼켰다. 트러비는 땅에 엎어진 채로 강을 보고 있었다. 가방에서 소시지를 꺼내 트러비에게 내밀었다. 개는 벌떡 일어나 한 입에 소시지를 받아먹었다. 그러곤 더 달라는 눈빛을 하고 끙끙 소리 내며 뒷걸음질을 쳤다. 늙은 개가 처음으로 목소리를 내고 있었다. 나는 그제야 트러비의 밥을 종일 챙기지 않은 것을 기억해냈다. 저녁으로 때우려고 남겨둔 주먹밥을 트러비에게 내주었다. 궁전빌라에게서 연이어 문자가 들어왔다.

—왜 톡을 씹어요?

—세원이랑 승민이가 중국어하고 스페인어 듣고 싶다는데, 연락처 안 궁금해요?

손에 들린 핸드폰이 몹시 거추장스러웠다. 나는 가방에 핸드폰을 던지고, 천천히 몸을 일으켰다. 강바람에 코트 자락이 휘날렸다. 개를 안고 다니면서 박힌 털과 바닥에 엎어졌을 때 묻은 흙은 거센 바람에도 잘 떨어지지 않았다. 나는 목까지 채운 단추를 풀러 외투를 벗었다. 팽팽하게 당겨진 끈이 비로소 느슨해지는 기분이었다. 핸드폰을 다시 들었다.

—그건 됐으니까 이 년 전에 환불해준 전집이나 돌려주세요. 그거, 갑질이었던 건 알고 계시죠?

주먹밥까지 해치운 트러비가 강을 따라 뛰었다. 오랫동안 차에 갇혔던 개는 다리 근육이 쇠약해져 움직일 때마다 넘어질 듯 휘청거렸다. 나는 개를 쫓아 산책로로 향했다. 시간이 흐른다고, 조금 더 버틴다고, 기어이 네번째 회사마저 포기한다 해도 내가 보는 풍경이 달라지지는 않을 거다. 울리는 전화를 받지 않고, 사람을 쫓아 거리를 헤매지 않아도, 이따금 늙은 개와 강가에 나와 시간을 보낸다 해도 나빠질 일은 더 없을 것이다. 그저 어느 날은 맑은 날이라 기분 좋게 걸을 수 있고, 또 어떤 날은 흐리지만 뛰어야 하는, 그래서 우리의 산책은 앞으로도 비슷하게 이어질 거니까.

어쨌거나 일을 관두려면 지국으로 돌아가야 했다. 지국장이 물으면 아무렇지 않게 고객에게 하듯 안부부터 물어야지. 나는 목소리를 가다듬으며 트러비를 따라 걸음을 재촉했다. 다른 사람이 보면 절뚝이는 게 아니라 빠른 걸음으로 개와 산책하는 거라고 여기게끔 발꿈치에서 올라오는 통증을 세차게 밟아냈다. 개는 바깥에 적응한 것처럼 이내 속도를 내기 시작했다. 하지만 나는 얼마 안 가 숨이 차고 다리가 후들거려 더 따라갈 수 없었다. 트러비 같이 가, 하고 개를 불렀다. 멈추지 않자 목소리를 더욱 크게 높였다. 늙은 개가 한참 떨어져 걸음을 멈췄다. 개는 나를 돌아보며 털을 세우고 주둥이를 내밀었다. 나는 트러비에게 몇 걸음 다가섰다.

"추운데 그만 돌아가자."

개가 나를 향해 경계의 눈빛으로 앞니를 드러냈다. 달리는 데 아무 문제 없다는 듯, 마치 쫓아오지 말라는 듯 위협적으로 짖고는 빠르게 달아났다. 그때 전화벨이 다시 울렸다.

너만 아는 농담

"다음 주 목요일은 어때? 화요일이면 프로젝트도 끝난다고 하고…… 우린 금요일이 좋긴 한데, 가족의 날이라고 네가 번번이 거절하잖아."

전화기에 정적이 이어졌다. 나는 건우의 물음에 바로 답하지 않고 목요일이 안 되는 이유를 생각했다.

"너 생각해서 날도 맞춘 거야. 코로나 때문에 한참 못 봤는데, 넌 그전부터 안 나온다고 다들 얼마나 씹어대는 줄 아냐? 우리가 뭉친 게 네 결혼식이 마지막 아니었어?"

"그게 그렇게 됐나?"

문득 그날의 광경이 떠올랐다. 축의금 수납 테이블에 봉투를 건네고 식권을 받느라 몰린 사람들, 나를 알은체하고 호기심에 두리번대던 동네 친구들과 학교 동기들. 여느 결혼식과 비슷하게 분주히 오가는 하객과 행사 진행요원, 예식장 입구에 즐비하게 늘어선 화환과 대형 결혼사진은 식전부터 정신을 어지럽게 만들었다. 동시 예식으로 북적거리는 사람들을 보며 비용이 부담되더라도 단독 홀에서 진행할걸, 하고 후회했다. 그러나 회사 사람들이 들이닥쳤을 때는 차라리 번잡한 상황이 낫지 싶었다.

건우는 내가 대꾸를 하지 않자 다시 물었다.

"준기랑 형민 선배. 아, 최 팀장님도 오신댔다. 그 양반, LK에 스카우트돼서 한동안 힘들다고 하시더니 이번에 인사부장으로 승진하셨나 봐. 얼마 전에 통화했는데 그 회사에 관심 있는 사람 없냐고 물으시더라. LK면 완전 대박 아니냐? 근데 너, 아직도 그 일로 불편한 건 아니지?"

모임에서 유일하게 거북한 사람이 최 팀장이라고 옆에 앉는 것도 꺼리던 놈이 웬 존대를 이다지도 깍듯이 하는지. 건우의 제안은 나를 배려해서 하는 말이 아니었다. 내가 빠진다 해도 그들이 모이는 데 전혀 지장이 없을 테니까.

사 년 전 우리는 마케팅팀에서 같이 근무했다. 그때 최 팀장은 팀장급 차장으로, 형민 선배는 과장, 나와 건우는 이 년 차 사원, 준기는 막 들어온 신입사원이었다. 나름 팀워크가 좋아 형민 선배가 사업한다고 퇴사하고, 최 팀장이 스카우트되어 나간 뒤에도 가끔 만나서 경조사를 챙기는 사이로 남았다. 하지만 나는 결혼 뒤 그 모임에 나가지 않았다.

"알았어, 장소 정해지면 다시 알려줘."

나는 최 팀장의 얼굴을 오랜만에 떠올렸고, 이제는 그와 마주쳐도 감정이 동요하지 않을 거란 생각이 들었다. 둘이 따로 만나는 것보다 부담이 적을 것도 같았다.

이번엔 확실히 풀어봐, 라는 건우의 말을 곱씹으며 얼린 모유 팩을 뜨거운 물에 넣어 중탕으로 데웠다. 채경은 교육 일정이 갑자기 추가돼 자정이 되어서야 끝나겠다고 점심이 지나서 연락해왔다. 아이를 출산하고 당분간 재취업은 어렵다고 생각했는데, 마케팅 보조 경력이 인정돼 중소 규모의 홍보대행사에 들어갈 수 있었다. 그녀는 회사에서 경단녀를 우대한 덕분이라며 기회를 잘 잡았다고, 신입사원 연수일 뿐인데도 대단한 열정을 보였다. 이른 나이에 사회생활을 시작해 회사에서 기혼 여성이, 아이가 있는 여성이 어떤 평가를 받는지 채경은 익히 알고 있었다. 그래서 자신이 결혼했고, 돌이 지나지 않은 아이가 있다는 사실을 티 내지 않으려고 부단히 애썼다. 베이비시터가 아닌 무릎이 불편한 장모를 부른 것도 출퇴근이 일정치 않은 경우를 대비해서였다.

장모는 한 달에 한 번 병원에 가는 날이 오늘이라며, 며칠 전부터 오늘은 다섯시에 집을 나서겠다고 예고했다. 올 초 인공관절 수술을 받고 재활치료를 하고 있는데, 조이를 안은 장모는 몸이 흔들려 가끔 불안해 보일 때가 있다. 내가 알아차릴 정도면 채경도 충분히 알고 있을 텐데 그녀는 장모의 용돈을 올려주고는 별말이 없었다. 나는 채경도 늦을 거란 연락을 받고 반차를 낸 뒤 급히 퇴근했다.

조이가 점퍼루(유아가 안장에 앉아 점프 놀이를 할 수 있는 기구)에 앉아 손가락으로 장난감을 건드리며 까르르 돌고래 소리를 치고 웃었다. 데운 모유를 젖병에 담고 아이를 기구에서 꺼내 품에 안았다. 기쁜 일이 많았으면 하는 바람에 채경이 지어준 이름, '조이(joy)'. 아이는 이름만큼 순해 크게 아프지 않고 자랐고, 낯가림이 없어 아무나 잘 따랐다. 채경은 조이가 외모에서부터 무던한 성격까지 나를 쏙 빼닮았다고 했다. 글쎄, 내가 언제 무던한 사람이었나.

조이는 품에 안기자 입술을 오물거리며 젖병을 향해 손을 뻗었다. 옹알이하면서 올려다보는 눈길에 전기가 오듯 찌르르 가슴이 저렸다. 이젠 정말이지 아무것도 아닌 일인데…… 채경이 회사를 나온 지 이 년이 지났고, 퇴사 후 바로 결혼해 조이가 태어났다. 같이 일하던 아르바이트생들과 이따금 어울리지만, 이른 결혼에 채경은 그들과 다른 경험을 하며 살고 있었다. 최 팀장도, 형민 선배도 회사를 떠났다. 어쩌면 나만 더는 필요 없는 감정의 찌꺼기를 붙들고 전과 같은 시선으로 채경을 바라보고 있는지 모른다.

채경을 처음 봤을 때 낯이 익다는 생각에 호감을 느꼈다. 그러나 나는 직원이고, 채경은 아르바이트생이라는 상황을 의식하게 되면서 더는 관심을 두지 않으려고 노력했다. 외부 용역직에 대한 갑질로 회사가 종종 시끄러웠다. 특히 성별이 다른 직원과 용역직 간의 문제는 추행 여부를 두고 민감하게 다뤄져, 관련자를 징계하고 직원을 제대로 관리 못했다는 이유로 상급자까지 보수 교육을 하는 일이 더러 있었다. 가까스로 들어온 직장인데 부적절한 구설수로 입지를 좁힐 수는 없었다.

그러다 이 년 뒤 마케팅팀으로 발령 나면서 채경과 같이 일하게 되었다. 채경은 대학교 1학년 때부터 마케팅 보조를 해와 내가 그 업무를 맡게 되었을 때는 이미 업무 사 년 차에 접어든 베테랑이었다. 말뿐인 전임자는 달랑 한 시간 업무 인수인계를 하고는 지방 지사로 떠나 실질적인 인계는 채경에게 받았다. 조직에 나름대로 적응을 잘해 웬만한 일은 동요하지 않는 이 년 차라고 자부했는데, 채경을 가까이서 보자 처음 봤을 때와는 또 다른 관심이 생겼다.

"저기, 윤 대리님. 혹시 예전에 우리 만난 적 있지 않아요?"

"우리가요? 신입사원 때 부서를 돌면서 인사 다니긴 했는데, 그때 봤나? 여기도 아마 들렀을 거예요. 그리고 저, 아직 대리 아니에요."

"저희는 사원분들도 대리라고 불러요. 직원들 이름을 아르바이트생이 함부로 부르는 게 고객들이 보기에 좋지 않다고 방침이 내려왔거든요."

채경은 그 말을 하면서 어깨를 으쓱했다. 그러곤 골똘한 표정을 짓더니 나를 다시 쳐다보았다.

"그럼 학교는 어디 나오셨어요? 대학 말이에요."

나는 단답형으로 대꾸했고, 채경은 그 말에 아, 하고 짧은 탄성을 질렀다.

"어쩐지 낯이 익더라. 저도 거기 다녀요!"

순간 놀랐으나 채경이 마주친 사람은 내가 아닐 거라는 생각이 바로 들었다. 삼수해서 대학에 갔고, 입학하고 일 년 뒤에 군대를 다녀와 졸업했다. 이 년 구직활동 끝에 입사했으니 아무리 되짚어봐도 우리가 학교에서 마주칠 가능성은 거의 없었다.

"다른 사람이랑 착각한 거예요. 나이 차도 많이 나고…… 제가 취직 준비에 바빠서 학교 생활은 거의 안 했거든요."

"이상하네. 2016년에서 2019년 올해까지, 학교에 계신 적 진짜 없으세요?"

채경은 고개를 갸웃거리며 손가락을 꼽았다. 그럴 리 없겠지만, 그녀의 기억이 맞는다면 내가 졸업하기 전년도인 2016년에 우리는 마주쳤을지 모른다. 그해 나는 취업 준비에 매달려 졸업학점을 채우기 위한 최소한의 수업을 들었고, 대부분은 집에서 가까운 도서관과 영어학원에서 시간을 보냈다. 한

마디로 우리가 만날 확률도 낮지만, 마주쳤다 해도 누군가의 기억에 내가 남기는 어려울 만큼 존재감이 없었다. 나는 채경의 말에 아닐 거라고 손을 저었다.

"안 믿으시네요? 그때 빨간 빅 폴로티셔츠 입고 다녔잖아요. 가슴에 검정 로고가 있었던가? 어깨 옆으로 숫자 자수가 들어간 거요."

채경은 자신의 기억에 확신하며 말했다. 나는 그 말에 적잖이 놀랐다. 오래돼 해져서 버렸으나 누나가 생일선물로 사준 폴로티셔츠를 한동안 즐겨 입었다. 그걸 채경이 기억하고 있다니 당혹감이 감춰지지 않았다. 하지만 그녀의 기억도 내 기억도 반은 맞고, 반은 틀린 거였다. 그녀는 빨간색을 말했고, 나도 그 말을 들었을 때 그렇다고 생각했으나 나중에 대학 동기들과 어울려 찍은 사진을 보니 내가 입은 옷은 진핑크의 자그만 문양이 새겨진 폴로티셔츠였다. 생각해보면 붉은 계열의 칼라 티셔츠는 브랜드에 상관없이 당시 학생들에게 인기 있어서 과 동기 중 서넛은 입고 다닐 정도로 흔했다.

내가 채경에게 갖는 관심, 채경이 직원인 나를 대하는 깍듯하고 친절한 태도. 나는 그녀를 사무적으로 바라보려고 애썼으나 그럴수록 어색한 행동으로 튀어나와 감정을 감추는 데 실패했고, 채경은 노련한 업무 처리로 블랙컨슈머나 다른 아르바이트생들을 상대할 때 도와주어 선을 긋는 게 의미 없을 때가 많았다. 채경과 같이 설문 세부 문항을 작성할 일도 종종 생겼다. 학교라는 연결 고리가 아니라도 같이하는 일이 많아 자연스럽게 가까워졌다. 한 분기의 고객 설문조사가 끝나기 전에 우리는 대리님과 채경 씨라는 호칭으로 만나기 시작했다.

조이는 물고 있던 젖병을 절반도 못 비우고 잠이 들었다. 내가 딴생각에 빠져 살피지 않은 탓이었다. 채경은 젖병을 물리고 조이가 잠들라치면 볼을 건드려 깨우곤 한다. 먹으면서 잠드는 게 아이의 소화에도, 치아에도 좋지 않다나. 순한 아이일수록 투정이 적어 문제가 있는지 잘 지켜봐야 한다고 말할 때 그녀가 짓는 표정은 퍽 진지했다. 채경은 친구들보다 이른 결혼과 출산을 한 탓에 취직이 어렵다고 아쉬워하면서도 속내를 들키지 않으려고 노력했고(그렇다고 마음을 잘 감춘 건 아니다), 조이를 자신이 맡은 업무라도 되듯 세심히 보살폈다. 아이를 돌보다 취업 대비 일반 상식과 자격증을 공부했고, 그러다 머리를 식힌다고 육아 도서와 유튜브를 들여다봤다. 때로는 '아는 워킹맘 언니들'을 동원해 방법을 찾기도 했다. 휴일에 두어 시간만 아이를 맡아도 피곤해하는 나와 달리, 육아를 하면서도 취업 준비를 포기하지 않는 그녀의 의지는 대단해 보였고, 어떤 의미로는 존경스러웠다. 아마도 그런 면이 마케팅 업무에서도 드러나 회사에서 좋은 평가를 받았을 것이다.

잠든 아이를 내려놓고 주방을 서성이는데 건우에게서 카톡이 왔다. 멤버 다섯 명 모두 목요일 일곱시에 나올 수 있다고 대답했다며, 장충동에 있는 평양냉면집에서 만나자고 했다. 냉면? 이라고 물었다가, 이유를 알 것 같아 그러겠다고 바로 대꾸했다.

최 팀장이 그곳의 제육과 만두를 좋아했던 기억이 났다. 슴슴한 냉면 맛으로 유명한 곳인데, 여러 번 방문했으나 한 번도 냉면은 먹지 못했다. 제육 5인분과 고기만두 3인분, 소주 여러 병. 갈 때마다 주문한 메뉴는 비슷했고, 우리는 메뉴에 불만이 있다는 것을 최 팀장이 알아채라고 냉면 육수를 따로 시켰으나 그는 아랑곳하지 않았다. 사실 손님이 북적거리고 테이블 회전이 빨라 다섯 명의 남자가 두 테이블을 차지하는 것도 눈치 보였다. 그러거나 말거나 최 팀장은 본부장을 험담하다가 자신이 왜 팀장급 차장에서 벗어나지 못하느냐며 인사 시스템의 불합리를 말했고, 팀원들을 하나씩 지목하면서 어떻게 해야 팀이 성과를 낼 수 있는지 조언하는 등 두서없이 불만을 쏟아냈다. 업체 계약 건으로 자주 부딪히는 나를 볼 때면 길게 한숨을 내쉬었다.

그 시끄러운 곳에서 말을 꺼내는 게 가능할까. 아니, 내가 하는 말에 그가 관심이나 가지려나. 마음이 갑갑해 머리가 지끈거렸다.

냉장고를 뒤져 냉동만두를 꺼냈다. 저녁 다섯시, 조이는 이른 잠이 들었으니 두어 시간 뒤면 깨어날 것이다. 그전에 저녁을 해결하고, 사용한 젖병을 닦고, 장모가 건조기에 남기고 간 빨래도 개켜야 한다. 나는 만두를 전자레인지에 돌린 뒤 캔맥주를 꺼냈다가 채경이 떠올라 냉장고에 도로 집어넣었다.

조이 옆에 다이어트 콜라와 냉동만두를 내려놓고, 텔레비전은 음소거한 뒤 화면의 조도를 낮췄다. 다행히 조이는 깊은 잠에 빠진 것 같았다. 토트넘과 첼시의 경기를 틀었지만, 손흥민이 출전하지 않아 흥미를 바로 잃었다. 전부터 궁금했던 「호텔 뭄바이」를 영화 채널에서 방영했으나 테러리스트들이 인질을 살해하는 장면을 아이 옆에서 보기가 내키지 않았다. 영화도 중반까지 전개되어 내용을 따라잡기 힘들었다. 채널을 돌려 십 년도 더 된 「무한도전」을 보며 출연자들의 표정을 보고 낄낄대다가 진행 방식을 이해할 수 없어 텔레비전을 끄고 소파에 몸을 기댔다. 마음이 부산해 어느 것 하나 집중할 수 없었다. 놀이공원에서 바이킹을 탄 것처럼 사방이 빙글빙글 어지럽게 돌았다.

나는 지금 최 팀장을 만나는 게 신경 쓰이는 걸까. 아니면 전에 그가 흘리고 다녔던 소문이, 나를 빤히 쳐다봤던 눈빛과 회의하다 부딪혔던 순간이, 그가 하는 말에서 등장했던 채경이 괴로운 걸까. 그도 아니라면 이런 고민을 아직도 하는 내가 한심해 참을 수 없는 걸까. 스테이플러가 마구 찍혀 넘길 수 없던 문서가 손에 다시 돌아온 기분이었다.

심오한 트라이앵글이었단 말이지.

이차 회식 중에 세 명은 조용히 사라졌고, 나와 형민 선배가 남은 자리에서 최 팀장이 그렇게 말했다. 형민 선배는 취할 대로 취해 앉은 자리에서 그대로 엎어졌고, 나 또한 어지러운 기운에 사로잡혀 최 팀장의 얘기에 집중할 수 없었다. 그 말을 할 때 최 팀장의 표정은 어딘지 비굴해 보였다. 취기에, 장르를 알 수 없는 시끄러운 음악, 시시때때로 빛을 바꾸는 조명. 나는 그가 무슨 말을 하는지 알아듣지 못해 네? 하고 크게 되물었다.

"씨발, 시끄러워서 잠을 잘 수가 없잖아!"

형민 선배가 비틀거리며 일어나 허공을 향해 화를 쏟고는 화장실에 갔다. 최 팀장은 고개를 숙여 웃고 있었다. 그의 그런 웃음은 일하다 종종 봐서 특이할 게 없는데 이상하게 술이 깰 만큼 신경에 거슬렸다. 그는 일차에서 일부러 나와 떨어져 앉는 듯했고, 이차에서는 눈이 마주칠 때마다 고개를 흔들었다. 나는 약간의 취기를 빌려 그를 멀뚱히 쳐다보았다. 테이블에 기댄 몸이 흔들리고 있었다. 최 팀장은 뒤를 돌아본 뒤 게슴츠레 눈을 뜨고 말했다. 흐르던 음악이 교체되는지 실내가 일순 조용해졌다.

"관둬. 사귀기는 무슨, 그걸 아는 사람이 대체 몇인데."

주어와 목적어, 그의 몇 마디에는 그 두 가지가 없었으나 나는 그가 누구 이야기를 하는지 알 것 같았다. 나는 일차에서 채경과 만나고 있다고 고백했고, 그 말을 들은 사람들은 놀라 서로를 쳐다보았다. 최 팀장의 말을 듣고 생각해보니 채경과 교제한다는 소리에 축하해준 사람이 없었다. 약간의 정적이 흐른 뒤 그래? 둘이? 아아, 같은 말로 얼버무렸고 다들 표정을 고치며 어색하게 웃었다.

나는 최 팀장의 '그걸 아는 사람'이라는 표현이 모호했으나 차마 물을 수 없었다. 노려보듯 빤히 응시하는 시선에 더 물으면 안 된다는 직감이 들었다. 음악이 다시 재생되었고, 다행히 볼륨이 높아 최 팀장의 목소리가 들리지 않았다. 최 팀장은 안 된다는 가위표를 하면서 가슴을 가리켰고, 나는 그의 행동을 이해할 수 없어 맥주잔만 비웠다. 형민 선배가 휘청거리며 자리로 돌아왔다. 최 팀장은 형민 선배를 부축해 내 앞에 앉혔다.

"조 과장, 괜찮나? 다 지난 일인데, 이젠 털어내야지."

"아뇨, 안 취했습니다."

대화는 나와 상관없는 것이었으나 듣는 것만으로 취기가 사라졌다. 그들 사이에 끼어 있는 게 점점 불편했다. 가보겠다고 조용히 말하고는 의자에 걸쳐놓은 외투를 들었다. 최 팀장이 돌아선 뒤통수에 대고 크게 외쳤다.

"야, 너 이 새끼가 왜 취했는지 진짜 몰라서 그래?"

다음 날 팀원들의 말투와 표정을 분석하는 나를 깨달았다. 업무상 다른 부서 직원과 통화할 때도, 복도나 화장실에서 사람들을 마주칠 때도 마찬가지였다. 나는 의심의 실체를 제대로 알지 못하면서 어떻게 피할지 속으로 대책을 세우고 있었다. 무시하려고 해도 최 팀장의 눈빛과 그가 한 말은 술주정으로 이해하기에는 어려운 것이라 쉽게 넘어갈 수 없었다. 그간 나와 최 팀장의 사이가 어땠는지, 그런 유의 대화를 주고받았는지 자꾸만 과거를 돌아보게 되었다. 문제는 용역업체 선정에서 그가 추천한 회사로 결정하지 않고부터는 업무 외에 다른 말은 섞지 않고 지내 그에게 직접 물어보기 힘들다는 거였다. 그는 나를 걱정하는 척 조언했으나 돌아오는 건 반려 문서였고, 그가 반대해서 일을 진행할 수 없다는 협력업체의 하소연이었다. 그와의 관계는 풀릴 줄 모르고 꼬이고만 있었다. 결국에 나는 며칠을 고민하다 형민 선배를 회사 근처 카페로 불러냈다.

"술도 아니고, 단둘이 차를 마시게?"

선배는 약속보다 삼십 분 늦게 나왔다. 그는 왜 늦었는지 말하지 않고, 웃음기 없이 농담을 던졌다. 나는 어색하게 대면할 시간을 줄이기 위해 아이스아메리카노를 미리 시켜놓았는데, 얼음이 녹아 커피잔 주위로 물기가 흥건했다. 선배는 잔에서 물이 흘러내리거나 말거나 젖은 바지를 털어내지 않았다.

그 자리에 오기 전까지만 해도 돌리지 않고 물으려 했다. 최 팀장이 한 말이 무슨 소리냐고, 선배도 알고 있느냐고, 아니 선배랑도 관계가 있느냐고. 그러나 생각처럼 말이 나오지 않아 잡다한 부서 업무만 떠들어댔다. 한참 듣던 선배가 소리 나게 잔을 테이블에 내려놓았다.

"그래서 하고 싶은 말이 뭔데?"

그의 물음은 정곡을 찌른데다 단호해 무례하게 느껴졌다. 나는 잠시 그를 응시했다. 사실 어떻게 묻든 이 자리에서 무례한 사람은 그가 아니라 나일 테다. 왜 불러냈는지 이유를 밝히지 않았고, 자리에 앉아서도 내내 딴소리만 해대고 있었으니까. 내가 물으려는 말은 그가 대꾸할 필요도 없는 거였다.

"그날 팀장이 한 말…… 뭐예요?"

그는 다 마신 커피를 내려다보고는 카운터에 가서 뜨거운 커피를 더 주문해 돌아왔다. 시선은 여전히 맞추지 않은 채 커피가 식기를 기다리는 것처럼 잔을 천천히 돌렸다.

"트라이앵글은 들었지?"

나는 정확히 알지 못하는 것을 알고 있다고 인정할 수 없어 고개를 흔들었고, 그걸 본 선배는 그러느냐고 중얼거리고는 말을 이어갔다.

"가슴에, 정확히 말하면 왼쪽 유방 아래쪽에 점이 있대. 한쪽으로 기울어진 삼각형처럼 보이는 점 세 개. 그래서 최 팀장이 그렇게 불러. 그게 무슨 뜻인지는 알지?"

나는 멍해져 그가 무슨 말을 하는지 오래 생각했다. 알 것 같다는 기분이 들자 가슴에 불이 확 일어 입이 떨어지지 않았다.

"아는 사람이 꽤 되는 것 같아. 어릴 때도 그런 거 신나서 떠드는 놈들이 있었잖아. 누가 봤는지 정확하지 않지만, 소문이 그래."

최 팀장과 비슷하게 형민 선배도 가슴의 주체를 가리키는 주어를 빼고 말했고, 나 또한 최 팀장에게 들었을 때와 비슷하게 그 사람이 누구인지 캐묻지 않았다. 우려한 것보다 더한 사실에 정신이 혼미해졌다. 나는 한동안 어떤 반응도 할 수 없었고, 선배도 굳이 말을 보태지 않았다.

"그럼, 우리 같이 모이는 사람들은요?"

"최 팀장은 확실히 아는 거 같고, 사실 나머지는 나도 잘 몰라."

"……선배는요?"

텅 빈 시선으로 그의 얼굴을 보며 고개를 끄덕이자 선배는 새로 주문한 커피를 한꺼번에 들이켰다. 커피는 아직 식지 않았을 테다.

"내가 많이 좋아했었지. 그걸 알기 전까지는 말이야."

그는 담담히 나와 채경의 교제를 만류했고, 더 이상 다른 곳에 소문을 묻고 다니지 않았으면 좋겠다고 덧붙였다. 그도 어디까지가 사실인지 모르겠으나 나까지 풍문에 휩쓸려 나와 우리 팀이 타격을 받으면 안 된다면서 걱정해주었다.

"지금 수군대는 게 문제가 아니라 앞으로도 두고두고 널 괴롭힐 거야."

나는 그가 소문을 털어놓은 뒤부터 말이 들리지 않았다. 그리고 그가 무엇을 걱정했는지는 얼마 안 있어 실감하기 시작했다.

조이가 이르게 깨어 입을 쩝쩝거렸다. 모유를 충분히 먹이지 않아 배가 고픈 탓일 것이다. 어떻게 하면 좋을지 채경에게 전화를 걸면 교육 중이라 안 받을 것 같고, 장모는 치료가 덜 끝나 연락하기가 망설여졌다.

"조이, 맘마 먹고 싶어? 맘, 마?"

아이는 겨우 익힌 세 단어를 옹알이하곤 했는데, 그게 음마와 꼬꼬, 맘마였다. 맘마, 맘마, 하면서 기저귀를 찬 엉덩이를 들썩이면 그 움직임이 귀여워 나도 모르게 엉덩이를 덩달아 흔들었다. 냉동한 이유식을 해동해 먹이고, 점퍼루에 도로 앉혔다. 안아서 트림을 시키려다 앉아서 놀면 자연스럽게 소화가 되겠거니 생략하고 이마에 손을 얹어 체온만 체크했다. 아이가 노는 것을 확인하고 냉장고에서 맥주 캔을 꺼냈다. 장모는 병원 진료를 마치면 처가로 돌아갈 거고, 채경은 세 시간 뒤에나 퇴근한다. 세 시간 뒤라면 맥주 캔 하나쯤은 취기도 남지 않겠지. 생각을 흩뜨릴 무언가가 필요했다. 나는 적당한 프로그램을 고르기 위해 넷플릭스를 켰다.

번호 키 누르는 소리에 놀라 잠에서 깨었다. 소파에 기댄 채로 맥주를 마시면서 「호텔 뭄바이」를 보다 깜빡 잠이 든 모양이다. 테러리스트들이 호텔 직원과 투숙객들을 총과 폭탄으로 공격했는데, 후에 빠져나가지 못한 사람들까지 무참히 살해했다. 영화는 듣던 대로 피가 낭자해 어지러웠으나 강렬한 전개 때문에 따라가는 데는 무리가 없었다. 다만 몇 년 전 최 팀장이 보였던 눈빛과 형민 선배의 말이 영화와 상관없는 장면에서 불쑥 떠올라 혼란스러웠고, 온종일 트라이앵글을 고민하느라 피로한 탓에 어느 틈에 눈을 감고 몸을 늘어뜨렸다. 조이가 옆에 있다는 사실도 잊었다.

조이는 점퍼루에 앉아 잠들어 있었다. 고개가 푹 떨어져 불편할 텐데 칭얼대지도 않고 그 상태로 잠에 빠졌다. 나는 조이를 얼른 침대로 옮기고, 맥주 캔을 들고 화장실로 뛰었다. 아이를 잘 눕혔는지 확인도 못하고 잽싸게 문을 걸어 잠갔다. 다행히 채경은 비밀번호를 잘못 눌러 바로 들어오지 못했고, 그 뒤로도 연달아 실수해 문이 잠시 잠겼다. 캔을 구겨 휴지통에 던지고, 거울을 확인했다. 눈이 붉고, 뺨도 상기되어 있었다. 바깥에서는 채경이 아닌 장모의 목소리가 들렸다.

"아이고 우리 아가, 혼자 놀고 있었어요? 할머니가 아가 걱정돼서 후딱 갔다가 돌아왔지."

나는 그제야 막힌 숨을 몰아쉬며 변기에 몸을 기댔다. 맥주를 마시면서 아이를 돌본 게 뜨끔했는데, 채경보다 장모가 일찍 돌아온 사실에 안도했다. 그래도 붉은 눈을 장모에게 들킬 수 없어 고개를 젖혀 눈을 감았다 뜨길 반복했다. 장모는 조이에게 연신 말을 걸고 있었다.

"맘마는 잘 먹었어요? 아빠가 기저귀는 갈아줬지?"

장모의 말에 아차 싶었다. 퇴근 후 기저귀를 갈아준 기억이 없다. 화장실에는 창이 없고, 핸드폰은 거실에 두고 와서 시간이 얼마나 지났는지 가늠도 안 되었다. 아이의 젖은 엉덩이를 보고 나무랄 장모가 걱정되었고, 채경이 알면 어쩌지, 하는 생각에 얼굴이 금세 달아올랐다. 바깥은 잠시 조용하다가 이내 조이와 장모가 깔깔대는 소리가 들렸다.

"아빠는 화장실에 갔니? 어째 집이, 쥐새끼 소리 하나 없이 조용해?"

나는 그제야 변기 물을 내렸다. 시간을 두고 아무 일도 없는 것처럼 나가야지 하면서, 입을 헹구고 문을 슬쩍 밀었다.

장모는 조이를 안고 무릎에서 뛰게 하고 있었다. 아이를 들어 올릴 때 미소 짓다가 무릎에 내리면 인상이 굳어지는 게 한눈에 봐도 다리가 불편해서 짓는 표정 같았다. 나는 부리나케 장모에게서 아이를 받아 품에 안았다.

"치료받고 힘드신데 뭐 하러요. 점퍼루에 앉혀도 잘 놀잖아요."

그 말에 장모는 내 다리를 가볍게 내리쳤다. 조이 때문에 같이하는 시간이 늘고, 채경의 철저한 육아로 나와 장모는 때때로 한편이 되어 사이가 부쩍 가까워졌다. 장모는 내가 웃으면서 내려다보자 눈을 흘기며 쳐다보았다.

"아무리 퇴근하고 정신없어도 그렇지. 조이 엉덩이에 붉은기가 올라왔더라. 자네가 화장실에 있는 것 같아서 씻기지도 못하고 크림만 대충 발랐어."

변명할 말이 없었다. 최 팀장을 만나 무슨 말을 할지 고민하느라 기저귀 따위는 잊었다? 목요일 모임에 나가 내가 얼마나 잘 지내는지 사람들에게 보여주려고 머리를 굴리느라 시간이 없었다? 트라이앵글은 여전히 모르는 척, 과거의 소문은 연연하지 않겠다는 각오를 하느라? 나는 할 말을 찾지 못하고 아이의 기저귀를 들춰 엉덩이만 확인했다.

그때 형민 선배를 만나고 한동안 채경을 마주할 자신이 없었다. 채경과 만나기 전, 아니 채경을 만난 뒤에도 결혼 전 연애는 결혼 후 상대가 관여할 문제가 아니라는 게 평소 생각이었다. 실제로 그런 말을 술자리에서 여러 번 떠든 기억도 난다.

그러나 가슴, 그것도 목이 파인 옷을 입어 자연스럽게 노출되는 윗가슴이 아닌 아랫부분은 동거하는 가족이나 연인이 아니라면 보기 어려운 곳이라 생각을 멈출 수 없었다. 동료들이 떠들고 다니는 건 상상만으로도 끔찍했고, 그걸 알지도 모르는 사람들 앞에 서려니 자꾸 주눅이 들었다. 그 갑갑함은 채경이 다칠까 봐 그러는지, 혹은 내가 잃어버릴 무엇이 떠올라 나온 비겁함인지 감정의 실체조차 인정하기 싫었다.

채경이 이성에게만 친절한 건 아니란 사실은 사무실을 같이 쓰는 사람이라면, 잠깐 일을 돕는 아르바이트생들도 알고 있었다. 그러다 불현듯 최 팀장이 채경을 이따금 불러낸 일과 그녀가 회식을 마치고 연락되지 않을 때가 있었다는 사실이 기억났다. 일하면서 어깨를 스치는 가벼운 스킨십도, 반가운 사람을 만나면 떠들썩하게 소리치며 웃는 모습도 자꾸만 신경에 거슬렸다. 사회생활이니까, 나보다 사교적인 사람이니까 그럴 수 있다고 생각하면서도 어느 순간 나는 그녀의 행동을 분석하고 있었다. 불행히 어떤 가정에도 루머가 완전히 거짓이라는 생각은 들지 않았고, 최 팀장이 나를 대하던 까칠한 태도가 그 때문이 아니었는지 하는 의심까지 들었다. 나는 어느새 소문이 더 퍼지지 않길, 채경의 드러나지 않는 신체를 본 사람이 드물길, 나와 그녀를 두고 악의적인 농담은 떠들지 않길 바라고 있었다.

긴 고민은 채경을 만나 몇 마디 나눈 끝에 그만두었다.

"회사에서, 회사에서 말이야."

오래 자문하고 수없이 할 말을 골라냈지만, 말은 쉽게 나오지 않았다. 이런 상황에서 적당한 질문이 있기나 한지. 내가 머뭇거리자 채경은 의자를 당겨 앉으며 나를 잠자코 바라보았다.

"그니까 회사에서, 혹시 회사에서…… 사람을 만나고 후회한 적 없어?"

채경은 그 말에 얼굴을 찡그리더니 내 팔에 손을 얹었다.

"사람을 안 보고 어떻게 일해. 물론 이상한 사람들이 있기는 하지. 근데 회사가 아니면 우리가 이렇게 볼 일이 있었겠어? 대리님은 날 만난 게 후회돼?"

수척해진 내 얼굴에 손을 올리며 걱정하는 채경에게 그 이상 물을 수 없었다. 채경은 하지 않던 반말까지 하며 나를 지그시 쳐다보았다. 내가 우리의 교제를 회사에 공개하는 걸 주저하고 있다고 짐작하는 것 같았다. 나는 채경의 물음에 고개를 내둘렀다. 그녀가 과거에 누구를 만났든 나와 동시에 만난 건 아니고, 나를 속인 것도 아니라서 고민하는 자체가 의미 없는 짓인지 모른다. 내 감정은 어느 때보다 그녀를 향해 있어서 불확실한 이유로 헤어지면 후회할 게 뻔했다. 오해를 떨치려고 사실을 파헤치는 게 이성적이지도, 감정에 충실한 것도 아니었다. 나는 비로소 결심했다. 소문은 무시하겠다고, 아니 소문이 사실이라 해도 감당하겠다고. 최 팀장과의 사이는 어차피 틀어졌으니 떠드는 사람들을 한동안 피하는 것도 방법일 수 있다고 말이다.

최 팀장은 그 뒤로 만나자는 연락을 몇 번 더 했고, 내가 핑계를 대며 계속 약속을 미루자 형편없는 인사고과로 자신의 감정을 표현했다. 퇴사하기 얼마 전에는 승진 대상에서 나를 제외했다.

장모는 배스타월로 아이를 감싸 안고 욕실에서 나왔다. 걸음이 많이 흔들거렸다. 채경은 조이를 베이비 마사지할 때마다 소아 비만은 아닌지, 그래서 혼자 앉는 것도 기는 것도 느리다면서 모유가 아닌 특수 분유로 바꿀까 고민하곤 한다. 생후 십 개월 여아 중 몸무게가 상위 이 퍼센트 안에 든다나. 나는 장모에게 조이를 받아 거실 매트에 올리고, 안방에서 보디로션을 가지고 나왔다.

술 마신 걸 장모에게 들키지 않으려고 아이와 장모에게서 멀찍이 떨어져 앉아 텔레비전을 켰다. 넷플릭스에 신작이 있는지 하릴없이 뒤지는데 번호 키 누르는 소리가 들렸다. 예상보다 이르나 이번에는 채경이 맞을 것이다. 채경은 들어오자마자 쓰러지듯 소파에 몸을 던지고 내 어깨에 머리를 기댔다. 나는 그녀가 술 냄새를 맡을까 봐 말없이 미소만 지었다.

장모는 채경을 힐끗 쳐다보고는 분주히 손을 움직였다. 로션을 바르는 순서와 방향을 따지는 채경과 달리 무심하지만 신속하고 노련했다. 나와 채경은 장모가 마련한 쇼라도 구경하듯 아이에게 로션을 바르는 것을 말없이 지켜보았다. 장모는 어깨와 배, 다리를 빠르게 오가며 로션을 바르다가 손을 멈췄다. 장모가 아이의 엉덩이를 들고 혀를 차는 모습에 순간 긴장했다. 다행히 장모는 왜 그러는지 말하지 않았고, 채경은 피곤한 탓에 장모의 달라진 표정을 눈치채지 못했다. 장모는 아이 엉덩이를 토닥이며 다리를 들어 허벅지 안쪽에 발진 크림을 덧발랐다.

"채경아, 너 여기에 점 있는 거 알았니?"

채경은 모르겠다고 건성으로 대꾸하며 몸을 완전히 늘어뜨려 내 무릎을 베었다. 장모는 나와 채경을 다시 돌아보고는 조이의 허벅지를 가리켰다.

"다리 안쪽에 웬 쌍둥이 같은 점이라니. 안 보이는 데에 점이 있으면 복이 많다던데, 접힌 살에 가려서 아예 안 보이네. 얘가 너보다 훨씬 잘살겠다."

장모의 말에 채경이 눈을 감고 슬쩍 웃었다. 처음에는 소리 없이 웃다가 나중에는 피식거리다가 결국에는 자리에 똑바로 앉았다. 조이는 웃는 엄마를 보고 신나서 같이 웃더니 우리 쪽으로 기어오기 시작했다. 기저귀만 찬 엉덩이를 씰룩대며 다른 때보다 날래게 움직였다.

"사람들은 참 신기해. 보이지도 않는데 그게 뭐라고. 내가 이걸 비밀인 것처럼 알바생들한테 떠들었더니 어땠는지 알아? 직원들이 모임에 가끔 부르더라고. 하긴 지금 사장도 모임에서 웃고 떠들다 소개받았으니까, 이게 복일 수도 있겠다."

채경은 자신의 가슴을 툭툭 치며 냉소를 머금었다. 힐끔힐끔 눈치 보면서 진짜인지 묻지도 못하는 놈들이, 하고 말하는 채경을 보자 최 팀장과 사람들이 다시 떠올랐다. 그 은밀한 눈빛과 교양 있는 척 가까스로 조롱을 참아내는 입매가. 더 늦으면 안 될 것 같았다. 나는 소파에서 일어서 채경에게 조이를 안겨주었다. 삼각형인들, 동그라미인들 아니 아무것도 없다고 한들 그게 그 사람들이랑 대체 무슨 상관이라고. 나는 사무실에 급히 처리할 일이 생각났다고 말하고는 핸드폰만 챙겨 밖으로 뛰어나갔다.

그를 향해 간다. 그는 채경이 회사를 떠난다고 팀에 발표한 날, 전화를 또 걸어왔다. 내가 연락을 받지 않자 정말 알고 싶은 게 없느냐며 기다리겠다는 문자를 보냈다. 나는 그게 그와 내가 틀어진 결정적인 이유라고 믿었다. 하지만 돌아보니 그는 내가 마케팅팀에 발령 났을 때부터 잘 지내보자는 핑계로 휴일이나 늦은 밤에도 자주 연락해 불러냈다. 그때는 정말이지 그가 왜 그러는지 이유를 알고 싶었다. 아니, 내게 완전히 관심을 끄길 바랐다. 당시 나는 채경에게 빠져 있어 우리 사이를 문제 삼으면 안 된다는 생각에 내가 서 있는 곳이 어디인지, 어떻게 서 있는지 제대로 보지 못했다. 그저 그와 덜 부딪히는 게 최선이라고 판단했다.

창밖에 서서 한참 동안 그를 쳐다보았다. 감색 정장에 앞코가 뭉뚝한 구두를 신고 다리를 꼬고 앉은 그는 같이 근무했던 이 년 전보다 살이 빠져 재킷이 헐렁거렸다. 그는 머그잔을 앞에 두고 핸드폰을 내려다보고 있었다. 통유리 창이라 몸을 조금만 창 쪽으로 돌려 앉았다면 눈이 마주칠 텐데, 조금 늦춰진 만남이 다행이라는 생각도 들었다. 어둠이 내린 시간이었으나 건물 앞 조명이 밝아 안도 바깥도 낮처럼 환했다.

늦었으니까 다음에 보자는 그의 말을 거절했다. 회사와 떨어진 곳에서 만나자는 말도 거절했다. 목요일에 보면 되지 않느냐는 제안에 그날은 가족과 시간을 보내야 해서 안 된다고 대답했다. 그가 퇴근했을지 모른다는 가정 따위는 하지 않고 무작정 LK 본사 앞에서 만나자고 말하고는 전화를 끊었다.

그는 내가 앞에 설 때까지 핸드폰으로 화상 회의만 지켜보고 있었다. 무선 이어폰을 끼고 화면에 집중한 기색이었다. 그는 테이블 앞에 선 나를 한참 뒤에 알아보고는 눈 주위를 세게 누르며 이어폰을 뺐다.

"채경이는 어쩌고 혼자만 왔어? 우리 회사 자회사라 어려운 일이 있으면 언제든 부탁하라고 내가 저번에도 말했는데."

용역 입찰 프레젠테이션 전에 업체 서류를 건네면서 알아서 처리하라고 했을 때 그가 지었던 표정이다. 자신의 파티션 안으로 나를 불러서는 내가 만든 서류 곳곳에 스테이플러를 눌러 찍으며 문서가 읽기 어렵게 됐다고 저 얼굴을 하면서 말했다. 총알처럼 튀어 오르던 스테이플러 심. 나는 그때 그가 한 제안을 내가 거절해 생긴 일이라고 한동안 사무실에서 쩔쩔매었고, 융통성 없이 일을 처리한 무던하지 못한 성격을 자책했다. 그 바람에 동료들과 멀어졌고, 승진의 기회도 놓쳤다고 생각했다. 그는 그런 와중에도 팀원들과 어울릴 때면 내 어깨에 팔을 두르고 다 잘될 거라며 큰 소리로 위로했다.

이제야 묻는다. 채경에게 비밀이 있기나 했었느냐고, 그게 있다고 해도 당신과 무슨 상관이며, 반려한 문서는 무엇을 향해 던진 거였느냐고, 단지 만만해 보이는 대상에게 잔인하게 구는 게 재미있던 것은 아니었느냐고, 그 대상이 채경이었고, 혹시 내가 아니었느냐고.

당신과 나 사이에 뒤늦게 보이는 플래시백. 나는 그가 원하는 방식으로 더는 흔들리고 싶지 않았다. 헛기침해서 잠긴 목소리를 깨우고 똑바로 그를 쳐다보았다. 고작, 이라고 고작 한마디를 뱉는데, 나를 바라보는 그의 얼굴이 몹시 지쳐 있었다. 꽉 쥔 핸드폰에는 아래로 꺾인 부서 실적 그래프가 확대되어 화면을 채우고 있었다. 시간은 벌써 밤 열한시였다.

붕어싸만코

아이는 엄마에게 붕어싸만코를 내밀었다. 아이를 내려다보는 엄마의 얼굴이 몹시 흐렸다. 엄마는 아이에게 어디에서 돈이 났느냐고 물었다. 아이는 아이스크림을 들고 있는 손을 몸쪽으로 거두고 반대쪽 손으로 그것을 가렸다. 찬 기운이 손바닥으로 스며들어 냉기에 몸이 갇히는 기분이었다. 아이는 우물쭈물하면서 할머니가 준 용돈으로 아이스크림을 샀다고 대답했다. 엄마는 그제야 붕어싸만코를 받아 들고, 반으로 갈라 아이에게 나눠주었다. 그러곤 할머니가 엄마에게 돈을 쓴 걸 알면 많이 섭섭해 할지 모르니 앞으로 이런 데에 용돈 쓰지 말라고 당부했다.

아이는 엄마를 향해 고개를 주억거리고 빙긋 웃었다. 하지만 엄마의 반응이 여간 실망스러운 게 아니었다. 언제 볼지 모를 엄마를 만나면 그녀가 제일 좋아하는 아이스크림과 언젠가 바르고 나와 예뻐 보였던 핑크빛이 도는 립스틱을 사서 선물하려고 두 달 넘게 지폐를 구겨 주머니에 넣고 다녔다. 아이는 엄마가 선물을 받으면 함박웃음을 지으며 고맙다고 품에 안아줄 줄 알았다. 그런데 엄마는 아이를 의심했고, 아이는 잠깐이지만 자신이 잘못한 게 있는지 고민하느라 엄마를 바로 쳐다볼 수 없었다.

나는 거기까지 글을 쓰다 말고 눈을 감았다. 몇 문장 쓰지 않았는데 자꾸 눈물이 차올랐다. 카페 밖 거리를 내다보는 척 눈을 깜빡이고 고개를 움직여 안구에 고인 물기를 억지로 안으로 밀어 넣었다. 서른여덟 살의 여자가 노트북을 앞에 두고 눈시울을 붉히는 꼴은 카페 앞을 지나는 누가 봐도 사연이 있을 거라고 오해하기 쉬울 것 같았다. 정말이지 그깟 기억이 뭐라고 까마득한 감정이 올라오는지. 쉬는 날까지 직원들을 괴롭히는 회사를 이해할 수 없었다.

회사에서는 '함께하는 일터, 자신을 먼저 보여 동료를 조금 더 이해하기'의 일환으로 '자신을 봄'이란 아무짝에도 쓸모없는 주제를 주고 에세이를 쓰게 했다. 원고지 오십 매 내외로 일상생활을 나열하지 말고, 글 안에서 자신의 내면을 오롯이 성찰해보라는 가이드라인을 제시했다. 그게 트라우마든, 꿈

이든, 지금껏 풀지 못한 인생의 과제든 상관없다면서 우수작에 선정된 개인에게는 일주일의 특별 휴가와 백만 원의 상금을, 소속된 팀에게는 연말 팀 평가에서 가산점을 주겠다는 보상을 내걸었다. 그러나 팀원들은 대강 짐작하고 있었다. 그것이 단순한 일회성 이벤트가 아니며, 어쩌면 개인이 짜낸 찌꺼기를 수거해 인사고과에서 업무 수행 능력과 다면평가 자료로 활용할 수 있다는 사실을 말이다. 미국계 광고회사에서 경영권을 인수한다는 루머가 올 초부터 돌고 있어 사람들은 그에 따른 구조 조정을 내다보며 에세이를 의례적인 행사로 받아들이지 않았다.

팀원들은 자신이 쓸 주제를 공공연하게 떠들지 않았으나 업무를 보는 사이와 퇴근 시간이 지난 후에 사내 시스템과 캐비닛에 분류한 과거 서류를 뒤적이며 주변을 흘끔거렸다. 무엇을 준비하는지 들키긴 싫지만, 보안 때문에 외부에 문서를 들고 나갈 수 없어 부분적인 공개는 피할 수 없었다. 그들은 아마도 과거나 현재 맡은 업무를 들추며 지금 상황을 어떻게 돌파할지 고심하고 있을 테다. 서점가에서 인기 있는 자기 계발서와 에세이를 참고해 난관에도 기지를 발휘해 문제를 풀어나갔다고, 하지만 고객과 동료에 대한 휴머니티는 잃지 않았다는 식으로 글을 마무리하겠다는 결심을 단단히 하고 있는지도. 사내 마케팅 모범 사례로 꼽히는 대형 광고나 유명 인플루언서들이 챌린지에 참여해 방송 예능 프로그램에서 콘텐츠로 재탄생되었던 캠페인이 그중 가장 경쟁률이 높은 아이템일 것이다. 회사에서 발표한 행사는 얼마 지나지 않아 '자신을 봄'이 아닌 '인사팀의 출제 의도를 봄' 내지는 '안 밀리려고 머리를 굴려 전략을 짬' 정도로 바뀌어 있었다.

하지만 다른 듯 비슷하게 광고와 마케팅 업무를 하는 부서가 대부분인 회사라 다양한 사건이 있었음에도 남들과 다른 이렇다 할 소재를 발굴하기란 여간 어려운 게 아니었다. 나 또한 문서를 뒤적이다 내가 쓰려는 게 결국 옆자리 김 대리와 건너편 송 과장, 시야에 보이지 않는 위아래층 모 대리와 모 차장들과 별반 다르지 않다는 현실을 깨닫고 캐비닛과 디렉토리를 뒤지는 것을 그만두었다. 그들이 하는 일과 서 있는 위치는 내가 접하는 것들과 달랐다. 나는 생각이 더 깊어지지 않게 고개를 흔들고는 그들의 이름과 지금 하는 일을 업무 수첩에 기록했다.

우습지만 나는 남들이 열중하는 주제와 다르게, 딱딱한 과자 속에 차가운 아이스크림을 품고 있는 붕어싸만코를 기억에서 소환해냈다. 시원하고 달큼하나 속이 시려 그 시절 이후로 한 번도 찾지 않은 것이 불현듯 왜 떠올랐는지 글을 한참 써나간 뒤에도 깨닫지 못했다.

지나가서 덜 괴롭지만, 지나갔다고 허술하게 회상하는 건 아니다.

메모 1

엄마는 아이와 아이의 동생을 맥도날드에 나란히 앉혔다. 아이는 엄마가 2인용 테이블을 붙여 둘을 앉힌 이유를 알고 있었다. 엄마는 반으로 나눈 햄버거와 프렌치프라이를 옆으로 치우고 도화지 두 장을 아이와 동생에게 각각 나눠주었다. 그러곤 아이의 도화지 위에는 연필과 지우개를, 동생에게는 16색 크레파스를 올려놓았다.

아이는 연필과 지우개를 양손에 하나씩 쥐고 엄마를 올려다보았다. 골목에서 친구들과 달리기 시합을 하려고 땅에 출발선을 그었을 때보다 심장이 더 빠르게 뛰는 것 같았다. 엄마는 아이에게 'ㄱ'을 써보라고 했다. 아이는 의기양양하게 글자를 썼다. 엄마는 고개를 끄덕이고는 그다음 다음 글자를 쓰라고 했다. 아이는 손가락을 꼽고는 기쁜 마음에 'ㄷ'을 썼다. 엄마는 이제는 다 써보라고, 한 글자도 남기지 말고 순서대로 적어보라고 시켰다. 아이는 글씨가 삐뚤빼뚤해질까 봐 왼팔로 도화지를 단단히 누르고 오른손은 힘을 주어 글자를 써나갔다. 그러다 'ㅇ'에 이르렀을 때 쓰기를 멈췄다. 이응 다음 글자가 도무지 떠오르지 않았다. 아이는 기억에서 이응까지 쓴 글자에 덧칠해가며 기억해보려고 안간힘을 썼다. 엄마의 실망스러운 눈빛이 느껴져 연필을 쥔 손에 자꾸만 땀이 솟았다.

아이의 동생은 도화지에 팔이 없는 사람을 여럿 그리다가 엄마를 보고 지읒, 하고 외쳤다. 엄마가 동생의 머리를 쓰다듬었다. 아이의 동생은 목에 스친 엄마의 손이 간지러운지 몸을 비틀며 웃음을 터뜨렸다. 아이는 이응 뒤에 지읒을 힘없이 적었다. 오늘 보고 나면 언제 다시 만날지 모르는데 엄마가 또 실망했겠구나. 눈물을 흘렸다간 다 커서 어리광을 부린다고 혼날지 몰라 아이는 울음을 참으려고 입을 앙다물었다.

메모 2

엄마는 정장 차림으로 아이를 집으로 데리러 왔다. 회사에서 외출을 받고 나오느라 늦었다면서 학교에 얼른 가자고 손을 붙잡았다. 아이의 할머니가 임대아파트 이층 베란다에 서서 아이와 엄마를 못마땅하게 내다봤으나 엄마는 할머니와 눈을 마주치고도 알은체하지 않았다. 그러거나 말거나 아이는 엄마와 같이 학교에 간다는 사실에 들떠 엄마의 손을 놓칠까 봐 붙든 팔을 흔들지 않았다. 엄마는 그들 사이에 끼어 시끄럽게 종알대는 동생을 데리고 나오지 않았다. 아이는 둘만 있다는 사실에 올라간 입꼬리를 내리지 못했다.

학교로 향하는 몇 분 동안 엄마는 반복해서 말했다. 집에서 공부를 봐줄 사람이 없으니까 이제 알아서 해야 해, 거짓말을 하거나 물건을 훔쳐서 선생님이 부모를 부르게 해서는 안 돼, 반에서 중간만 아니 중간은 해야 하는 건 절대 잊지 말고.

아이는 다른 말은 이해했으나 엄마가 가장 나중에 말한 '중간은'의 의미는 정확히 알지 못했다. 그저 엄마와 손을 잡고 걷는 길이 즐거웠고, 엄마가 하라는 게 무엇이든 잘하고 싶다는 어렴풋한 각오를 할 뿐이었다. 학교에 가면 선생님이 가르쳐 주니까 엄마가 한 말을 곧 이해할 수 있을 거라며 고개를 크게 주억거렸다. 하지만 '중간은'은 엄마가 헤어지면서 다음에 또 보자, 라고 하는 인사처럼 모호해 입학식을 가는 내내 아득한 감정을 떨칠 수 없었다. 얼른 글자를 배워 동생보다 빨리 중간을 하고 싶었다. 그래야 엄마가 동생을 안아줄 때처럼 아이도 번쩍 들어주고, 운이 좋으면 엄마 집에서 며칠간 머물며 같이 자게 허락할지도 모르니까.

그러나 아이는 그 의미를 채 알기 전에 주변에서 하는 말을 먼저 해석해야 했다. 아파트 멀리 어딘가에서 불이 나는데, 무엇이 타는지 알 수 없고 연기밖에 보이지 않는 어떤 풍경처럼 수업에서 배운 내용은 흐리멍덩한 것투성이였다. 미술 시간에 가장 가까운 가족을 그리라고 했을 때 아이는 할머니를 그리다가 스케치북을 구기고 하교하면 반가워 꼬리를 흔들며 달려드는 경비실 강아지를 그렸다. 가장 기억에 남는 여행을 발표하라고 선생이 아이를 가리켰을 때는 배가 갑자기 아파 보건실로 달려갔다. 선생이 가르치는 가족과 사랑, 화목과 믿음 같은 교과서 속의 세상은 한 번도 가보지 못한 동생과 다른 아빠가 사는 엄마의 집만큼이나 보이지 않아 들을 때마다 속이 울렁거리고 어지러웠다. 아이는 알지 못하는 것들을 설명할 수 없어 자주 울음을 터뜨렸고, 대답을 망설였으며, 머리가 뜨거워지곤 했다. 선생은 그런 아이에게 왜 그러느냐고, 다른 아이들도 처음 배우는 거라 낯설고 어렵다면서 아이의 어깨를 토닥여주었다.

그래도 아이는 집에 돌아가면 머릿속으로 대강 외운 글자와 교과서를 대조해가며 공책에 그대로 옮겨 적었다. 어느 날부터는 울지 않고 글을 쓰고, 아무렇지 않게 가족에 대해 거짓말로 대답할 수 있었다. 선생은 그런 아이를 칭찬했지만, 가끔 만나는 엄마는 여전히 글도 서툴고 셈도 못한다며 이렇게 해서는 자빠져도 혼자 일어서기 힘들다는 이해하지 못할 말로 아이를 나무랐다.

한 학기가 지나 첫 시험을 치렀다. 아이는 중간은, 중간은, 이라고 중얼거리며 학교를 향했다. 시간이 지나 그 말의 의미는 알 것도 같았으나, 엄마가 말한 것과 같은 뜻이 아닌 것 같아 다만 시험을 잘 봐야 한다는 의미로 해석했다. 시험은 어렵지 않았다. 글을 읽고 뜻을 쓰는 문제와 그림에 맞춰 문장과 상황을 짝짓는 문제, 대화에 맞는 적당한 대답을 고르는 문제가 나왔다. 순서에 맞게 숫자를 쓰고, 간단한 셈을 하라는 문제도 있었다. 아이는 하나도 빠뜨리지 않고 정성스럽게 답을 채워 넣었다. 그러고는 이 정도면 중간은 했으려나 하면서 할머니가 그러듯 낮은 숨을 길게 내쉬고 시험을 마쳤다.

며칠 지나 선생은 아이와 반 친구 하나를 교탁 앞으로 불렀다. 그는 반 아이들이 보이게 둘을 돌려세운 뒤 축하해주라며 활짝 웃었다. 선생은 옆에 선 친구가 전 과목 100점을 맞아 시험에서 일등을 했다고 칭찬했다. 그러고는 아이는 일등만큼 성적은 나오지 않았으나 글씨를 가장 또박또박하게 썼다면서, 그게 1학년에게는 일등보다 더 잘한 거라고 추켜세웠다. 아이는 엄마가 말한 중간이 아니라 적잖이 실망스러웠다. 하지만 선생과 친구들이 손뼉을 치는 것으로 보아 아이가 한 일은 마땅히 칭찬받을 만했고, 그래서 어쩌면 엄마도 기뻐할지 모른다고 생각했다.

무수히 많은 것을 지나갔다. 그러나 아이에게는 그것이 하나도 보이지 않았다.

아이는 수업을 마치자마자 책가방을 메고, 도시락 가방을 흔들며 엄마가 사는 집으로 내달렸다. 같이 가자는 친구의 말에 대꾸도 하지 않은 채 삼십 분이 넘는 거리를 쉬지 않고 뛰었다. 엄마를 만나는 건 그녀가 연락할 때만 가능하다고 미간을 찌푸리며 하던 말이 기억났으나, 어른인 선생이 부모님도 아시면 기뻐할 거라고 칭찬했으니 엄마도 얼른 알아야 한다는 생각에 걸음을 재촉했다. 정신없이 뛰느라 횡단보도를 무단으로 질주하는 오토바이를 보지 못해 도로 가운데서 넘어지기도 했다. 아프다는 생각도 잊고 벌떡 일어나 더 빨리 뛰었다. 달리는 내내 플라스틱 도시락통 안에 든 포크가 달린 숟가락이 요란하게 덜컹댔으나 아이에게는 아무런 소리도 들리지 않았고, 어떤 무게도 느껴지지 않았다.

엄마는 동생의 손을 놓고 대문을 열고 있었다. 늦봄의 하늘이 가을처럼 높은 날이었다. 아이는 초록 대문 앞에 선 엄마를 전봇대에 숨어서 훔쳐보며 가쁜 숨을 몰아쉬었다. 대문에 반사된 빛 때문에 엄마를 올려다보기 힘들어 그 아래 엄마의 다리를 붙들고 선 동생에게 시선을 내렸다. 엄마가 자물쇠에 열쇠를 넣고 흔드는 통에 동생의 몸이 사정없이 흔들리고 있었다. 아이는 헐떡거리는 숨이 골라지지 않아 가슴을 누르고 엄마를 불렀다. 엄마랑 살고 싶다고 떼를 부렸다가 할머니에게 혼나서 서러움에 복받쳐 대들 때처럼 목소리가 갈라져 나왔다.

엄마가 문을 밀다가 손을 멈췄다. 그녀는 동생을 안아 대문 안으로 들여보낸 뒤 한참 만에 아이가 있는 쪽으로 걸어왔다. 아이는 엄마가 자신이 와서 깜짝 놀란 거라고 짐작하며, 즐거운 상상에 가방을 열었다. 가까워진 얼굴이 굳었지만, 아이는 엄마가 웃음에 인색한 사람이라는 것을 알기에 겁먹지 않고 가방에서 시험지를 꺼내 들었다. 엄마는 아무것도 묻지 않고 아이의 팔을 붙들어 집에서 떨어진 외진 골목으로 데리고 갔다. 대문을 여는 엄마를 붙드느라 몸이 흔들렸던 동생처럼 아이의 몸도 어른의 빠른 발걸음에 휘청거렸다.

"왜 왔어?"

엄마의 목소리는 건조했고, 그보다는 말을 꾹꾹 눌러 가까스로 숨을 뱉는 느낌이었다. 아이는 엄마가 반가워 놀라서 그러는지, 아니면 바쁜 시간에 찾아와 화가 났는지 헷갈렸으나 빨리 말해야 엄마의 목소리가 돌아온다는 생각에 시험지를 얼굴 위로 들어 올렸다. 시험지는 엄마에게 끌려오느라 가방에 박혔을 때보다 훨씬 구겨져 있었다. 아이는 시험지 세 장을 팽팽하게 펴서 내보이며 뭔가 해냈다는 듯 웃어 보였다. 엄마는 부끄럼 타는 아이를 좋아하지 않기 때문에 가슴에 숨을 가득 채우고 그곳에 온 이유를 떨지 않고 말하려고 했다. 그러나 엄마는 같이 웃지 않았고, 시험지를 제대로 쳐다보지도 않았다. 다만 아이의 무릎을 내려다볼 뿐이었다. 무릎은 도로에 넘어졌을 때 묻은 아스팔트 부스러기와 상처에 난 피가 엉겨 검붉게 굳어 있었다. 아이는 엄마가 걱정할지 모른다는 생각에 아무것도 아니라는 듯 상처를 툭툭 털어냈다.

"더럽게…… 좀 씻고나 다니지."

찌푸려진 미간, 부산히 움직이는 눈동자, 아이의 얼굴에 닿는 뜨거운 입김. 엄마는 아이의 뒤를 연신 흘깃대며 여긴 오는 데가 아니라고 몇 차례 고개를 저었다. 햄버거 가게에서 아이와 동생을 앉히고 차분히 바라봤던, 그래서 때로는 화난 것처럼 보였던 시선과 달리 엄마의 눈빛에는 말로 표현하기 어려운 불안과 불쾌감이 혼재되어 있었다. 아이는 자신이 감지하는 엄마의 감정을 믿고 싶지 않아 시험지 두 장을 그녀의 얼굴 가까이에 붙였다. 엄마가 시험지를 낚아채 그만하라고 언성을 높일 때까지 아이는 이것 좀 보라며 계속해서 흔들었다.

"현제야, 넌 약속을 어긴 거야. 이런 식이면 내가 또 힘들어지는 거 몰라서 그래?"

엄마는 아이 머리에 손을 얹은 뒤 뒤로 쓸어넘겼다. 땀으로 엉킨 머리칼에 손가락이 걸려 잘 넘어가지 않았는데, 억지로 두 번을 더 빗겼다. 아이는 엄마의 손길이 지날 때마다 뒤로 당겨져 머리가 빠지는 통증을 느꼈다. 어느덧 시험지는 쓰레기처럼 바닥에 뒹굴고 있었다. 엄마는 시험지를 주우려는 아이를 신경질적으로 붙들고는 아이스크림을 사 먹으라며 만 원을 쥐여주었다. 아이는 그제야 입을 벌려 조그맣게 말했다.

"엄마, 나 중간은 했는데……"

제가 받은 성적이 중간이 아닌지 몰라 아이는 엄마를 똑바로 바라볼 수 없었다. 다행히 엄마는 아이의 말이 사실인지 캐묻지 않았다. 대신 알았으니까 어서 돌아가라고, 우린 약속할 때만 보는 사이라는 말을 반복하며 아이의 말을 다 듣지 않고 몸을 일으켰다. 엄마는 모퉁이를 돌아 엄마의 집으로, 아이의 동생이 있는 집으로 빠르게 사라졌다.

그 일이 있고 나서 엄마는 아이를 찾지 않았다. 아이가 85점을 받고, 70점을 받고, 몇 번은 100점을 맞은 적도 있었지만, 심지어 마흔두 명 중 중간인 19등을 했음에도 엄마는 오지 않았다. 할머니는 그런 엄마를 원래 그런 사람이라고 말했다. 아이는 임대아파트를 떠나 지방으로 이사할 때까지 시험 결과가 나오는 날이면 엄마의 집 주변을 맴돌았다. 언젠가는 엄마가 출근해 볼 수 없었고, 어느 날은 주택 안마당에서 스카이콩콩을 타는 동생의 오르락내리락하는 머리통을 보고 실망해 돌아서기도 했다. 그리고 또 어떤 날은 동생과 동생의 아빠가 집 앞 공터에서 배드민턴을 치는 모습을 보다 돌아왔다. 오후 해에 눈이 따가웠던 그 봄날처럼 엄마를 보다 들키면 안 될 것 같아 숨어버리곤 했지만, 엄마는 아이가 왔다는 사실을 알고 있는 것 같았다. 엄마는 아이가 올 때면 걸음을 바삐 해 안으로 들어가 대문을 걸어 잠갔다.

메모 1에 비해 메모 2가 지나치게 길다. 어린 시절 고민하던 시간이 길어서 이제는 유년의 기억이 더 이상 영향을 주지 않을 거라고 생각했는데, 소소한 기억들이 하나둘 떠올라 당혹스러웠다. 시험지를 보여주려고 엄마를 찾아갔을 때 그녀가 입고 있던 스웨터에 한 줄로 풀린 올과 청바지에 그어진 볼펜 자국, 동생이 유치원 버스에서 내려 모자를 벗었을 때 둥그런 모자에 눌려 옆으로 삐쳐 올라간 파마머리, 엄마와 눈이 마주쳐 도망치다 밟았던 말라비틀어져 죽은 지렁이, 동생의 아빠를 노려보다 누구냐고 묻는 말에 얼어붙었던 일 등 단편적인 기억도 났다. 그 집 앞에서 오후 내내 기다리다 티셔츠가 젖도록 흘린 땀과 끊이지 않고 울던 시끄러운 매미 소리는 감정이 아닌 감각의 형태로 생생하게 남아 있다.

괜한 얘기를 글감으로 끌고 왔나 잠시 고민하다가 메모 2를 다시 쓰기 시작했다. 어쨌든 누구도 공격하지 않을 지극히 개인적인 회상이다. 글이 공개된다 해도 내가 지금 하는 일을 아무도 알아챌 수 없는, 어쩌면 지루해서 읽다가 덮어버릴, 지금의 나를 감추기 쉬운 소재. 일단 되는 대로 기억에서 끄집어낸 뒤 불필요한 부분은 삭제하면 된다.

동생은 아빠가 사고로 세상을 떠나고 오 개월 뒤에 태어났다. 엄마는 오십 일이 안 된 동생을 데리고 보험증서를 챙겨 집을 나갔다. 그녀는 나랑 살지 않고, 동생과 동생의 아빠와 같이하는 삶을 선택했다. 그때 엄마가 동생이 아빠의 피라고 말했다면 나와 그녀의 삶이 달라졌을까. 엄마는 할머니에게, 엄마의 엄마에게, 어쩌면 엄마와 아빠를 아는 사람들에게 비난이 아닌 연민을 받았을까. 내가 오랫동안 그녀를 그리워하거나 학교에서 거짓말로 남을 속일 필요가 없었을지 모른다. 그래 봤자 엄마는 시가에서 아이 둘을 아등바등 키우는 과부로, 나는 그런 엄마를 이해하지 못해 답답해하는 사람으로 커갔을지도 모르지. 당시 네 살이었던 내가 그때의 정황을 이해하기란 불가능해서 나를 엄마에게 보내지 않은, 엄마와 나 사이를 떼어놓고도 엄마에게 욕만 해대는 할머니를 미워하지 않을 방법이 없었다. 할머니가 세상을 뜬 뒤에도 엄마의 사정과 정말로 그녀의 새로운 가족이 나를 거부했는지 알려주는 사람은 없었다. 그저 어린 나는 어쩌다 찾아오는 엄마를 만나면 할머니에게 시위하듯 더 어린아이같이 굴면서 신나게 온 집 안을 뛰어다니곤 했다. 그것이 어른들에게 하는 복수라고 생각했다.

메모 2를 더 길게 서술한 이유는 보이는 것의 이면이 존재한다는 사실을 지금은 아주 조금 알 것 같기 때문이다. 사춘기처럼 그 시간이 자연스럽게 찾아온 게 아니라 어른들이 변화를 억지로 만들어주었던, 무엇이 진짜 아픈지도 몰랐던 성장통의 시기. 엄마는 내가 찾아간 이후로 연락을 끊어 아파트 옆 단지 놀이터나 프랜차이즈 햄버거 전문점, 치킨 가게 같은 곳에서 약속하고 만나는 일은 더 이상 없었다. 대신 나는 핑곗거리가 있을 때마다 엄마의 집 주변을 서성였고, 언젠가 다시 약속할 시간을 기다리며 왜 이렇게 돼버렸는지 이유를 생각하느라 골똘해지곤 했다.

나는 문득 고민에 빠졌다. '동생의 아빠'라는 표현이 엄마의 상황을 드러내서 자칫 나라는 사람을 함부로 내보이는 게 아닐까 하는. 비록 회사에서 승이의 존재를 공식적으로 아는 건 아니지만, 아이를 본 몇몇이 있었다. 어린이집 행사에서 승이와 함께 찍은 사진을 사무실 컴퓨터로 넘겨보다가 정 대리에게 들켰고, 승이와 마트에 갔다가 송 과장과 마주쳐 사촌 조카를 돌보는 날이라고 쓸데없이 주절대기도 했다. 그 둘은 아무 말도 하지 않았으나 제 발이 저린 나는 당황해 허둥대는 꼴을 보였다. 심지어 정 대리한테는 정말 다정한 이모가 아니냐며 안 해도 될 질문까지 하고는 민망해 웃음을 터뜨렸다. 집에 가면 밀린 집안일을 하고, 승이를 뒤치다꺼리하느라 시간이 안 나 아이의 옷과 장난감, 동화책을 사무실에서 틈틈이 구매했는데 그걸 본 직원이 있을지 모른다.

"강 주임, 강 주임은 귀찮은 거 안 해도 되지? 그거 아무나 쓰는 건 아니잖아."

나는 메모 2를 마무리 짓지 못하고, 단축키로 PI(President Identity, 최고 경영자 이미지) 마케팅 시안을 재빨리 펼쳤다. 송 과장은 어느 틈에 내 뒤에 서서 팔짱을 끼고 내려다보고 있었다. 손에 몇 장의 서류를 든 채였다.

"아니다, 그게 팀 평가도 걸렸으니까 그래도 하는 게 낫겠지? 근데 강 주임은 계약이 거의 끝나가는 판에 뭐 하러 어렵게 기여까지 하고 나가려고 해? 아니다, 휴가를 갈 수 있으니까 제출하는 게 맞나?"

"팀 평가도 그렇지만…… 휴가도 가고, 상금도 받으면 좋잖아요."

나는 가벼운 농담에 대꾸하는 것처럼 슬쩍 웃고는 모니터로 시선을 돌렸다. 그가 언제 내 계약에 관심이나 있었나 싶어 불쾌감도 들었지만, 적의 없이 뱉는 소리일지 몰라 날을 세우지 않고 부드럽게 대화를 끊어냈다. 송 과장은 내 반응이 신통치 않았는지 못내 아쉬운 듯 서류로 바지를 털고 크게 혼잣말했다.

“이직할 강 주임이 무슨 걱정이 있겠어. 우리같이 여기서 어떻게든 버텨야 하는 사람들이나 다른 회사에 먹혀 해고될까 봐 안달 내는 거지. 나도 강 주임만큼 능력 있고, 싱글이라면 여기저기 옮겨 다니며 눈치 안 보고 살 텐데. 이거 전공을 바꿔서 대학이라도 다시 들어가야 하나?”

강 주임이란 호칭이 귀에 거슬렸다. 한때 이런 유의 대화에 화가 난 적도 있었다. 스물다섯 살 이후로 네번째 직장이었고, 그만큼 만난 사람도 다양했다. 처음 두 번의 직장은 계약 갱신과 신규 채용을 이용해 각각 오 년과 사 년을 머물 수 있었으나 그 뒤로 비정규직 보호법이 강화돼 전 직장은 이 년이 넘어가기 전에 계약 종료를, 이번 직장은 이 년의 계약 기간 중 사 개월이 남아 계약 만료를 기다리고 있다. 회사는 어쩌면 계약이 거의 끝날 때까지 종료를 공식적으로 통보하지 않을지 모른다. 여기뿐 아니라 다른 회사도 합법이라는 이유로 비정규직의 계약 종료를 점차 사무적으로 처리하고 있었다. 그 말이 나오면 업무를 보는 데 직원들끼리 껄끄러워지고, 계약이 안 되는 당사자는 다른 직장을 구하느라 일의 집중이 어렵다는 사실을 회사도 경험으로 알고 있었다. 나 또

한 팀장이나 인사팀에 계약이 어떻게 되어가는지 묻고, 연장 가능성을 따져야 하는데 일하는 동안 불편해지는 분위기가 싫어 차일피일 상담을 미루고 있었다. 몇몇 곳에 이력서를 보내고 거절당하는 걸 반복하면서도 지금의 자리는 내줄 수밖에 없다는, 그보다는 업무 자체가 없어진다는 사실을 일찌감치 받아들였다. 어쩌면 옮길 자리가 있다는 불편한 안도에, 더 나섰다가 나중에 직원들에게 정을 맞을 수 있다는 두려움 때문에 치열하게 매달리지 않는다는 게 솔직한 심정이었다.

송 과장은 뒤에서 잠시 맴돌다가 다른 파트로 자리를 옮겨 잡담을 늘어놓았다. 그도 구조 조정 대상으로 명단에 올라갔을까. 나흘 뒤 우리 팀과 업무에 대해 2차 보고를 해야 하는데, 그의 업무를 뭐라고 요약할지 난감했다. 나는 그의 관심이 다른 사람으로 향하는 것을 확인하고 PI 시안을 닫았다. 몇 달 전 사보에 실은 회장 인터뷰와 삼 년 전 전임자가 작성한 신임 회장 소개 자료를 섞어 최근 회장이 추진한 사업을 추가하고, 사진을 교체하면 시안은 대강 완성될 것이다. 임원 소개 책자라면 기존 자료가 없어도 비서실에서 내주는 자료를 받아 어렵지 않게 만들 수 있다. 단지 드는 의문은 이것이 과연 배포될 자료인지 알 수 없다는 거였다. 회장이 새로 출범할 회사에서 대표가 될지, 그렇다면 기존에 하던 사업을 굳이 홍보물로 제작할 필요가 있는지 판단이 서지 않았다.

꺼져가는 일을 하는 것, 사보를 없앤다고 말이 나왔던 작년 이맘때부터 나는 흐린 불씨인 줄 알면서도 행여 꺼질까 봐 손을 놓지 못하고 붙들고 있었다. 그러거나 말거나 팀원들은, 가끔은 다른 부서원들까지 디자인이나 글이 풀리지 않으면 초안을 들고 나를 찾아왔다. 광고 카피와 디자인이 사보에 들어가는 것과 엄연히 다른데 잠깐만 봐달라고, 무엇이 문제인지 한 번만 지적해달라고, 때로는 조금만 고쳐달라면서.

첫 직장에서는 내가 회사에 필요한 존재라는 생각에 능력을 인정받는 것 같아 으쓱하기도 했다. 그러다 잠깐만과 한 번만, 조금만이 계속 늘어간다는 사실과 단어가 가지는 의미가 실제와 다르다는 것을 깨닫게 되면서 부탁을 들어주는 게 귀찮아졌다. 그러나 계약에 영향을 줄지 몰라 거절은 쉽지 않았고, 내가 할 수 있는 최선이란 그저 최선을 다하지 않아 그들이 기대했던 것보다 품질이 좋지 않은 결과를 내는 것과 사보를 제작하느라 시간을 내기 어렵다는 말을 예의 있게 하는 것밖에 없었다. 노력의 결과로 부탁은 줄어갔고, 잡다한 일에 휘말리지 않게 업무의 경계를 그을 줄 알게 되었다. 전 직장에서 다른 업무를 도왔다가 방향을 잘못 잡아 담당자가 징계받은 적이 있다고 안타까운 표정을 지어 보이기도 했다.

다른 듯 비슷하게, 내 업무는 회사의 성격에 따라 자연스럽게 바뀌었다. 사외 사보에서 사내 사보로, 그러다 다시 사외 사보를 맡았고, 이곳에서는 두 가지를 같이하는 사내외 사보를 제작했다. 형태가 무엇이든 사보를 제작하는 일은 비슷했다. 하지만 지금 직장이 전과 다른 게 있으니 이 회사는 비정규직도 정규직과 같은 인사평가 기준을 적용했고, 그중 다면평가는 주요 항목으로서 랜덤 동료평가로 시행하고 있었다. 그게 내가 그들의 업무를 전 직장에서처럼 쉽게 거절할 수 없고, 팀 평가에 가산점을 준다는 에세이를 무시할 수 없는 이유이기도 하다.

나는 뒤를 돌아 송 과장을 물끄러미 쳐다보았다. 그는 신입사원에게 서류를 펼치고 자신의 업무를 신입사원이 맡아야 하는 이유를 상세하게 설명하고 있었다.

방해하는 사람이 사라졌는데 글이 좀체 나가지 않았다. 아무에게도 해를 주지 않고, 누군가와 비교되는 글을 쓰고 싶지 않은데, 심지어 형식적으로 제출하려고 마음먹었는데도 다섯 달 전 문화콘텐츠팀장이 불러서 한 말이 머릿속에서 떠나지 않았다.

"조만간 사보가 없어지는 건 알죠? 홍보 효과도 없는 것에 돈과 인력을 쓰는 게 정상은 아니잖아요. 관공서나 지자체에서 실적 한 줄 쓰려고 만드는 걸 뭐 하러 이런 회사에서…… 사업과 인력을 전반적으로 조정할 겁니다. 아쉽지만 강현제 씨가 맡은 업무도 그 대상이고요. 그래서 하는 말인데요."

그가 나를 호출했을 때 다른 직원이 그러듯 허드렛일을 시키려고 부르는 줄 알았다. 그는 재미교포로 미국계 광고회사가 경영권을 인수한다고 소문이 돌 무렵 스카우트 되었다. 그 뒤로 문화콘텐츠팀장을 맡아 직원 한 명을 데리고 몇 개월 동안 사업 계획을 짜고 있었다.

"같이 일하면 어때요? 새로 시작하는 회사에 인턴으로 입사해서요. 온라인 마케팅을 맡기고 싶은데."

사보를 없애고, 구조 조정한다는 말은 새삼스러울 게 없으나 사보 담당자가 인턴이라니. 아무리 한국이 낯설어도 한국에서 인턴 제도가 어떻게 쓰이는지 빤히 알 텐데 계약 종료를 두고 놀리는 것 같아 농담으로도 받아칠 수 없었다. 나는 얼굴을 굳히지 않으려고 애쓰며 그가 말을 더하길 잠자코 기다렸다.

"아, 인턴이라고 해서 놀랐나 봐요. 보는 눈도 많고, 체계가 없다고 초반부터 루머가 돌면 안 되니까 스카우트 되는 몇 명만 제외하고 한시적으로 인턴제를 운영하기로 했어요. 삼 개월 근무평가 뒤에 시험을 통해 공개 채용할 겁니다. 시험은 온라인 광고 시안 정도로 생각하니까 어렵지 않을 거고요. 나쁘지 않죠?"

그의 말이 사실이라면 나쁘지 않은 제안이었다. 그렇다고 무턱대고 받아들일 만한 것은 아니었다. 내가 얼마나 유능한 인재라고, 구조 조정 전에 이런 제안을 먼저 건네는지. 경제적인 여유가 있다면 모를까, 나는 회사를 관두고 당장 몇 달을 버틸 형편이 안 되었다. 게다가 같이 근무한 적도 없는 그를 믿고 따를 수 없는 일이었다. 뭐라고 대꾸할지 애매해 그의 책상에 놓인 서류에 시선을 두었다.

"대신, 해줄 일이 있어요. 조건이 없으면 뭔가 수상해서 제안을 신뢰하기 힘들 거 아니에요?"

그는 직원들이 어떤 업무를 하는지 일주일에 한 차례 보고하라고 했다. 내가 소속한 마케팅팀과 자주 같이 일하는 홍보팀까지 업무와 구성원들에 대해 보고하라고. 업무분장을 살펴서 각 팀에서 맡은 일은 대강 파악하고 있으나, 중복 업무를 판단하기 어렵다며 사업 개편에 참고자료로 쓸 거라고 덧붙였다. 그리고 이 일은 혼자 하는 게 아니라 여럿이 같이해서 책임질 일은 크게 없을 거라고 부담을 덜어주었다.

"최종 발표 전까지는 평소와 똑같이 근무하면 됩니다. 사내 메일과 전화는 감시 대상이라 직접 보고해줬으면 하는 거고요."

팀장은 업무 파일을 건넸다. CI(Corporate Identity, 기업 정체성 이미지)와 PI 마케팅을 진행한다는 평범한 기획서와 그것을 작성하는 데 필요한 몇 가지 자료였다. 기획서를 넘기자 매체 광고와 캠페인, 대외 홍보지를 발간한다는 내용이 담겨 있었다. 사보에서 이따금 다루는 내용이라 홍보지는 새로운 게 아니었다.

"현제 씨와 비정규직 몇 명이 새 회사에 합류할 겁니다. 부드럽게 연착륙하기 위해 다음 주부터는 비정규직에게 주임이라는 새로운 직함이 부여될 거고요. 같이할 거죠, 강 주임?"

어느덧, 아이는 엄마가 말한 중간의 의미를 알아버린 어른이 되었다.

아이는 엄마의 바람과 다르게 자랐다. 성적은 줄곧 중상위권을 유지했으나 사람들 사이에서 중간에 서는 균형을 잡지 못하고, 중간의 의미를 끝내 파악하지 못해 끊임없이 두리번거렸다. 누군가의 뒤에라도 숨어서 평균의 삶을 살아가길 희망했으나 뜻대로 이뤄지지 않았다. 엄마는 그저 그때, 아이가 남의 입에 오르내리지 않길, 최소한 자기 앞가림은 하고 살아가길 바랐는지 모른다. 그리고 그녀의 안전하고 견고한 새 가족이 아이로 인해 방해받지 않길 희망했었는지도. 엄마가 아이를 만난 마지막 즈음 "쓸데없이 약해 빠져서는" 하고 고개를 흔들던 모습이 아이는 성인이 되어서도 종종 생각났다.

요즘 아이는 자신이 선택한 자신의 아이, 승이를 자주 바라본다. 엄마와 세상을 향한 복수심에서 승이를 택했는지, 아니면 자신이 책임질 어떤 존재와 같이하고 싶다는 소박한 소망이 작용한 건지 승이를 바라봐도 답을 낼 수 없었다. 승이와 같이하는 생활을 유지하려고 빈번히 옮겨 다녔던 직장과 바로 얼마 전 회사 상사의 제안을 받아들였다가 직원들에게 발각되어 노조의 요구로 계약 기간 전에 퇴사해야 했던 처지가,

그래서 구조 조정 대상조차 오르지 못했던 현실이 과연 최선이라고 말할 수 있는지, 혹은 중간으로 살려고 어쩔 수 없이 했던 중간의 선택이었는지 여전히 알지 못했다.

회사는 합병되지 않았다. 대신 외국계 광고회사의 투자를 받아 조직 설계를 단행한 뒤 '비정규직이 없는 회사'를 선언하고 대규모로 신입사원을 선발했다. 아이의 건너편에 앉았던 송 과장이 조직 설계 TF 팀장으로 승진해 그 역할을 했다.

마침내, 아이는 자신의 아이 손을 잡고 엄마를 만나러 갔다.

승이는 손이 시리다고 붕어싸만코를 내게 돌려주었다. 나는 묘지의 상돌 위에 아이스크림을 내려놓고 승이의 손을 감싸 쥐었다. 승이는 이내 손을 뿌리치고는 엄마의 묘지 둘레를 빙글빙글 돌았다. 파워레인저를 외치며 묘지 위에서 폴짝 뛰어내리는 모습을 보니 웃음이 샜다. 엄마의 젊고 찡그린 얼굴이 떠올랐다. 나는 웃음을 지우고 할머니 묘에 올라가면 할머니가 화를 많이 낼 거라고 승이를 나무랐다. 야단을 치거나 말거나 승이는 신이 났을 뿐이다.

엄마는 이제 붕어싸만코를 어떻게 사 왔는지 묻지 않는다. 하지만 어쩐지 못마땅한 시선으로 지금의 나를 쳐다볼 것만 같다. 요양병원에서 나를 아느냐고 물었던 마지막 모습처럼 잘 모르는 사람이 왜 이런 걸 사주느냐고 따지며, 자신의 묘지에 올라가 뛰노는 승이를 보고 버릇이 없다고 혀를 찰 것도 같다. 하긴 엄마가 혀를 차는 사람이었는지 기억에 없다. 병실을 나서며 마지막으로 마주쳤던 눈길도 마치 처음 만나는 사람처럼 공허했다. 그러함에도 엄마는 심심하다고 가지 말라면서 내 팔목을 꽉 붙들었다.

나는 상돌에 올린 붕어싸만코를 반으로 갈랐다. 영상으로 오른 날씨에 아이스크림이 녹아 과자 가운데로 액체가 흘러내렸다. 덜 녹은 쪽을 집어 입에 넣고 오물거렸다. 끈끈한 아이스크림이 입안에 들러붙었다. 그때 엄마에게 건넨 아이스크림도 지금처럼 흐물흐물 녹아 엄마의 기분을 상하게 했는지 모른다. 무엇 하나 평범하지 못했던 생활에 나란 아이는 엄마에게 중간의 삶을 훼방놓은 끈적한 존재였을지도 모르겠고.

묘지에 빳빳하게 오른 잔디를 매만졌다. 성적표가 아닌 퇴직 권고서를 들고, 아이와 함께 엄마를 찾아왔다. 내가 쓴 '자신을 봄'은 중간에 관한 내용이었다고, 하지만 지금껏 내가 살아온 길이 중간은 아닌 것 같다고, 그나마도 '자신을 봄'을 제출할 무렵에는 중간을 희망할 수도 없었다고 나지막하게 중얼거렸다. 끈끈한 아이스크림이 과자와 함께 목구멍에 넘어가지 못하고 자꾸만 입천장에 들러붙었다. 상돌 위에 놓은 아이스크림 반쪽에 개미가 꼬이고 있었다.

엄마, 나 중간은, 진짜 중간만 하고 싶었는데.

엄마는 여전히 고개를 내두를 것이다. 그러나 나는 중간으로 사는 삶이 얼마나 어려운 것인지, 엄마도 그렇게 살지 못했다는 사실을 아주 조금 알고 있었다.

이별 여행

해가 지고 있다. 노을이 수면에서 십오 도쯤 기울어 빛이 번졌다. 정완은 몇 가지 색을 한꺼번에 내는 하늘을 보며 석양도 나쁘지 않다고 중얼거렸다. 지는 해가 아름다워 보이면 나이를 먹는 거라고 엄마가 자주 말하곤 했는데, 정완은 그때마다 뜨는 해도 지는 해도 얼굴이 찡그려져서 싫다고 말꼬투리를 잡았다. 그런데 오늘은 그것이 제법 아름다웠다.

사공은 강을 가리키며 무어라고 설명했다. 그의 말을 알아듣지 못해 모르겠다고 고개를 흔들며 손을 저었지만, 사공은 정완의 반응에 개의치 않았다. 정완은 내젓던 손을 거두고 몸을 기울여 강물을 만졌다. 강가에 늘어선 상점에서 내는 조명 빛과 곧 지는 줄 모르고 마지막 빛을 발하는 해가 강물에 닿았다. 어스름 속에 날카로운 빛이 반사되어 눈을 찔렀다. 어쨌거나 이국적인 풍경을 바라보며 수면에 떠 있는 느낌이 근사하다. 배를 타기 전에 마신 와인 때문에 취기가 올라 기분이 더욱 들떴다. 정완은 핸드폰을 들어 찰나를 기록으로 남겼다.

강 주변으로 사람들이 하나둘 모여들었다. 정완은 머리를 마주하고 등에 불을 붙이는 사람들과 하늘로 오르는 풍등을 번갈아 쳐다보았다. 둥실 떠오른 등이 여유로워 보였으나 그것이 내는 빛은 간신히 남은 해에 먹혀들었다. 아니, 시간이 갈수록 배경으로 같이 어두워진다고 해야 하나. 먼저 오른 풍등이 시야에서 사라지고, 사람들이 등을 올려 어둠을 다시 밝히고. 아래로 꺼지지 않고 계속 오르는 그것들이, 그것을 올리는 사람들이 얼마 전 자신을 보는 것 같아 안타까웠다.

지상에서 어디까지 멀어지는 걸까. 어차피 어둠으로 사라질 거 차라리 띄우지 않는 게 나을지도 모르는데. 아니, 밤을 비웃듯 더 높이 솟아 다른 곳의 빛까지 모두 삼켜버려라. 정완은 짙은 어둠 속으로, 허공으로 사라지는 걸 올려다보며 묘한 해방감을 느꼈다.

적당하지 않다고 했다. 회사를 대표해서 매체와 인터뷰하는 데 적당한 사람이 아니라고, 파트장은 정완이 나설 자리가 아닌 것 같다면서 어쩌다 들춘 생활면 기사를 보고 말하는 것처럼 심드렁하게 대꾸했다. 정완을 대신해서 인터뷰하기로 한 사람은 콘텐츠 개발팀의 윤지혜 차장이었다. 한부모가정을 위한 대규모 콘서트라 의미를 잘 알리려면 가정이 있는 윤지혜가 더 어울린다나.

정완은 자신이 왜 이 일을 계속해야 하는지와 회사에서 다른 사람을 내세우고 싶어 하는 이유, 그러니까 자신이 밀린 진짜 까닭을 곰곰이 떠올렸다. 정완이 기획해 결재받고, 시청과 국회의원실을 드나들며 담당자와 논의했다. 갈등의 시대에, 더군다나 성 비위 사건이 잦아 젠더와 권력의 평등이 화두가 되는 때에 대규모 국민 화합 행사는 의미가 있다고 여러 단체와 사람을 만나 설득했다. 입사하고 십사 년 동안 정완이 했던 다양한 행사를 포트폴리오로 만들어 들고 다니며 시청과 국회에서 캠페인을 같이한다면 많은 국민이 공감할 거고, 그 결과로 그들이 내놓은 정책을 지지할 거라는 말을 덧붙였다. 그때 얘기가 잘된 거 같았는데, 결국에 그 사람이 발목을 잡은 건가.

"갈등이요? 지금, 젠더라고 말씀하셨어요?"

정완은 국회의원 보좌관이 되묻자 자신이 말실수라도 했는지 기억을 더듬었다. 이미 행사 진행자로 유명 개그맨을 섭외했고, 무대에 오를 오케스트라와 가수들의 소속사와도 일정 조율을 마친 일이었다. 각 소속사에는 서울시와 국회가 주관하고 지원하는 행사라고 확정되지 않은 기획서를 펼치고 참여할 국회의원들을 열거하며 협상을 진행했다.

정완은 보좌관의 표정을 조심스럽게 살폈다. 행사를 묻고 있으나 그렇다고 긍정적인 신호는 비치지 않아 심중이 읽히지 않았다. 보좌관은 힐끗 문자를 살피고는 정완을 응시했다.

"서울시라면 최근에도 저희와 부딪쳤는데, 같이할 수 있겠어요?"

"다른 쪽이라 의미가 있을 겁니다. 성 비위라면 여나 야나 늘 시끄러운 주제니까요. 게다가 내용도 그런 게 아니라, 국민 화합 행사잖아요. 갈등과 차별을 넘어선 화해의 하모니. 다른 의원님들도 뜻을 같이하신다니 목소리를 내시면 좋을 것 같아요."

누군가의 결핍을 두고 하는 일이 정완도 즐겁지만은 않다. 입사 초년 시절, 이런 유의 자선 행사를 맡게 되면 행사의 의미를 먼저 생각했다. 의의를 어떻게 전하면 좋을지, 이를 통해 행사 참여자는 어떤 보람을 느낄지, 자신이 진심으로 일에 뛰어들 수 있을지 진지하게 고민했다. 하지만 시간은 흘렀고, 변수가 많은 현장에서 이상을 좇을 수 없다는 사실을 차차 알게 되었다. 그래도 그렇지, 화해의 하모니라니. 얼결에 나온 말에 얼굴이 뜨거워졌다. 싱글맘, 싱글대디, 한부모, 조손가정. 그들과 그들의 아이를 위한 자선 행사라는 타이틀이 지금 둘이 나누는 대화와 무척 안 어울린다는 생각이 들었다. 어쩔 수 없이 밀려드는 자괴감에도 정완은 주어진 일이고, 어렵게 통과된 사안이니까 어떻게든 진행해야 한다는 생각에 진정성은 나중에 담겠다고 마음을 돌려세웠다. 보좌관이 고개를 끄덕이는 걸 보면 얼추 설득한 것 같은데, 얼굴이 홧홧하다고 포기할 수는 없다.

“육 개월 뒤면 총선이 있지 않습니까?”

보좌관은 정완이 설명하며 든 손을 물끄러미 쳐다보았다. 설핏 웃는 것 같기도 한 얼굴을 보며 말을 멈추고 그가 대답하길 잠자코 기다렸다.

“맥을 잘 짚으셨네요. 그렇지 않아도 저희 도울 사람이 필요하긴 했어요.”

그는 정완이 일주일 전에 건넨 기획서를 테이블에 올렸다. 투명 파일 안에는 검토를 여러 번 한 것 같은 연필 자국이 군데군데 남아 있었다. 보좌관은 기획서를 꺼내지 않은 채 검지로 문서의 아래쪽을 가리켰다.

“진행할 업체는 그쪽 회사이고, 총괄이 노정완 팀장님이시던데. 계획을 변동할 가능성은 없죠?”

순수한 질문일까, 계획을 수정할까 봐 염려해서 묻는 걸까. 그도 아니면 기획서에 불만이 있어 바꾸라고 요구하려는 걸까. 보좌관은 서류에 시선을 고정했으나, 목소리가 높낮이 없이 차분해 어떤 감정도 드러나지 않았다. 정완은 그의 의중을 파악할 수 없어 서류에 작성한 내용을 다시 설명했다.

“의원님이 오케이 하시면 일은 저희 팀에서 전담하기로 했습니다. 제가 행사 팀장이니 총괄이라고 부를 수도 있겠네요."

배가 기우뚱 기울었다. 날은 후텁지근했고, 바람은 잠잠했다. 배를 흔들 것이라곤 사공뿐인데, 그는 노를 붙들고 풍등에 시선을 두고 있었다. 달이 해를 먹는 시간. 해가 거의 떨어져 곳곳에 뜬 등과 상점의 불빛이 시야를 밝혔고, 달은 어스름 빛을 내며 점점 모양을 둥글게 만들어가고 있었다.

정완은 무엇에 배가 흔들리는지 살피려고 앉은 자리에서 주위를 둘러보았다. 몸을 살짝 트는데 배가 많이 흔들렸다. 사공은 여전히 하늘만 올려다보고 있었다. 얕은 강이라 이 정도로 배가 흔들리는 것은 아무 문제가 아니려나. 정완은 사공을 부르며 배가 왜 흔들리냐고 보디랭귀지로 물었으나 그는 몇 분 전에 정완이 한 것처럼 아무렇지도 않다는 식으로 고개만 흔들었다. 이가 드러나 웃는다고 짐작할 뿐 그가 하는 말은 알아들을 수 없었다. 겨우 배워온 예와 아니오, 이 나라의 인사말로는 묻고 싶은 걸 다 물을 수 없었다.

같은 배를 탄 사람과 의사소통이 안 되고, 강물은 빛을 반사해 안이 들여다보이지 않아 왠지 모를 막막함이 느껴졌다. 물 아래 시꺼먼 어둠이 정완을 끌어당길 것 같은 불길함도 들었다. 사공에게 돌아가자고 말할까 하다가 말도 안 통하는데 괜한 짓을 하는 것 같아 포기하고 그가 하는 것처럼 하늘을 올려다보았다. 목을 들자 신축성이 없는 드레스가 뒤에서 잡아당겼다. 상체에 여유를 주려고 치맛단을 슬쩍 올리니 다리 옆으로 풀린 실밥이 손가락에 만져졌다. 상점 주인의 성화에 잘 살피지 않고 옷을 산 게 후회되었다. 유카타와 치파오를 섞은 국적 불명의 수십 벌의 옷을 두고 싸다와 예쁘다를 귀가 따갑도록 외치는 상점 주인 때문에 정완은 옷의 질까지 확인할 정신이 없었다. 상점 주인은 언어는 배웠으나 그 단어를 어떻게 써야 손님에게 효과적으로 먹힐지는 익히지 못한 것 같았다.

명색이 비혼 여행인데 예복을 구매하는 노력과 시간을 너무 절약했다. 메이드 인 차이나? 아니면 메이드 인 재팬? 옷을 뒤집어 찾아도 제조국이나 치수, 섬유의 재질이 적힌 태그는 보이지 않았다. 어느 나라 옷이든 적당한 값을 치르고 사야 했는데, 꺼끌꺼끌한 안감하며 마감 처리가 덜 되어 삐죽 나온 실밥, 여성복이라는 체형의 특징을 무시하고 재단한 옷을 보니 여행 전에 인터넷 쇼핑몰이라도 뒤질 걸, 하고 한숨만 났다. 하긴 부리나케 출발해 뭘 고를 여유나 있었나. 실밥을 힘주어 뜯자 배가 더욱 흔들렸다.

풍등이 내는 은근한 불빛에, 드레스 옆트임 사이로 튀는 차가운 강물. 좋게 생각하면 놀이공원에서 물놀이 기구를 탄 것 같은 상황이었다. 여행을 떠나기 전에 바란 모습이기도 했다. 그렇게라도 생각해서 어렵게 온 여행을 망치지 말아야지. 아니, 배를 길게 탄다 해도 말릴 사람은 없고, 당분간 쫓길 일도 없지? 정완은 쓴웃음을 흘리며 배의 측면을 단단히 붙잡았다.

정완이 그때 약간의 미소를 띤 건 의도한 것은 아니었다. 그저 회사 십사 년 차로 업무를 볼 때 으레 입는 작업복 같은 거였다. 속을 알 수 없는, 특히나 어려운 상대를 대할 때 짓는 그런 표정은 무의식중에 튀어나왔다.

보좌관은 정완의 대답에 손깍지를 끼어 무릎에 올렸다.

"실은 저희 의원님이 이 주제에 관심이 많으세요. 의원님도 어머님이 혼자 키우셨거든요. 그래서 총괄을 바꾸면 행사가 더욱 의미 있지 않을까, 실례를 무릅쓰고 말씀드렸습니다."

정완은 그의 말에 네? 하고 되묻다가 답이 없자 자신을 가리켰다. 실례라는 말이 당당한 태도와 도무지 어울리지 않아 잘못 이해한 것 같은 생각이 들었다. 보좌관이 옅은 미소를 띠며 고개를 주억거렸다.

"저희 의원님은 당연히 나서실 거고, 거기에 시장님과 국회의원 몇 분이 같이하면 그림이 될 것 같아서요. 의원님 같은 사연이 있거나 여성 국회의원이 끼면 제법 괜찮은 기사가 빠지지 않겠습니까."

업무로만 따지면 나쁘지 않은 아이디어였다. 아니, 그들의 '사연 팔이'를 허락한다면 행사의 취지와 상당히 어울리는 제안이었다. 그러나 총괄을 바꾼다는 말이, 그것이 행사와 무슨 상관인지 이해가 안 갔고, 그림이 된다는 소리는 알아들을 것 같아 기꺼이 맞장구치기 싫었다. 그림이 된다는, 제법 괜찮은 기사라는 말은 듣기에 따라서 충분히 문제 삼을 수 있었다. 정완은 요구가 불편하고 까다로워질 것 같은 예감에 필기구를 꺼내는 척 핸드폰 녹음 기능을 켰다.

"아, 그러시군요. 그런데 왜 총괄을 바꾸시려는지…… 혹시 제 경력이 못 미더워서 그러신가요?"

보좌관은 투명 파일 안에서 문서를 꺼냈다. 그는 빠르게 세 번째 페이지를 펼쳤다. 한부모가족 행사 세부 계획을 작성한 곳이었다.

"수백 가족이 모이는 행사더라고요. 아이들까지 고려하면 참석 인원이 오백여 명에 가까울 거고. 그렇다면 행사 담당자는 싱글맘이거나 싱글대디, 적어도 아이가 있는 사람이 맡아야 적당하지 않겠어요? 총괄이 미디어와 인터뷰도 한다면서요. 나중에 홍보할 때도 이런 사람들이 모여서 같이 준비했다고 하면 진정성이 더할 테고요."

적당한 사람이라, 진정성이라. 정완은 그 말에 작업복 같은 표정을 걷고 웃음을 터뜨렸다.

그간 다양한 거절을 받아왔다. 구직하러 다닐 때는 노가다가 많은 행사 업체라 여자 체력으로는 무리라는 말을 듣고 미끄러졌고, 작은 기업이면 능력만 보고 뽑아줄까 기대하고 지원했는데 술 마시는 접대가 많아 곤란하다며 정완을 배려하듯 말하고는 더 좋은 곳에 취직하라는 덕담까지 해주었다. 이력서나 자기소개서가 문제가 아니라는 것을 깨닫고, 힘쓰는 일에는 누구보다 자신 있습니다! 대학 때 별명이 술고래였습니다, 라는 하나 마나 한 헛소리를 면접에서 내뱉을 때도 있었다. 입사해서는 그런 비교가 싫어 누가 시키지 않아도 현장에 먼저 나갔고, 육체적으로 힘에 부치는 일은 밀리지 않으려고 이를 악물며 버티며, 근육통은 진통제와 파스로 견뎠다. 아침마다 각종 비타민과 홍삼액은 거르지 않았고, 접대를 위해 골프 강습도 부지런히 받았다. 야근은 말할 것도 없거니와 술자리에 빠지지 않고 참석해 상사와 고객사의 비위를 맞추곤 했다.

어느 수준의 스킨십까지 이해해야 하는지, 어느 정도의 농담을 우스갯소리로 치고 넘어가야 하는지. 그게 그르다거나 불편하다거나 하는 감정과 사회적인 잣대는 고민하지 않으려고 애썼다. 정완은 그저 그보다 나쁜 상황에 빠지지 않게, 일에서 배제되었던 과거를 떠올리며 감정 소모를 덜 하는 선에서 상대방이 기분 상하지 않게 그들의 어떤 행동이 걱정된다는 식으로, 필요하다면 직접 꼬집어 말해 문제를 풀어갔다. 그게 최선이라고 생각했다. 나이와 위치가 어떻든 현장에서 구른 정완의 판단은 그들보다 빨랐고, 문제에 대한 인식도 훨씬 낫다고 믿었으니까.

그런 자기최면 때문일까. 정완은 입사 오 년 차가 넘어갈 무렵, 회사에서 인정받는 한 선배가 그러는 것처럼 자신을 정완이 형이라고 불러도 좋다고 농담처럼 떠들고 다녔다. 선배도 언니도 아닌 형이라는 호칭의 이면을 진지하게 고민하지 않았다. 다만 나름대로 회사에 적응하면서 사람을 어떻게 대해야 유리한지 알고 있었다. 사내에서 혹은 외부에서 난처한 상황이 되면 걱정을 담은 경고를 해 문제가 될 것은 미연에 방지했다. 물론 회사에서 달성한 영업 실적도 우수한 편이었다. 하지만 후배들은 정완을 그렇게 부르지 않았다. 선배나 언니, 하물며 이름으로도 부르지 않았다. 앞에서는 직함으로 불렀으나 저들끼리 있을 때는 흉자라고 한다든가. 그들은 술자리에서, 카페와 식당에서, 회사 휴게실에서 정완을 그렇게 부르고 낄낄댔다. 그리고 그렇게 부른다는 소리를 팀원도, 다른 부서 직원도 아닌 고객사 신입사원에게 전해 들었다.

"여긴 분위기가 리버럴한가 봐요. 우리 회사는 비슷한 말만 나와도 블라인드에 올라가 엄청 씹히는데."

정완은 당황해 무슨 말인지 되물었으나 이내 목소리를 낮췄다. 자신이 하는 일을 알지도 못하면서 왜 떠드냐고 따지기에는 아무것도 모르는 고객사 직원이라 쓸데없이 힘만 빼는 거였다. 그 말이 돌았던 상황을 해명할 필요도 없고, 자칫 잘못했다간 회사의 평판을, 아니 제 능력까지 깎아내릴 수 있었다. 해맑게 묻는 얼굴을 보니 잘 설명한다 해도 알아들을 것 같지 않았다. 정색하고 화내봤자 루머만 무성해질 테고, 동료와 어울리지도 못하는데 행사를 감독할 수 있겠느냐는 억측이 돌까 봐 별거 아니라는 듯 말이 지나쳤다며 어깨를 으쓱해 보였다.

그 일이 있고 나서 정완은 한동안 직원들과 어울리지 않았다. 일은 같이했으나 불필요한 잡담은 나누지 않았다. 직장에서, 그것도 행사와 접대가 많은 회사에서 살아남으려면 어떻게 처신해야 하는지 몰라서 그러지? 그들의 뒷담화와 비웃음을 무지에서 나오는 거라고 무시했지만, 동료가 준 배신감까지 아무렇지 않게 받아들이기는 어려웠다. 화를 내면 인정하는 꼴이라는 게 더욱 억울했으나 그간 어렵게 쌓은 것을 생각하면 함부로 분통을 터뜨릴 수 없었다. 게다가 그들과 자주 현장에 파견되는데 얼굴을 붉히면 일하기 곤란해질 것이다.

그러함에도 정완은 자신이 정말 그런 부류의 인간이었는지 불쑥 치미는 분노에 호흡이 이따금 조여 왔다.

보좌관은 정완의 웃음에 별로 기분 나빠 하지 않았다. 그는 정완의 표정을 마음에 두거나 궁금해하지 않는 것 같았다.

"회사에 보고하는 게 껄끄러우실까 봐 실은 제가 여기 오기 전에 연락했습니다. 다행히 이해해주시더군요. 그쪽에서는 팀장님이 행사를 전반적으로 설계했다면서 의견을 직접 조율하라던데, 능력이 대단하신가 봐요?"

경력이 짧지 않으나 시나리오에 없는 상황이 되면 정완은 생각이 꼬였다. 일은 내가 하고, 얼굴마담은 입맛에 맞는 사람을 시키려는가. 직계 상사나 동료가 자신의 성과를 뺏은 적은 수도 없이 많다. 하지만 담당자가 결혼을 안 한 게 업무를 보는 데 결격 사유가 될 수 있으며, 담당을 바꿔서 그들이 얻을 게 있기나 할지. 방송과 신문, 광고, 하물며 인스타그램이나 유튜브에도 앞에 나설 사람은 행사 업체가 아니라 시청 관계자와 국회의원, 행사에 참여하는 한부모가족, 그도 아니라면 홍보대사로 뽑힌 연예인이다. 누가 진행을 총괄하든 홍보물을 접하는 사람들은 신경 쓰지 않을 거고, 행사에 참여하는 데도 상관없을 일이다.

정완은 보좌관을 응시했다. 이십대 후반? 혹은 동안인 삼십대? 그 나이대의 정치권에 종사하는 사람과 몇 차례 일한 적이 있는데, 지금 자신의 앞에 앉은 사람은 그간 만난 사람들과 달라 어떻게 얘기를 끌고 가야 할지 종잡기 어려웠다. 한쪽 귀에 피어싱한 것과 자신을 거부하고 있다는 사실만 겨우 알아차렸을 뿐이다.

"따로 하실 말씀이라도 있으세요? 기획서대로 할 거라 준비한 행사는 보고 계신 게 전부입니다."

"이해해주신다니 감사하네요."

"정해진 거잖아요. 따져봤자 피차 기분만 상하고, 일이 더뎌질 것 같아서요. 물론 제 입장으로는 열심히 준비한 거라 유감입니다."

"제가 전문가가 아니라 딱히 드릴 말씀은 없어요. 다만 껄끄러운 인사가……"

보좌관은 미간을 문지르며 고개를 돌렸다. 처음으로 감정을 내보이는 행동이었다. 정완이 그 사람이 누구인지 말해보라는 의미로 고개를 끄덕이자 그는 같은 당의 국회의원 이름을 꺼냈다. 그가 말한 사람은 초선의 비례대표 의원으로, 누구인지 알아차리는 데 시간이 약간 걸렸다.

"시민단체 출신이라 뭐랄까. 좋게 말하면 아이디어 뱅크지만, 냉정히 말해서 현실을 모르는 또라이예요. 그래서 우리 의원님이 내는 법안마다 반대하고 있고요. 그 사람이 지향하는 게 노동자, 여성, 청년층 그런 것인데 이번 행사의 키워드가 어린이, 한부모, 가족이라 그 사람도 섭외했을 거란 생각이 들어서요."

정완은 고개를 내저으려다 그만두었다. 안타깝게도, 아니 지금 상황으로는 다행스럽게도 명단에 그 사람은 없다. 초선의 비례대표 의원까지, 더군다나 별로 유명하지 않은 사람까지 고려할 겨를이 없었다. 회사에서는 성과를 드러낼 유명인이 필요했다. 정완은 명단을 확인해보겠다면서 핸드폰을 들어 그가 말한 국회의원을 검색했다. 보좌관이 보필하는 의원과 비슷한 나이, 같은 성별, 시민단체, 십여 년 전 다른 당에서 윤리위원으로 활동한 경력. 정완이 할 말이 대충 골라졌다.

"성함이 어쩐지 귀에 익다 싶었는데, 명단에 있었네요. 아직 그 의원님께는 연락은 안 드렸어요. 이번 주 내로 찾아봬야죠."

보좌관은 대꾸가 없었다. 정완의 답에 할 말을 고르는지 테이블에 올려둔 서류만 유심히 내려다보았다. 어쨌거나 대화의 물꼬를 텄으니 거래해야 했다. 코로나로 이삼 년 동안 대규모 행사를 못했는데 이마저 놓치면 정완으로서는 낭패였다.

"이런 말씀을 왜 저한테 하시는지, 사람을 제하는 거라면 후임이 해도 무리 없을 텐데요."

"팀장님이 전문가시라면서요. 뭐든 전문가가 터치하는 게 낫죠."

보좌관은 행사 기획서를 각을 맞추어 투명 파일 안에 도로 집어넣었다. 스테이플러로 찍은 거라 서류의 각은 맞출 필요가 없었다. 정완은 보좌관의 불필요한 행동을 살피며 전문가라는 말을 되뇌었다.

"노 팀장님이 수완도 좋으시고, 일을 섬세하게 처리한다고 파트장님께 추천받았어요. 특히 복잡한 상황을 교통 정리하는 데는 기막히시다고요."

한 사람을 행사에서 빼라는 말을 이렇게 공들여 할 필요가 있을까. 방금 찾은 인물 정보에 따르면 두 의원은 정당만 같지, 지지하는 정책이나 살아온 인생은 무척 다른 사람이었다. 변화무쌍한 정치판이라 그들의 관계가 앞으로 어떻게 엮일지, 나중에 막역한 사이가 될지 예상할 수 없으나 지금만 따지면 손잡을 확률은 거의 없어 보였다.

"그 의원, 이번 행사에 꼭 끼워주시죠. 원래 계획했던 대로요."

정완은 얘기가 자신이 짐작했던 방향으로 흐르지 않자 말을 멈추고 보좌관을 빤히 쳐다보았다.

"그전에 같이할 사람들과 자리를 한번 마련했으면 해요. 세팅은 저희가 할 거니까 시간과 장소만 참석자에게 통보하면 됩니다."

강이었으나 물결이 잔잔해 정완에게는 이곳이 평온한 호수같이 느껴졌다. 아니, 사실은 이국적인 분위기의 관광지라는 생각 이상은 없었는지도 모른다. 어쨌든 여행이니까, 그것도 비혼 여행을 왔으니까 이곳이 강이든 호수든, 설사 바다라 해도 무슨 상관있을까.

다만 드레스가 빳빳해 움직이기 힘들어 몸이 점점 뻐근해질 따름이었다. 시간을 확인했다. 배를 타고 벌써 사십 분이 지났다. 얼마 동안 타기로 하고 배에 올랐더라. 몇 분을 약속하고 탔는지 기억에 없다. 하긴 말이 안 통해 대강 손가락을 꼽고 고개를 끄덕인 것으로 기억한다. 배는 어딘가로 향해 강변을 따라 등을 올리는 사람들과 상점에서 멀어지고 있었다. 해가 져 기온이 떨어졌는지 팔과 다리에 오소소 소름이 올랐다. 시간이 길어져 뱃삯이 느는 것보다 날이 춥고, 옷이 갑갑해 얼른 숙소로 돌아가고 싶었다. 팔짱을 끼어 몸을 오그린 채로 사공을 계속해서 불렀다. 사공은 돌아보지 않았다. 정완은 짜증스러워 사공의 등을 두드리려고 엉거주춤 자리에서 일어섰다. 순간 배가 흔들렸다. 이어 드레스가 엉덩이와 허리 사이에 끼여 몸의 균형을 잃었고, 그 바람에 발이 미끄러져 치맛자락을 밟았다.

바람은 차고, 어둠은 깊어졌다. 석양이 있을 때보다 하늘이 어쩐지 더 밝다는 착각이 들었다. 구름에 가린 달과 이따금 보이는 별이 믿기 어려운 밝은 빛을 발하고 있었다. 정완은 한기에 몸을 더 웅크리고 싶었으나 살짝 움직여도 어딘지 모르는 곳에서 물이 흘러들었다.

사공은 어디로 사라졌을까. 몇 분 전 정완은 배 위에서 비틀거리다 강물에 그대로 빠지고 말았다. 허우적거리며 든 생각은 여기에서 죽을 수는 없다는, 그간 잊고 지낸 어떻게든 살아야 한다는 강렬한 열망이었다. 아니, 본능적으로 버둥댈 뿐 어떤 생각도 들지 않았다. 배를 겨우 붙잡고 올라와 한참 동안 숨을 골랐다. 짠물을 잔뜩 먹어 콧속이 맵고 눈이 흐릿해 정신을 차리기 어려웠다. 그런데 물이 왜 짜지? 여긴 강이 아니었나. 그새 바다로 넘어갔나. 물에 빠지면서 드레스 옆 단이 허벅지까지 길게 찢겼고, 쥐고 있던 핸드폰은 놓쳐버렸다.

정완은 머리칼에서 뚝뚝 떨어지는 물을 짜내며 주위를 둘러보았다. 아무도 없었다. 그나마 다행인 건 배는 더 흔들리지 않고, 물도 차오르지 않는다는 거였다. 혼자인 게 새삼 두렵지는 않은데 무얼 해야 할지, 어떻게 빠져나갈지 막막했다. 배는 어디로 향하는지, 시간이 어떻게 되었는지 헤아릴 길도 없었다. 나는 왜 낯선 곳을, 그것도 홀로 부유하고 있을까.

정완은 입에 고인 짠물이 메슥거려 침을 가득 모아 허공에 뱉었다. 여행이 왜 이렇게 되어버렸는지 화가 치밀어 욕설을 멈출 수 없었다. 목청을 다해 크게 외쳤다. 대체 어디까지 날 끌고 가는 건데? 여긴 호수도 아니고, 관광지도 아닌 아주 시꺼먼 짜디짠 바다잖아! 정완은 자신이 표류하고 있다고, 사람이 있으면 누구라도 구해달라고 목소리가 나오지 않을 때까지 악을 쓰며 울부짖었다. 그리고 그때 일은 제가 잘못한 게 아니라는, 자신은 해볼 만큼 했다는 항변을 비로소 입 밖으로 꺼내었다.

모임이 있기 사흘 전, 정완은 보좌관의 문자를 받았다. 그는 정완에게 회사 직원을 포함해 다른 사람은 절대 모임에 데려오면 안 된다는 다짐을 받고, 약속 시각 전에는 나가 있지 말라면서 장소 링크를 보내왔다. 정완은 문자를 받고 고개를 갸웃했다. 모임을 공지하기에는 시간이 촉박해 예의에 어긋났고(심지어 대상이 국회의원과 고위 공무원인데), 모임 장소도 회의하기에 적당한 곳이 아닌 청담역 근처 가구전문점이었다.

잠시 골똘했으나 오래 고민하지 않았다. 긴밀히 상의할 게 있어서 장소를 보안에 부친 거라고, 가구점에 가면 진짜 회의 장소로 안내할 것으로 생각했기 때문이다. 사실 참석하기로 한 의원들의 정보를 찾아 정책과 성향을 분석하느라 자잘한 것에 신경 쓸 겨를이 없었다. 보좌관이 경계하는 의원이 발의한 노동계 정책과 청년 실업 대책을 들여다봤고, 여당 의원이 밀고 있는 지역구 공원화 사업, 시에서 벌이는 문화 도시 설립과 다문화가정 지원 정책 등등 정완이 기획한 행사와 상관없어도 그들이 지지하는 정책을 알아야 매끄럽게 회의를 진행할 수 있었다. 행사 전 모임이지만, 깔끔하게 해내야 자신이 하기로 한 일을 도로 가져올 수 있을 것이다.

정완이 가구점에 들어가 회의에 왔다고 말하자 점원은 어디에서 왔는지 물었다. 정완은 보좌관과 입을 맞춘 대로 포레스트라고 대답했고, 그 말을 들은 점원은 가구점 안에 있는 직원 휴게실로 정완을 데려갔다. 탈의실처럼 꾸민 곳의 긴 커튼을 들추자 승강기가 나왔다. 점원은 지하 이층을 누르며 내려가면 손님들이 기다릴 거라고 공손히 안내했다.

룸이 여러 개 보였다. 그러나 어디로 향할지 고민하지 않았다. 접대 자리를 종종 다녀 룸살롱의 구조는 낯설지 않았고, 여러 개의 룸 중에 두 곳만 불이 켜져 있어 그중 하나라고 짐작했다. 한 곳은 사람들 앞에 다과가 세팅되었고, 다른 곳은 조명만 켜진 채 텅 비어 있었다. 다과가 세팅된 방에는 보좌관이 경계하는 야당 의원과 그의 수행 비서, 시청에서 잠깐 마주한 적 있는 공무원 둘이 자리하고 있었다. 정완은 실내가 다소 어둡다고 생각하며 찾아오는 데 힘들지 않았냐고 인사했고, 사람들은 정완만큼이나 어색한 목소리로 담당자가 왜 이제야 나타났느냐고 농담조로 나무랐다. 조명이 흐릿해 난감한 얼굴이 들키지 않은 게 다행이라고 여겼다. 자리를 마련한 보좌관과 그가 모시는 국회의원, 여당 의원과 그를 따르는 사람들은 보이지 않았다. 정완은 약속 시각이 오 분 남았음을 확인하고, 자신을 부른 보좌관에게 전화했다.

"저기, 사고가 났어요. 일단 진행하고 계실래요?"

보좌관은 사고 처리 때문에 정신없다며 다른 말을 묻기도 전에 서둘러 전화를 끊었다. 정완은 참석자가 덜 왔다는 말도 못하고 끊긴 전화를 내려다보았다. 언제 시작할 거냐는 공무원의 성화에 가지고 온 서류를 들었다. 늦게 참석하는 사람에게 다시 설명하는 것은 어렵지 않다. 다만 보좌관이 왜 회의를 비밀스럽게 열었는지 알 수 없어 단순히 행사를 설명만 하면 되는지 가늠하기 어려웠다. 뭔가 일이 꼬였다고 생각했으나 사고가 났다고 외치는 소리에 더 물을 수 없었고, 딱히 잘못될 게 없어 고민하지 않았다. 정완은 이미 아시는 내용일 테지만, 으로 시작해 도와주시면 행사가 더욱 풍성해질 것 같습니다, 로 끝맺고 있었다.

문이 벌컥 열리더니 불이 환하게 켜지고 대여섯 사람이 몰려들었다. 모두 무채색 계열의 옷을 입고 있었는데 그중 두 명은 카메라와 녹음기를 들었고, 뒤따라 들어온 한 명은 광택이 도는 슈트를 입고 달려온 사람들을 말렸다. 나머지 두 명은 누군지 알 수 없었으나 미란다원칙을 외치는 소리에 경찰이라는 것을 알아챘다. 종업원으로 보이는 사람이 카메라를 막았다. 정완은 당황해 무슨 일이 벌어지는지 정확히 알지 못하면서 절대 아니라고 팔을 마구 저었다. 유흥업소처럼 생겼으나 술을 마시거나 접대부를 부르지 않았다. 그렇다고 이상한 약을 하거나 하려고 시도하지도 않았다.

"저희, 회의하는 거라고요!"

정완은 경찰로 보이는 사람들에게 소리 지르며 행사 자료를 머리 위로 흔들었다. 사람들은 정완을 쳐다보다 코웃음을 치며 시선을 돌렸다. 정완은 그제야 주변을 똑바로 둘러볼 수 있었다. 테이블 끝에 세워놓은 이동 카트에는 양주와 맥주, 크리스털 잔, 얼음통이 올려졌고, 천장과 벽은 밝은 조명 말고도 간접 등이 켜져 다양한 빛을 냈으며, 천장 가운데 미러볼은 다른 조명이 반사한 빛을 담고 있었다. 지금껏 조명을 환하게 켜지 않아 주변에 무엇이 있는지 알아보지 못한 것이다. 아니, 어떻게든 참석자들의 환심을 사야 한다는 일념에 실내가 어떤지 체크할 생각조차 하지 않았다. 그들 앞에 떡하니 설치된 노래방 기계와 위생 커버가 씌워진 마이크, 한 쌍의 탬버린은 회의라는 말과 도무지 어울리지 않았다.

소파에 앉아 있던 의원과 공무원들은 상의로 얼굴을 가리며 함정에 빠졌다고 악을 썼다. 국회의원 비서는 몰려든 사람들에게 어디에서 나왔느냐고 해명을 요구했고, 정완은 잘못했다간 뒤집어쓸 것 같은 정황에 어느 쪽에도 서지 않고 멀리 물러나 사달을 지켜보았다. 경찰이 벽을 더듬거려 쪽문을 열었다. 번쩍이는 미러볼 아래로 노출이 많은 화려한 복장의 사람들이 몸을 구부리고 줄지어 나오고 있었다.

정완은 그때 입을 열 수 없었다. 경찰 조사를 받으며 보좌관에게 연락했으나 없는 번호라고 안내되었고, 회사에 전화를 걸자 파트장은 정완을 승진 대상에 올렸다며 회사와 정완의 미래를 생각해 현명하게 처신하라는 말을 반복했다. 목소리가 미세하게 흔들리고 있었다. 정완은 분위기가 심상치 않음을 알아채고 통화 녹음 버튼을 눌렀다. 파트장은 자주 연락하면 회사까지 의심받을 수 있으므로 본인이 전화하기 전에는 연락을 삼가라며 급히 전화를 끊었다.

긴 조사 뒤에 뉴스를 검색하자 야당 의원과 공무원은 불법 성매매업소 이용 사실이 의심되어 조사하고 있으며, 해당 국회의원은 여론이 악화되어 곧 있을 원내총무 경선에서 배제될 가능성이 있다고 보도되었다. 경찰은 참고인 조사 중에 시민단체 '포레스트'가 이들의 성매매 알선에 가담했다는 증언을 확보해 이들도 같이 수사하고 있다고 밝혔다.

은밀한 함정, 정완은 자신도 그 구렁텅이에 빠진 것을 깨달았다. 가구점 점원에게 포레스트에서 왔다고 말하긴 했으나 전혀 모르는 일이었다. 정완은 경찰이 포레스트를 물었을 때 긍정하면 안 된다는 촉이 발동해 영화 「리틀 포레스트」요? 그, 김태리 나오는 거 말씀이시죠? 하고 어처구니없는 말을 뱉었다. 불법 업소인지 알았느냐는 추궁에는 집합 금지가 풀린 게 언제인데 회의가 무슨 문제라도 되느냐며 회의 자료를 내밀었다.

정완은 파트장의 당부에도 불구하고 경찰 조사를 받고 돌아가는 길에 회사에 전화를 걸었다. 파트장의 직통 번호였는데, 윤지혜가 당겨 받았다.

"고생 많으시죠? 파트장님이 다른 건 생각하지 말고, 조사만 잘 받으라고 전하라시네요. 아…… 그 행사는 여론이 잠잠해질 때까지 미루기로 했어요. 이번 인사에서 제가 팀장님 자리로 옮기니까 미리 처리하고 있을게요. 인수인계는 걱정하지 마시고, 마무리되면 여행이라도 다녀오세요."

데면데면 굴던 사람의 목소리에서 연민이, 그런데 우울하지 않은 담담함이 묻어났다. 배려와 경계 사이의 어떤 지점. 정완은 윤지혜의 말에 야릇한 분노가 일어 주먹을 쥐었다. 그러곤 한참 만에 주먹이 향한 방향이 잘못되었음을 깨달았다. 그때 보좌관은 파트장에게, 파트장은 보좌관에게 무엇을 부탁했을까. 파트장은 정완을 어떤 분야의 전문가라고 소개하며 일을 맡겨도 된다고 말했을까. 복잡한 상황을 교통 정리하는 데 기막히시다고요……

정완은 가던 길을 멈춰 핸드폰을 들었다. 이번 업무 중에, 아니 그전 프로젝트에서 어느 시기의 행사에 녹음했던 파일을 찾아보고는 파트장의 직통 번호로 전화를 다시 걸었다. 자신의 전화를 피할까 봐 편의점에 들러 와인을 한 병 산 뒤에 전화 한 통만 쓰겠다고 부탁했다.

"전데요. 휴가 좀 처리해주세요. 며칠 비혼 여행을 다녀오려고요. 그리고 파일을 보내니까 신중히 보시고, 나중에 얘기하시죠."

정완은 말을 뱉으며 근처 공원으로 터덜터덜 걸었다. 해가 기울고 있었다. 산책로를 따라 걷는 사람들 사이로 빛이 길게 늘어졌다. 정완은 벤치에 걸터앉아 윤지혜가 말한 여행을 곰곰이 생각했다. 순간 낯선 땅이, 아무도 자신을 찾지 않을 이국이 눈앞에 그려졌다. 까만 하늘에는 태양보다 밝은 달이 떠 있고, 배에 오르면 차가운 강물이 측면에 부딪혀 얼굴까지 시원하게 적셔줄 어떤 곳. 경찰 조사도 안 끝났는데 이대로 떠나면 무책임하려나? 경찰이, 아니 회사가 자신을 순순히 놓아줄까? 정완은 방금 구매한 와인을 따서 병째 들었다. 아무려나, 상관없을 일이다. 남들은 신혼여행으로 간다는 그곳을, 일에 치여 풍광 따위는 즐길 여유가 없다며 휴양지는 자신과 관계없다고, 회사 규정상 신혼여행 휴가도 이용할 수 없는 건 폭력이 아니냐며 투덜거렸던 그 여행을 지금 떠난다 해도 누구도 뭐라 할 수 없을 것이다. 정완은 그저 생각을 정리할 시간이 필요했다. 그만큼 했으면 잠시 쉬어도 되며, 그래서 지금이 여행하기에 매우 적절한 시간인지도 모른다. 남은 술을 마저 들이켜고, 벤치에 기대 누워 앞으로 떠날 여행을 그려보았다.

물 아래에서 올려다본 하늘이 제법 밝다. 달과 별, 멀리 어느 곳의 고깃배에서 뿜어내는지 모를 빛들이 물의 장막 위에 어우러져 몽환적인 색감을 내었다. 정완은 지칠 대로 지쳐 물에 잠겼으나 저항할 기운조차 없는 몸은 어느새 둥실 떠올랐다. 이렇게 또 어디로 흘러가는가, 잠깐 그런 생각이 스쳤으나 어디로 흐른들 의미 없어 고민은 길게 이어지지 않았다.

허기와 추위에 오들오들 떨다가 아무도 자신을 구해줄 수 없음을 깨달았다. 헤엄을 쳐서 뭍으로 올라가든, 허름한 배 위에서 버티다 쓰러지든 선택해야 했다. 정완은 무엇이 자신을 잡아당기는 것처럼 바다에 다시 뛰어들었다. 실은 몸에 기운이 빠져 물살에 배가 흔들리자 그대로 엎어진 거였다. 어떻게 되든 상관없다고 생각했는데, 노곤하고 지쳐 빨리 끝나길 바랐는데 정완은 살기 위해 또 한참을 버둥거렸고, 힘이 떨어지자 물 위로 몸이 둥둥 떴다. 모든 게 어쩐지 반복되는 기분이었다.

고개를 젖혀 밝은 듯 까만 어둠을 오래 바라보았다. 무엇으로도 자신이 어디에 있는지, 시간이 어떻게 되었는지, 왜 여기에 혼자 남았는지 가늠할 길이 없었다. 다만 여행을 왔고, 아직은 할 일이 남았다는 사실이 떠오를 따름이었다. 그러다 문득 회사에 전할 물건, 그러니까 자신을 구해줄 목소리가 남아 있다는 사실이 기억났다. 정완은 허우적거려 사방을 돌아보았다. 강원도의 한 천문대에서 '누워서 별 보기 체험 행사'를 했을 때 봤던 광경이 떠올랐다. 미친 듯 고개를 움직여 빽빽하게 뜬 별을 올려다보았고, 그곳에서 북두칠성과 북극성을 찾아냈다. 이제 북쪽을 알아냈으니 회사의 방향만, 그 사람들이 있는 쪽만 기억하면 되었다.

정완은 물길을 헤치며 자신을 이끄는 별빛에 탄성을 질렀다. 어느 틈에 거추장스러운 드레스도 벗겨져 그야말로 홀가분했다. 맨살을 감싸는 바닷물은 포근했고, 몸이 이완되어 빠르게 나아갈 수 있었다. 바다 가운데에서 오랜 시간 괴롭혔던 두려움도 완전히 사라졌다. 바닷물이 닿은 입술에 달큼하고 씁쓸한 와인 향이 감돌아 진짜 여행을 온 듯 기분마저 몽롱했다.

정완은 더욱 힘차게 팔을 뻗었다. 금방 닿을 듯했지만, 주변이 안개에 자욱이 가려 향한 곳이 좀처럼 가까워지지 않았다. 언젠가는 여유롭게 이곳을 찾을 날도 오겠지, 아쉬운 마음을 달래며 빛이 끄는 방향으로 기운차게 몸을 움직였다. 마지막 춤을 추듯, 정완은 물살을 헤치며 우아하게 앞으로 나아갔다. 저만치 목적지가 가까워지고 있었다.

교만한 요새의 여성과 아이들

전청림(문학평론가)

1

이정연의 소설에 등장하는 공간은 늘 특이하다. 『천장이 높은 식당』(한겨레, 2020)에서의 식당이 경단녀 영양사가 마주한 높은 유리천장으로 그려졌다면, 『미러볼이 있는 집』에 등장하는 아홉 가지의 공간은 대다수가 노동자인 인물들이 처한 여러 가지 환경들로 변주된다. 생산이 이루어지는 직업의 현장은 하나의 계약된 터전으로서 우리가 겪는 삶의 조건을 장악한다. 일터에는 덩그러니 장소와 일거리만 있는 것이 아니다. 먹는 것과 입는 것, 함께 말하는 사람, 머무는 시간, 몸에 자주 닿는 사물이 노동자가 경험하는 특이한 시공간을 만

들어내고 있기 때문이다. 다양한 힘과 감정이 오고 가는 그 일터에서 우리의 존엄을 오롯이 지키는 일은 쉽지 않다. 타인에 의해 통제된 자리, 다시 말해 우리의 존재 이전에 선행되어 있던 자리인 일자리에 구겨지듯 들어설 때 정신의 한 모서리는 접히기 마련이다. 그렇게 때로 우리는 임금을 받기 위해 폭력과 계약한다. 이정연의 소설 속 공간은 바로 그 폭력을 가시화하기 위해 정교하게 연출된다.

"일터에 들어가는 것은 자유가 아니며, 일터에 있는 동안 우리 시간은 우리의 것이 아니다"[1]라고 말한 어밀리아 호건의 지적처럼, 일자리는 자유의 상실 및 폭력과 밀접하게 관련되어 있다. 그리고 일터라는 말이 아무리 추상적이고 보편적으로 들릴지언정, 각각의 일을 부여받은 노동자들에게 일자리는 피부에 와닿을 정도로 구체적인 조건과 작업을 지칭한다. 건강이나 여가와 같은 개인성이 임금 보상과 타협되고 휴식과 우울이 오고 가는 세상 모든 노동자의 일자리는 제각기 다른 모욕과 일상으로 이루어져 있는 것이다. 작가는 이 중에서도 여성 노동자들이 겪는 이해관계에 주목하며 다층적인 권력의 시선을 천천히 읽어낸다. 일터라는 지배적인 공간 속에서 여성 노동자는 신체와 성적인 온건함을 수호하기 어려운 여러 겹의 불의를 동시에 경험하기 쉽다는 것, 즉 "여

1 어밀리아 호건, 『노동의 상실』, 박다솜 옮김, 이콘, 2023, 26쪽.

성을 단순한 객체로 다루며 평등한 존중이나 온전한 자율성을 부정하는 일상적 경향 속에 교만이라는 악이 작동하고 있다는 사실"[2]을 토로하기 위해서다. 미투 운동이 가져온 사회의 관심은 현시대의 여성을 향한 존중이 진보했다는 착시를 가져올 수도 있겠으나, 그와 같은 착시는 미묘한 특권과 차별의 문제들이 온전히 소화되었다는 둔감함을 가져올 뿐이다. 그러니 이정연의 소설은 여전히 이야기되어야 마땅한 일들을 위해, 그리고 그 이야기를 납작하고 고루한 방식으로 풀어내지 않기 위해 여성이 처한 노동의 형태와 성질을 단단한 공간으로 구상해낸다. 그것은 고용된 일자리라는 요새의 내부가 언제든 그 안전하지 않은 교만함의 실체를 드러낼 가능성이 있는 공간이라는 것, 그래서 보호받는 공간으로 생각해왔던 곳이 언제든 권력의 위계를 실감하는 공간이 될 수도 있다는 것을 보여주기 위해서다.

2

작가의 등단작인 「2405 택시」에서 제시되는 일터를 살펴보자. 현서를 키우는 싱글맘인 '나'에게 허락된 일자리에는 번듯

2 마사 누스바움, 『교만의 요새』, 박선아 옮김, 민음사, 2022, 11쪽 참조.

한 빌딩도, 사무용 책걸상도 없다. 한 평 미만의 밀폐된 운전석에서 택시 기사인 '나'는 '유연한' 노동환경을 이용해 돌봄의 공백을 채우려 안간힘을 쓴다. 어린이집 등원 시간을 맞추기 위해 출근과 함께 아이를 카시트에 동여매고, 젖은 기저귀와 비스킷 냄새가 고요하게 휘도는 새벽의 택시 안에서 '나'는 표표히 도시를 배회한다. 짙게 선팅된 차창 밖에서는 전혀 감각할 수 없는 생활의 긴박함이 차 안에서 복작거릴 때, 그 노동의 묵직함은 오로지 택시를 운전하는 '나'의 몫이다. 가사노동과 돌봄노동, 임금노동을 단번에 해결하려는 밀폐된 2045번 택시 안은, 그 누구도 혼자서는 해내기 어려운 과업이 한 인간에게 부여된 싱글맘의 복잡한 가정사를 상징한다. 단단한 철문과 주황색으로 덧칠된 택시는 문을 열기 전까지는 그 내부가 어떤 상황인지 상상하기 어렵다. 여기에서 '나'가 활용하는 노동의 유연성은 결코 이득이라고 볼 수 없다. 아이가 있는 상황에서 새벽조에 불려 나가는 근무 스케줄은 '나'에게 맞는 근무시간이 할당되지 않는다는 증거이기 때문이다.

문제는 '나'가 현서를 어린이집에 보낸 뒤 벌어지는 일 또한 결코 순탄치 않다는 것이다. 엄연한 택시 기사로서 공적 노동의 장에 들어선 '나'는 "눈치와 인내"(14쪽)로 승객들의 비위를 맞추고, 바가지를 씌운다는 승객의 비난에 사납금을 사비로 채워가며 힘겹게 노동을 이어간다. 그런 '나'에게 여성 택시 기사라는 특수한 위치는 전혀 도움이 되지 않는다.

"굳은 표정으로 좌석을 주먹으로 내리치"(14쪽)는 남자 승객은 좁은 공간에서 충분히 위협적이며, "정치와 도박, 여자, 야구 이야기로 낄낄"대는 동료 기사들은 '나'에게 "식당 일을 하거나 가사 도우미를 나가든지 아니면 남자를 다시 만나"(23~24쪽)라는 희롱을 서슴지 않는다. 같은 여성을 만난다고 상황이 다른 것은 아니다. 여성 동료를 찾기가 희박한 조건 속에서도 부탁할 일이 있을 때만 '나'를 언니로 대우하는 미성은 편한 동료가 되어주지 못한다. 또한 칭얼거리는 아이를 안은 여자 승객에게 '나'는 "여자 기사니까 편하게 먹이셔도 돼요"(16쪽)라며 살갑게 말을 건네지만, 돌아오는 건 떨떠름한 표정과 심드렁한 말투뿐이다. 지름길과 미터기, 현금과 카드를 흥정하는 택시 안에서 운전석과 뒷좌석의 거리는 서로의 숨결이 닿을 만큼 가깝지만, 기사와 고객이라는 분명한 높낮이가 설정되어 있다. 승객이 행하는 갑질과 재촉 속에서 여성 택시 기사라는 젠더성은 특수한 장점이 될 수 없으며, 싱글맘으로서 아이 돌봄의 요구는 공적 노동의 장을 끊임없이 침범한다. "어머니, 현서가 열이 나요"(25쪽)라고 급작스럽게 걸려오는 전화 속에서 운전대를 잡은 손은 갈피를 잃는다. 공동체로 끝없이 뻗어나가야 할 돌봄과 재생산의 책임이 좁은 택시 안으로 한없이 축소될 때, "여기, 여기가 어디예요?"(19쪽)라는 여성 승객의 비명은 '나'의 비명이 되기도 한다.

「2045 택시」가 마치 비상등이 없는 택시처럼 내달리는 싱글맘의 위태로운 가정사를 상징한다면, 「앞자리에 앉은 사람」은 내달리는 열차에 앉아 육아하는 여성이 전담하는 돌봄 노동의 연속을 남성의 시선으로 들여다본다. 화자인 준승은 최 교수의 장례식장에 가는 열차 안에서 우연히 전 여자 친구 유이를 마주치는데, 공교롭게도 이들은 자신들의 자녀와 함께다. 게임과 과자로 딸 윤서를 달래며 스멀스멀 유이에게 접근하는 준승은 그녀에게서 첫사랑의 추억과 흔적을 찾으려 안간힘을 쓰지만 그럴수록 그는 묘하게 추해진다. 유이에 따르면 준승은 "아무것도 모르"(60쪽)기 때문이다. 그가 모르는 것은 무엇일까. 실로 준승은 자기 자신 이외에는 아무것도 모른다. 아내가 회사 워크숍에 간다는 사실을 "몇 번이나 말"해도 "들은 기억이 없"(45쪽)고, 하는 수 없이 딸 윤서를 데리고 멀리 장례식장에 가면서도 "챙겨온 게 없"(56쪽)어 유이에게 기저귀와 물티슈를 빌린다. 호되게 당하고 나서야 "아내가 아이와 외출할 때 짐을 왜 무겁게 들고 다녔는지 이제야 알 것 같"(56쪽)다며 거하게 뒷북을 치는 판국이다. 그런 그가 모유 수유를 하는 유이에게 "커피 마실래?"(48쪽)라고 물으며 "뭔가 어긋나는 기분"(49쪽)을 느끼는 일은 놀랍지 않다. 이미 육아를 유별난 일로 치부하는 준승은 지식과 정보의 결핍 속에서 허둥거리며 맘카페 서너 군데를 가입한 아내를 무시하고, 유아용 블랭킷과 무릎담요의 차이를 알지 못하며, 아이의 알레르기 탓에 앓는 가슴으로 오가닉 물티슈를 쓰는 유이의 마음을 알 수 없다.

그렇다면 준승의 무지는 아버지로서의 결격 사유만으로 충분한 것일까. 그렇지 않다. 그가 모르는 것이 너무도 많다는 것이, 그리고 지금껏 모르는 채로 살아도 괜찮았다는 것이 문제다. 그리고 그 오만한 무지는 언젠가 깨지기 마련이다. 불현듯 스무 살의 유이를 떠올리며 자신의 무지를 감각할 때 준승은 과거의 자기 자신으로부터 복수를 당하며 자기 자신의 오만함을 대면하고 있기 때문이다. "평범한 것들과 거리가 먼 사람"이자 "주관 있는 사람"(52쪽)으로 여겼던 유이가 실은 아르바이트로 제 삶을 꾸리느라 평범함을 사치로 여기던 사람이었다는 것, 그런 그녀가 자신에게 돈을 빌릴 때 매몰차게 거절하고 이유도 묻지 않았다는 것. 혼자 돌아다니는 개처럼, 혹은 어스름 속의 동물처럼 그녀가 어둡고 불행할 때 준승은 "그저 묻지 않는 게 배려"(61쪽)인 양 자신의 무지를 유지해왔다는 것. 최 교수가 오래전 쓴 자서전의 제목처럼 "지금의 나를 만든 혹독한 과거를 만나"(62쪽)며, 준승은 거울처럼 차가운 자신의 무지를 대면한다. 이때 '앞자리에 앉은 사람'의 의미는 여러 갈래로 찢어진다. 준승의 앞자리에 앉아 있던 사람이 유이가 아니라 유이의 아들이 될 때 "유이에게 아이의 이름을 한 번도 묻지 않은"(62쪽) 준승은 자신의 무지를 다시금 자각하게 되기 때문이다. 반대로 유이의 앞자리에 앉은 사람이 준승이 될 때 그는 유이와 그녀의 과거가 보내오는 혹독한 심문을 견뎌내야만 할 것이다. 상행과 하행의 목적이 완전히 뒤바뀌는 것처럼, 돌아오는 열차에서 준승은 유이를 관음할 기회조차 허락받지 못한다.

공간을 휘도는 분위기를 감각해 우리의 상황과 연결해 보이는 작가의 시선은 「문이 없는 방」으로 연결된다. 소설에서 '나'와 남편은 입양한 아들인 은오의 문제 행동으로 갈등을 겪는다. 학교폭력의 진상을 밝히는 과정이 소설의 주요 골자이지만, 살아 있는 생물에 대한 공감 능력을 잃어버려 문제를 일으키는 은오의 행동은 학교뿐만 아니라 가정 내부의 갈등까지 증폭시킨다. "우리 애들"(108쪽)과 "내 새끼들"(110쪽)이라는 말로 생물학적 혈연인 두 딸과 은오를 노골적으로 갈라 세우고, 통보하듯 파양을 요구하며 집을 떠나버린 남편 앞에서 은오의 양육과 책임은 온전히 '나'에게로 전가된다.

"누구에게도 최선이란 없는데, 최선을 다해야 하는 자리"(106쪽)처럼 문이 없는 방에 갇혀버린 채 담배를 피워 무는 여성, 갑갑하게 숨죽인 택시 안에서 아이를 태우고 배회하는 여성, 목적지에 도착할 때까지 갓난아이를 어르고 달래는 여성의 모습들은 각기 다른 방식으로 삶과 협상하며 타인이 들여다보지 않는 어두운 터널을 건너고 있다. 소설은 육아맘, 경단녀, 워킹맘, 도치맘이라는 여러 신조어와 타이틀을 그토록 쉽게 발명하고 부여받는 여성들이 어떻게 말살된 자신의 개인성과 조우하고 있는지, 그리고 그들이 자신들이 처한 공간 속에서 각각의 안녕을 획득하기 위해 얼마나 녹아내리고 있는지를 밀폐된 공간성으로 보여준다. 그것은 영업 중이지만 손님을 태울 수 없는 택시처럼, 문이 없는 방의 갑갑함처럼, 도망칠 곳이 없는 달리는 열차처럼 외부에서 감각할 수 없는 내부의 처참한 현실성이다.

3

상상할 수 없이 두꺼운 벽 안에서 가장 느린 속도로 위태로움을 겪는 여성들의 자리는 어쩌면 타인에게는 묵묵히 제시간을 견디는 평온함으로 보일 것이다. 그리고 그 평온함의 표정 속에서 가장 아프게 곪아가는 사람은 여성 자신뿐만 아니라 제대로 된 돌봄을 받지 못하는 사회적 약자일 수도 있다. 작가는 여성에게 드리운 그늘이 어디까지 길게 늘어질 것인가를 따라가며, 그곳에 힘없이 숨은 아이들의 모습도 함께 조명한다. 방앗간을 하는 부모의 부주의 아래 기계에 손가락이 절단된 「햇빛 조리개」의 재민과 남동생, 빛이 들어오지 않는 작은 집에서 이따금 들르는 방문 교사에게 돌봄을 일임 받는 「한낮의 산책」의 윤재는 지금 우리의 주변에서 신음하는 이웃의 얼굴이다. 그러나 작가는 이들의 얼굴을 뭉뚱그리지 않으며, 하나하나 섬세한 결을 발라 시선의 가중치를 공평하게 선사한다. 재민과 남동생이 겪은 장애의 편차가 어머니의 편애로 이어지는 과정, 학습지 교사가 방문하는 각 가정의 불행이 모두 다르게 그려지는 모습, 그리고 그 안에서 "내 노동력을 경품으로"(159쪽) 삼은 영업으로 생계를 유지하는 비정규직의 현실 또한 놓치지 말아야 할 소설의 맥이다. "내가 보는 풍경이 달라지지는 않을" 것이고, 그래서 "나빠질 일은 더 없을 것"(173쪽)이라 해도, 그 풍경을 오래 들여다보는 시선이 무의미하다고 말할 수는 없을 것이다.

그런 점에서 「붕어싸만코」는 가장 오래도록 아픔의 풍경을 관찰하는 소설이라고 할 수 있다. 소설의 화자인 현제는 '자신을 봄'이라는 주제로 에세이를 쓰는 회사의 행사에 참여하며 느리고 깊은 호흡으로 자신의 유년 시절을 돌아본다. "글 안에서 자신의 내면을 오롯이 성찰해보라는 가이드라인"(206쪽)에는 사원들의 개인성을 밑바닥까지 검열하려는 회사의 의도가 개입되어 있다는 것을 모르는 것이 아니지만, 현제는 불현듯 시원하고 달큰한 붕어싸만코에 얽힌 기억을 소환해낸다. 어린 시절 현제는 아버지를 잃고 할머니와 둘이 살고 있었으며, 이따금씩 엄마와 만난다. 엄마는 이미 출생의 비밀을 간직한 동생과 함께 새로운 가정을 꾸린 뒤였기에, 현제와 엄마의 만남은 늘 위태롭고 아슬아슬하기만 하다. 더운 날씨에 녹아 아이스크림도 과자도 되지 못한 붕어싸만코처럼, 현제의 유년 시절에 대한 기억은 평범에 다다르고자 안간힘을 쓰는 한 여성의 성장기와도 연결된다.

소설에서 현제는 '중간'이라는 주술에 걸려 있다. "중간만 아니 중간은 해야 하는 건 절대 잊지 말고"(210쪽)라는 엄마의 조언은 현제의 삶 전체를 옭아매는 정언명령이 되지만 어린 현제는 그 모호한 의미를 온전히 이해하지 못한 채 삶에 임한다. 현제에게 중간의 삶이 어려웠던 이유는 두 가지이다. 첫번째는 그가 "가족과 사랑, 화목과 믿음"이 "교과서 속의 세상"(211쪽)처럼 멀게 느껴질 정도로 순탄치 않은 가정환경과 경제적 상황을 겪어왔기 때문이며, 두번째는 중간의 의미가 상대적인 동시에 범위가 없는 개념이기 때문이다. 이와 같은 이중의 모호함 속에서 현제는 간신히 중간의 성적을 맞아도 엄마를 마음 편히 만날 수 없고, 중간의 인간이 무엇인지 잘 알 수 없기에 적당히 성장하는 것도 버겁다. "성적은 줄곧 중상위권을 유지했으나 사람들 사이에서 중간에 서는 균형을 잡지 못하고, 중간의 의미를 끝내 파악하지 못해 끊임없이 두리번거"(227쪽)리는 현제의 모습은 혹독한 조건 아래에서 평범함을 획득하기 어려운, 그리고 그 평범함의 의미조차 알아채지 못해 성장이 시련이 될 수밖에 없는 사각지대의 삶을 상징한다.

소설의 말미, 회사 상사의 이직 제안을 순순히 받아들였다가 계약직에서 권고사직을 당하게 된 현제는 "중간의 의미를 알아버린 어른"(227쪽)으로서 자기의 선택에 책임을 져야 한다. "중간으로 살려고 어쩔 수 없이 했던 중간의 선택"(228쪽)이 결코 중간의 삶을 보장해주지 않으며, 제일 나은 선택이 최악의 결과를 가져올 수도 있다는 사회의 쓴맛도 겸허히 받아들인다. 그러나 소설은 자꾸만 인간을 변두리로 내모는 자본주의의 구조를 수용하는 무기력한 인물을 넘어서서, 현제가 한 인물에 대한 책임을 지며 삶을 확장하는 윤리적 가능성 또한 보여준다. 승이에 대한 온전한 책임을 지는 동안 현제는 아이를 버리고 도망친 엄마보다 더 나은 삶의 가능성을 품을 수 있기 때문이다. 낳고 기른 아이마저도 버리며 중간의 삶을 유지하는 것이 아니라 핏줄이 아닌 이마저도 자신의 삶 안에 환대하는 힘으로, 현제는 '중간'의 주술을 넘어선 생의 윤리를 발명한다. "중간으로 사는 삶이 얼마나 어려운 것인지, 엄마도 그렇게 살지 못했다는 사실을 아주 조금 알"(229~230쪽)게 된 현제는 엄마를 용서하고 과거를 받아들이며 승이를 지킬 것이고, 자신이 지나온 것보다 더 나은 유년을 물려줄 준비를 할 것이다. 소외된 유년기를 보낸 현제가 지킬 수 있는 가장 큰 존엄이란 중간으로서 자신의 삶을 유지하는 것이 아니라, 촛불처럼 미약한 희망의 온기를 타인에게 보내는 용기에 있기 때문이다.

4

영원한 혈연도 유대도 어쩌면 환상에 불과하다는 것을 아는 이정연의 시선은 희망을 섣불리 과장하거나 부풀리지 않는다. 어쩌면 희망의 온기는 그 자체로 남아 있을 때 가장 값지고, 그 온기를 식지 않게 두는 것 또한 누군가에겐 평생의 과업이 될 수 있다. 「이별 여행」은 바로 이런 점에서 연대의 이름이 얼마나 쉽게 말해질 수 없는지를 이야기하는 소설이다. 소설에서 정완은 억울한 정치 모함으로 곤경에 빠지고, 회사에서 처리해준 휴가로 비혼 여행을 떠나게 된다. '비혼'과 '여성'이라는 표지만으로도 한 개인의 정체성이 손쉽게 판단되고, 그와 같은 선입견이 정치적 입장으로 판가름되는 요즘이지만, 작가는 한 개인에게 향하는 잣대가 그토록 단순할 수는 없음을 이야기한다. 나이와 위치와 맞게 처신했다고 노력했지만 어느새 후배들에게 "흉자"(243쪽)라는 멸칭을 얻게 되고, 결혼을 하지 않았다는 이유로 젠더 평등 행사에 적임자가 되지 못한 정완은 젊은 비혼 여성들과 연대할 수도 없고, 보수적인 정책의 수혜자도 되지 못한다. 정완이 처한 모순적 상황은 "갈등과 차별을 넘어선 화해의 하모니"(236쪽)를 전시하려는 "젠더와 권력의 평등이 화두가 되는 때에 대규모 국민 화합 행사"(235쪽)가 얼마나 피상적인 봉합책인지를 밝히고 있는 셈이다. "싱글맘, 싱글대디, 한부모, 조손가정"(236쪽)의 개별성과 차이를 인지하지 않은 채 그저 "적당한 사람"과 틀에 박힌 "진정성"(241쪽)을 찾는 보좌관의 태도는 표류하는 사람을 또다시 생산해낼 뿐이다. "정완은 자신이 표류하고 있다고, 사람이 있으면 누구라도 구해달라고 목소리가 나오지 않을 때까지 악을 쓰며 울부짖었다."(250쪽)

직장 내 성희롱의 문제를 다루고 있는 「너만 아는 농담」 또한 조직 문화 속에서 표류하는 한 여성을 조명한다. 채경과 결혼해 아이를 낳아 기르는 '나'는 그녀를 둘러싼 성적인 스캔들에 괴로워하지만, 이내 그 이야기들이 남자들 사이에서 근거 없이 떠돌던 농담과 가십거리에 불과하다는 사실을 알게 된다. 명백한 사회적 차별과 정치적인 위해임에도 불구하고, 직장의 남성들은 채경을 두고 자신들이 벌인 폭력을 "고작"(202쪽)이라는 말로 일갈한다. 남성화된 직장은 일터에서 여성이 겪는 성적 문제들을 사소하고 사적인 차원에 머무르게 하고, 여성이 직장에서 자율성과 존엄을 보장받기 어렵게 한다. "고용 조건에서 성적 농담, 성적 유혹, 성적 호의와 요구"들이 흔하게 등장하고, 성희롱이 "그냥 일상"[3]이었던 직장 문화가 오래전 일이 아니라는 것을 감안한다면 채경이 겪는 시련이 지금의 현상이라는 사실은 놀랍지 않다. 이제 그런 일이 없다고, 그런 건 너무 오래전 일이 아니겠느냐고 의심했

3 마사 누스바움, 앞의 책, 156~158쪽 참조.

을 때 미투 운동이 터져 나왔듯, 채경이 겪는 문제는 여성을 향해 기울어진 일상화된 고통처럼 익숙하면서도 현실적이다. 더 나아가 채경이 자신을 두고 벌어지는 일들에 대해 전혀 무지한 채로 커리어를 이어나가고자 고군분투하는 워킹맘이자 경단녀라는 사실은 이 소설의 비극적 상황을 한층 끌어올리고 있다. 이때 희생양이 되는 것은 채경뿐만 아니라 채경의 가족 모두이다. 채경의 남편인 '나'가 아이를 돌보는 일에 집중할 수 없을 때, 무너진 가사 노동력은 돌봄의 사슬이 되어 연쇄적으로 주변의 가족들을 곤경에 빠뜨린다. 채경의 신체에 대한 성적 농담으로 직장의 남성들이 시시덕거리고, "너, 아직도 그 일로 불편한 건 아니지?"(178쪽)라며 화자에게 갈등의 종식을 종용할 때 연쇄적으로 흐르는 폭력의 피해를 오롯이 감당하는 이는 아픈 몸으로 독박 육아를 하는 채경의 어머니다.

소설은 "은밀한 눈빛과 교양 있는 척 조롱을 참아내는 입매"(200쪽)가 징그러운 가해자의 얼굴이라는 것을 폭로한다. 개인의 권익을 보장받기 위한 요구가 등장하고 남성을 향한 역차별이 대두되고 있는 것이 현실이지만, 과거에서부터 자행된 폭력은 그렇게 쉽게 희석되지 않는다는 것을 말이다. 여성이 직장 내에서 겪는 수치스러운 일이 계속해서 벌어지고, 그 사회적이고 법적인 위해가 단순히 개인적인 여성의 책임으로 되돌려질 때, 젠더 갈등을 남성과 여성 사이의 동등

한 힘으로 이루어지는 대립으로 보는 시선은 허구일 뿐이다. "단지 만만해 보이는 대상에게 잔인하게 구는 게 재미있던 것은 아니었느냐고, 그 대상이 채경이었고, 혹시 내가 아니었느냐고"(202쪽) 화자가 가해자를 심문할 때 등장하는 용기는 최 팀장을 향한 항변일 뿐만 아니라 둔감한 사회를 향한 날카로운 비판이 된다.

여성과 아픈 노인, 돌봄에서 소외된 아이들을 소설에 품으려는 작가의 시선은 표제작인 「미러볼이 있는 집」에 집중적으로 모여든다. 월세를 낼 돈이 없어 노인과의 홈 셰어링 프로그램에 지원한 여성 청년 시연, 낡은 집 한 채를 가졌으나 젊은이들에게 눈 뜨고 코를 베이는 아픈 할머니 순자 씨, 버팀목 없이 술과 마약 속에서 방황하는 승오와 그 방랑의 미래를 비추는 듯한 최 노인은 모두 이 소설의 개성 강한 인물들이다. 소설에서 시연은 순자 씨를 돌보는 척하며 집을 점점 점령해나가고, 승오와 합세하여 집의 내부에 불법 영업소인 멀티방을 차린다. 이 과정에서 "노인과 대학생의 행복한 동거"(124쪽)라는 정책은 세대 간의 갈등을 그야말로 주먹구구식으로 해결하려는 피상적인 접근법임이 드러나고, 노인 소외와 청년의 가난은 그 어떤 부분도 나아지지 못한다. 여기에는 학자금 대출과 아르바이트에 파묻혀 "이 집은 이제 우리 거야!"(137쪽)라고 외치는 청년들의 비뚤어진 욕심과 돌봄을 제공받지 못한 채 쇠약해져 지린내를 풍기는 노인이 있을 뿐이다.

이런 점에서 「미러볼이 있는 집」의 제목은 단지 이층에 미러볼이 설치된 채 점령당하고 있는 순자 씨의 부동산을 상징하는 것이 아니다. 다양한 욕망이 충돌하며 기이한 형태로 개조된 이 집은 여러 세대와 계층이 경험하는 소외로 구부러진 사회의 구조 자체를 반영하고 있기 때문이다. 난방비를 줄이기 위해 해가 난 자리로 승오와 순자 씨를 옮기는 시연의 모습에서 이기적인 욕망 뿐만 아니라 타인을 향한 연민이 함께 발견되는 장면은 바로 집의 모순성을 그대로 보여준다.

> 시연은 바람이 들어오지 않게 현관문을 단단히 닫았다. 난방비를 줄이려고 해가 나면 순자 씨와 승오를 끌고 볕이 가장 잘 드는 거실로 나왔다. 햇살이 길게 거실을 비추고 있다. 먼지가 일어 빛은 원뿔 모양의 기다란 조명을 만들었다. 먼지 조명의 끝에는 순자 씨가 웅크리고 있었다. 볕은 잘 들지만, 온기는 잘 품지 못하는 집. (……) 감나무와 대추나무가 바람 따라 흔들리면서 광선 모양이 어그러졌다. 순자 씨는 둥글게 말았던 등을 펴고 몸을 옆으로 굴려 빛이 향하는 방향으로 좇아갔다.(136쪽)

미러볼은 반짝이지만 태양처럼 자력으로 발광하지 못하는 차가운 물질이고, 다가오는 빛을 반사해 파편적인 빛을 뿌린다. 여러 조각의 거울을 이어 붙인 미러볼은 빛을 선택적으로 나눠주고 명확한 명암을 만들어낸다. 순자 씨의 이층집 안에서 온기를 뺏고 빼앗기는 힘의 싸움이 계속되는 것처럼, 순자 씨의 집 밖에서 들어오는 햇살 또한 미러볼처럼 편애적이다. "원뿔 모양의 기다란 조명"같은 그 햇살은 바람에도 쉽게 어그러지고, 잔뜩 웅크린 몸만 담을 수 있을 만큼 조각나 있다. "볕은 잘 들지만, 온기는 잘 품지 못하는 집"은 바로 이 쪼개진 빛의 편파성을 그대로 현시하기에, 다툼은 예정된 일이 될 수밖에 없다. 미래 없이 가난한 청년들과 젊음의 일격을 받는 노인들의 싸움이 순자 씨의 집 안에서 행해지는 것처럼, 자본주의의 구조는 허우적거리며 "자신을 도와주길 간절히 바라는 구조 요청"(139쪽)을 보내는 이들을 무시한 채 "돈이 문제"(137쪽)라는 사실만을 상기시킨다.

"뾰족한 철책에 둘러싸인 이 미터 높이의 담장"(123쪽)을 구렁이처럼 오고 간 최 노인의 은밀한 모습을 시연이 그대로 재연할 때, 순자 씨의 집은 따뜻하고 안락한 집이라기보다는 위기의 최후방에 존재하는 방공호처럼 볼품없는 모양새를 띤다. 그러나 난방이 들지 않고 먼지가 쌓여 있는 그 집이 누군가에게는 절실한 생계의 요새가 되는 것처럼, "아무도 찾지 않은, 버려진 것 같은"(143쪽) 공간은 사회에 늘 있기 마련이다. 화려하게 반짝이는 미러볼이 어두운 곳을 밝게 비추는 동시에 어두움을 만들어내는 것처럼, 불균형한 사회의 공식은 이토록 공공연하게 양지와 그늘을 생산하는 구조로 만들어져 있다. 소설의 공간과 사회의 구조를 유비하는 것에서 더 나아가 그 그늘진 공간을 조각조각 이어 붙인 이정연의 시선은 거울처럼 명징하게 불의를 비추면서도 빛이 떠나간 자리의 온기를 잊지 않는다. 싸늘한 햇빛처럼 고독을 머금은 문장들이 연신 독자에게 손을 내미는 것처럼 읽히는 이유일 것이다.

작가의 말

언제부터 소설을 썼는지 기억은 명확하지 않다. 등단은 2017년에 했다는 기사가 검색되고, 유리 상패도 있으니 작가가 된 시간은 기록으로 남았으나 언제부터 글을, 그러니까 소설을 쓰게 되었는지는 대답하기 난감하다. 그건 내 훌륭하지 못한 기억력 탓이기도 하고, 본격적으로 소설을 쓰겠다고 기록을 남기지 않아 대략 십여 년 전이라고 가늠할 따름이다.

회사를 그만두고 삼 년이 지나 신인 작가로 문예지에 이름을 올렸다. 지금 생각하면 삼 년은 그리 긴 시간이 아닌데 학생과 회사원으로 오래 지낸 까닭에 '명함이 없는 삶'으로 돌아가 언제 될지 모를 문학 공모전에 매달리는 건 막막하기만 했다. 당시 내게 가장 어려운 질문은 직업이 무엇인지 묻는 거였다. 은행, 비행기, 심지어 아이의 유치원에서 직업을 적어야 할 때가 있었다. 글을 쓰지만, 내가 작가가 맞나? 작가라고 함부로 말해도 되나? 답을 몰라 그저 망설였다.

어쨌거나 나는 그 시간 동안 생각하지 못한 것을 경험했고, 고민했다. 엄마와 예상하지 못한 이별을 했고, 오랜 시간 같이한 반려견을 잃었으며, 회사를 그만두고 내가 무엇을 하는 사람인지, 누구인지 방황했다. 글은 쓰면 쓸수록 어려워 퇴사를 후회했고, 가족에게는 걱정스러운 사람으로 남을까 봐 자책을 자주 했다.

불편하고, 조급한 시간이었다. 그런데 아이러니하게도 그 경험과 시간을 자양분 삼아 여러 작품이 태어났다. 두 편의 장편소설 『천장이 높은 식당』과 『속도의 안내자』, 소설집 『미러볼이 있는 집』에 수록된 아홉 편의 단편소설과 습작품으로. 나는 회사에서 불합리한 권력관계로 힘든 사람들을 돌아보았고, 우리 엄마와 주위의 부모를 떠올리며 다양한 부모를 그렸다. 내 아이와 아이의 친구들을 살피며 돌봄과 학교 폭력, 가정 문제를 그렸다. 대학 때 파견직으로 일했던 나와 비정규직 동료들을 소설 속 화자로 끌어왔다. 미용실에서 만난 미용사와 엄마의 병원에 가던 중에 마주친 성난 택시 기사, 내 아이를 가르친 학습지 교사. 거기에 세월호와 미투, 갑질, 대통령 탄핵 같은 사회적인 문제까지 얹어 소설의 인물과 사건으로 형상화했다. 어느새 고민은 인간의 어쩔 수 없는 욕망과 사회와 환경으로 인해 가닿기 어려운 것임을 알면서도 거머쥐려고 버둥대는 보통 사람의 애씀을 들여다보는 데 이르렀다.

그런 이유로 소설집 『미러볼이 있는 집』은 나의 시간과 생각이 맞닿아 작가로서도 개인적으로도 특별하다. 비록 출간하는 첫 소설은 아니지만, 습작생 이전부터의 고민과 시간을 담고 있으니 내게는 처음 나오는 소설이나 다름없다. 아홉 편의 소설을 살피면 내가 왜 이 주제로 소설을 썼고, 고민했는지 흔적을 되짚어볼 수 있다. 아, 이런 고민을 했었지, 그때 그런 일 때문에 감동했고, 분노했지. 특히 내가 주목한 감정과 사건은 삶의 불편함이었다. 감동이나 인간애 같은 온화한 감정은 배경과 인물로 자연스럽게 작품에 녹았으나 사회나 환경으로 인한 개인의 불행과 고통은 내가 신이 아니고, 무엇을 바꿀 수 있는 권력자도 아니기에 그것을 쓰는 일밖에는 달리 도리가 없었다. 그래서 불편함을 쓰고, 미약하나마 고민한 것을 내 방식으로 풀어내려고 노력했다.

내가 쓰는 소설은 내가 보고 살아온 기록이자 누군가와 같이 고민하고 싶은 세상을 향한 질문이다. 많은 사람이 공감할 수 없더라도 어떤 사안을 저렇게 바라볼 수도 있구나, 나와 다른 환경의 사람들은 다른 공간에서 그렇게 살아가는구나. 그건 어쩌면 더 가진 사람(정신이나 물질 어떤 것이든)이나 집단을 얘기하기보다는 덜 가진 혹은 험난한 환경으로 인해 삶이 순탄치 않은 사람들의 이야기일지 모른다. 아니면 평온해 보이지만 실은 그 밑에 깔린 불안과 잠재된 불운을 이야기하고 싶었다. 물론 그러는 와중에도 나는 내 글이 잘 가고 있는지, 쓸데없는 이야깃거리로 괜한 시간 낭비를 하는 건 아닌지 끊임없이 자문했다.

얼마 전, 유명 커피 전문점에서 하는 고객 행사에 다녀왔다. 커피의 종류를 설명하고, 출시된 제품을 핸드 드립해서 마시는, 냉정히 말하면 제품판촉 행사였다. 이런저런 카페를 다녀 커피를 내리는 모습은 자주 봐서 놀랍지 않았고, 커피의 맛도 익숙한 것이라 새롭지 않았다. 그런데 그저 빤한 기업 행사가 상당히 즐거웠다. 왜 즐거울까, 잠시 생각에 빠졌다. 혼자 참여했고 장소도 처음 가본 데라 생경한 기분에 신기하거나 그날 배운 게 많아서 보람찬 것은 아니었다. 나는 돌아가는 길에도 결론을 내지 못하고, 침대에 누워 잠이 들 무렵 문득 그런 생각을 했다. 살면서 커피에 대해 한 시간 동안 고민한 적이 있고, 그것만 쳐다본 적이 있었나. 나는 자주 봐왔고, 익숙하다고 생각했으나 실은 커피를 온전히 마주한 건 그날이 처음이었다.

나는 바란다. 커피 전문점에서 내가 오롯이 커피에 집중해 평소와 다른 감상을 느꼈듯이 내 글을 읽는 사람들도 어떤 시간을 집중해 소설 속 상황과 지금의 삶을 그들의 방식으로 다르게 느끼기를. 내 소설이 온전히 시간을 내어 읽을 만한 의미가 있길 바란다. 주변에 익숙한 것들이 정말 문제없이 잘 있는가에 의문을 느끼고, 당연하다고 지나친 것을 우리를 둘러싼 환경과 소설 속의 인물을 통해 다른 시선으로 바라보기를 희망한다.

안정적인 직장을 그만두고 소설을 쓰면서 실은 겁이 났다. 그간 받던 연봉과 경력은 더 이상 의미 없었고, 앞으로 소설가로 성공하리란 보장도 없었기 때문이다. 용감하게 회사는 나왔으나 현실은 재능이 있는지 알 수 없는 습작생일 뿐이었다. 소설에 집중하기 위해 돈을 버는 직업을 포기했다는 유명 소설가의 인터뷰를 보고, '한쪽 문이 닫힐 때 다른 쪽 문이 열린다'는 헬렌 켈러의 명언을 소설을 쓰면서 마음이 흔들릴 때마다 방패 삼아 자위했다. 그러나 문학 공모전에서 기대한 소식을 듣지 못할 때는 초심이란 게 있었는지 자신 있게 말할 수 없었다.

실패와 기다림, 자책과 후회 그러함에도 이어지는 글에 대한 미련과 생각. 나는 『미러볼이 있는 집』을 찬찬히 살피며 지난 시간에 뭉클했고, 그렇게 세상에 나온 책에 더 쓸 수 있다는 용기를 얻었다. 아마도 글을 쓰는 한 이와 같은 번민은 이어질 거고, 그런데도 나는 계속해서 쓸 것이다.

나의 글을 따뜻한 시선으로 살펴준 전청림 평론가에게 고마움을 전한다. 훌륭한 추천사를 써준 조진주 소설가에게도 고마움과 애정을 표한다. 첫 소설집을 출간해준 강출판사 정홍수 대표와 이명주 편집자에게도 큰 고마움을 건넨다.

그리고, 사랑하는 SM과 가족에게 글을 보낸다. 마지막으로 글을 쓴 시간에, 그사이에 만난 사람들에게 진심으로 사랑과 고마움을 전한다.

2023년 여름 연희문학창작촌에서

이정연

수록 작품 발표 지면

2045 택시 _『문예중앙』 2017년 봄호
앞자리에 앉은 사람 _『문예중앙』 2017년 여름호
햇빛 조리개 _『문예바다』 2018년 봄호
문이 없는 방 _『현대문학』 2018년 6월호
미러볼이 있는 집 _『한국문학』 2019년 상반기호
한낮의 산책 _『현대문학』 2021년 5월호(「산책」)
너만 아는 농담 _『문장웹진』 2021년 12월호
붕어싸만코 _미발표작
이별 여행 _『학산문학』 2023년 봄호

미러볼이 있는 집

1판 1쇄 발행 | 2023년 8월 31일

지은이 | 이정연
펴낸이 | 정홍수
편집 | 김현숙 이명주
펴낸곳 | (주)도서출판 강
출판등록 | 2000년 8월 9일(제2000-185호)

주소 | 서울시 마포구 동교로17안길 21 (우 04002)
전화 | 02-325-9566
팩시밀리 | 02-325-8486
전자우편 | gangpub@hanmail.net

값 14,000원
ISBN 978-89-8218-324-9 03810